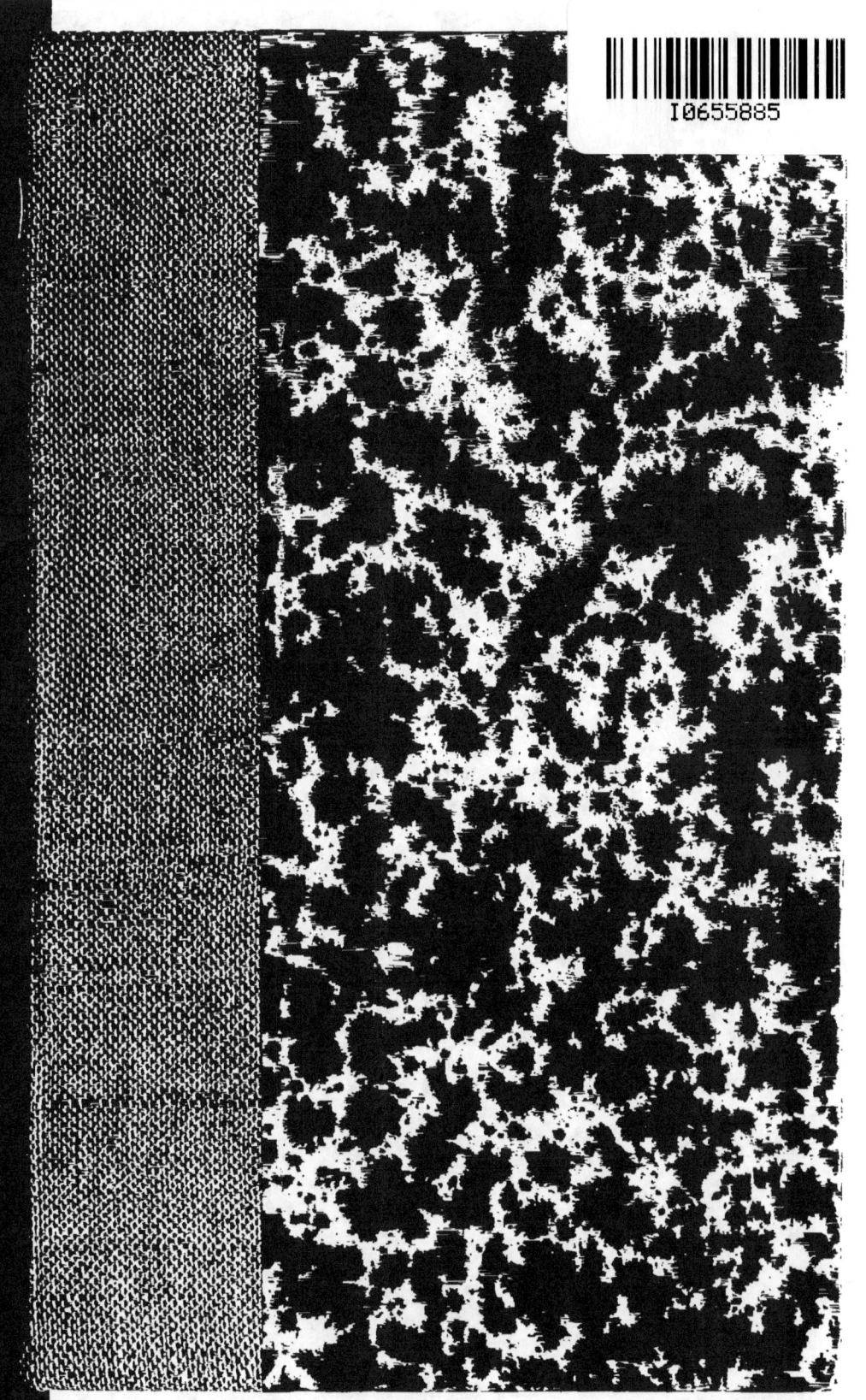

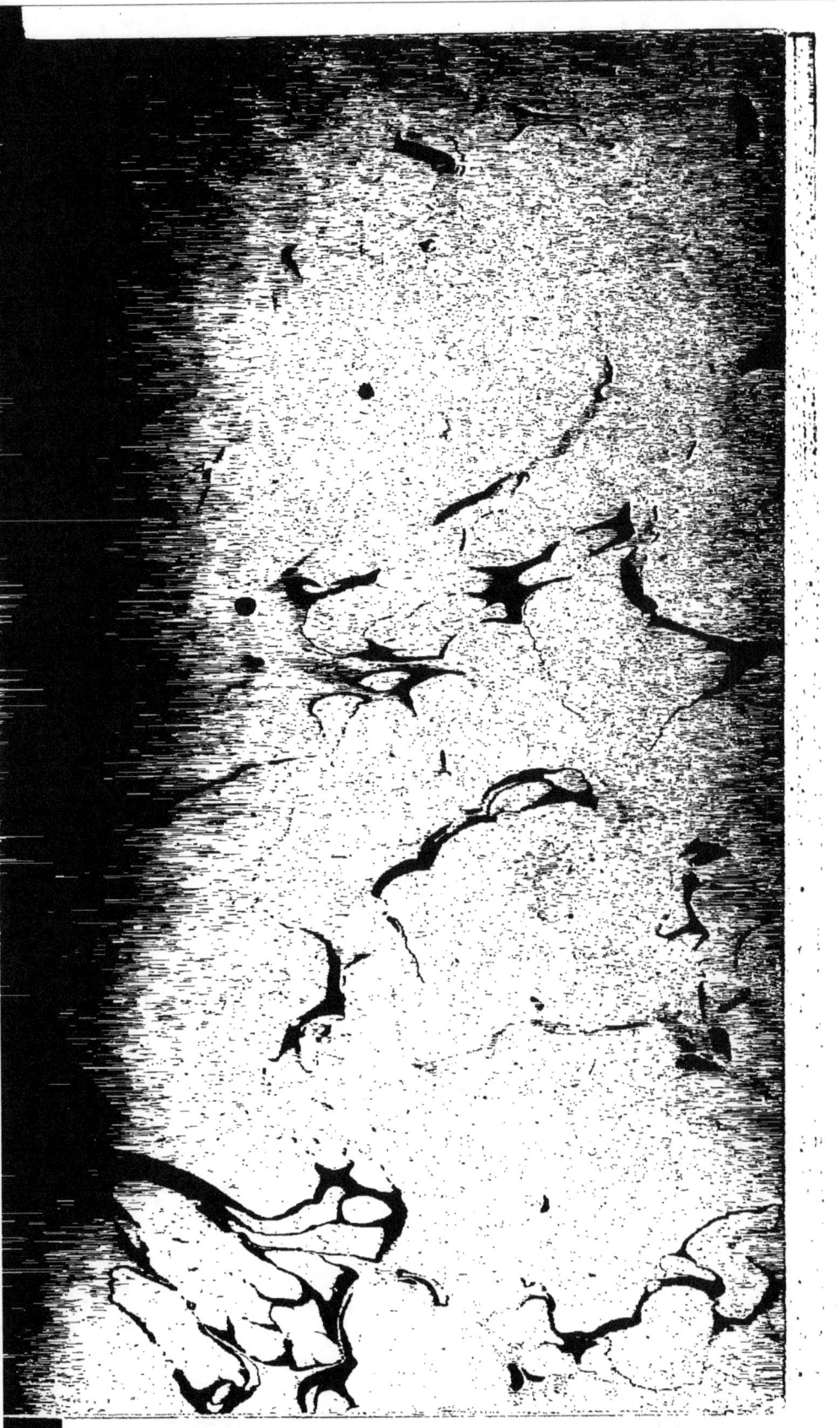

SOUS LES LILAS

PAR

MISS L. M. ALCOTT

OUVRAGE

TRADUIT DE L'ANGLAIS AVEC L'AUTORISATION DE L'AUTEUR

PAR Mme S. LEPAGE

ET ILLUSTRÉ DE 23 VIGNETTES

PARIS

LIBRAIRIE HACHETTE ET Cie

79, BOULEVARD SAINT-GERMAIN, 79

—

PRIX : 2 FRANCS 25

SOUS LES LILAS

23 405. — PARIS, TYPOGRAPHIE A. LAHURE
Rue de Fleurus, 9

MISS L. M. ALCOTT

SOUS LES LILAS

OUVRAGE

TRADUIT DE L'ANGLAIS AVEC L'AUTORISATION DE L'AUTEUR

PAR Mme S. LEPAGE

ET ILLUSTRÉ DE 23 VIGNETTES

PARIS

LIBRAIRIE HACHETTE ET Cie

79, BOULEVARD SAINT-GERMAIN, 79

1880

SOUS LES LILAS

CHAPITRE Ier

Un chien mystérieux.

Depuis longtemps les ormes de l'avenue avaient poussé en toute liberté et la serpe du bucheron n'en avait pas mutilé les branches ; la serrure de la porte verte ne s'ouvrait jamais et la maison était fermée depuis plusieurs années. Cependant on entendait quelquefois des voix dans l'enclos ; les lilas qui balançaient leurs rameaux au-dessus du grand mur semblaient dire : « Nous pourrions raconter de beaux secrets si nous le voulions. » La molène qui croissait au dehors contre la porte se dépêchait de grandir, afin d'atteindre au trou de la serrure pour voir ce qui se passait. Que ne pouvait-elle pousser comme une tige de fève magique, et se mettre en observation, certain jour de juin ? elle aurait joui d'un spectacle curieux et amusant, car il était évident qu'il allait se produire quelque chose de remarquable.

Une large allée conduisait de la grand'porte jusqu'à

1

la maison; elle était pavée de pierres plates et unies; des deux côtés, des buissons élevés la bordaient et se rejoignaient par le haut pour former une voûte de verdure. Au pied de ces buissons croissaient une multitude de fleurs abandonnées et même de plantes sauvages qui grimpaient le long des tiges et formaient une tapisserie émaillée. Il y avait une planche posée sur deux supports de bois en travers de l'allée, devant le porche; elle était recouverte d'un petit châle tartan fort éprouvé par un long usage; on y avait disposé un service à thé en miniature qui visait à une certaine élégance. Il faut bien avouer cependant que la théière avait perdu son goulot, que le pot au lait n'avait pas d'anse, que le sucrier était dépouru de son couvercle, et que les tasses et les soucoupes étaient toutes plus ou moins ébréchées ou fendues; mais les personnes polies ne s'aperçoivent pas de ces petits accidents et l'on n'avait invité à cette réunion que des gens bien élevés.

Des deux côtés du porche étaient des bancs et sur ces bancs une réunion remarquable, dont la vue aurait satisfait la curiosité d'un œil investigateur, appliqué au trou de la fameuse serrure. A gauche étaient rangées sept poupées, et six à droite; par suite de l'âge, de la saleté, des fractures, des injures du temps et autres afflictions, il y avait dans leurs physionomies et leurs attitudes une telle variété, qu'on aurait tout naturellement cru être entré dans un hôpital, au moment où les malades attendent leur souper. Mais c'eût été une grave erreur; si le vent eût fait tomber les couvertures qui les abritaient, on aurait reconnu qu'elles étaient en grande toilette et qu'elles se reposaient en attendant le commencement de la fête. Une autre

particularité de cette scène aurait assurément fort intrigué quiconque n'eût pas été au courant des manières

Au marteau rouillé de la porte... on voyait suspendue par le cou
une quatorzième invitée.

et des usages du monde des poupées. Au marteau
rouillé de la porte de la maison étaient attachées deux
branches de lilas au-dessous desquelles on voyait, sus-

pendue par le cou, une quatorzième invitée, dont les cheveux frisés portaient une guirlande de fleurs délicates. Son corps élancé était vêtu d'une robe d'étoffe jaune richement ornée de festons en flanelle rouge, ses bottines bleues se touchaient par les orteils, sinon de la manière la plus gracieuse, du moins de la façon la plus amicale. A cette vue une émotion de douleur et de surprise aurait certainement agité l'âme d'un jeune spectateur. Oh! pourquoi donc cette poupée en habits de fête était-elle ainsi pendue en présence des treize autres? Était-ce une criminelle? était-ce la vue de son supplice qui les frappait de mutisme et d'immobilité? Ou bien était-ce une idole offerte à leur adoration?

Ce n'était rien de tout cela, mes amis.

Cette poupée était la blonde Belinda, placée là comme à un poste d'honneur : car on allait célébrer le septième anniversaire de sa naissance.

On n'attendait que le signal du festin; mais tout ce petit monde était si bien élevé que pas un seul des vingt-sept yeux (une petite hollandaise avait perdu une de ses perles noires) ne se détourna ou ne cligna; tous restaient fixés avec une muette admiration sur Belinda. Pour elle, incapable de réprimer la joie et l'orgueil qui gonflaient son sein au point de faire craquer les coutures de son corsage, elle se laissait balancer par le zéphir, qui de temps à autre agitait ses draperies jaunes, et les bottines bleues exécutaient alors une gigue contre la porte de la maison.

Quoique pendue, Belinda n'éprouvait aucun malaise; au contraire, elle montrait un contentement parfait, et le ruban rouge qui passait sous son menton pour la suspendre au marteau n'avait pas l'air de la gêner. Si donc elle se complaisait à subir une lente suffocation, qui aurait eu le droit de se plaindre ? Aussi régnait-il un silence plein de charmes que ne troublaient ni un soupir de Dina, l'odalisque coiffée d'un turban si remarquable, ni un cri de bébé Jeanne, quoique la nudité de ses petits pieds eût certainement rendues excusables les plaintes d'une enfant moins bien disciplinée.

Des voix se firent entendre, et deux petites filles apparurent sortant d'une allée latérale ; l'une avait à la main un pot au lait, l'autre portait d'un air de triomphe un panier couvert d'une serviette et dont ses yeux ne s'écartaient pas une minute. On les aurait prises pour deux jumelles, mais elles ne l'étaient pas : car Bab avait un an de plus que Betty, quoique Betty n'eût qu'un pouce de moins. Elles portaient l'une et l'autre des robes d'indienne brune qui dissimulaient les traces d'une semaine de service sous un grand tablier tout blanc, mis en l'honneur de la circonstance ; des bas gris et de fortes bottines complétaient leur toilette. Des figures rondes, roses, un peu hâlées, des nez retroussés parsemés de quelques taches de rousseur, des yeux bleus pleins de vivacité, de longues tresses de cheveux tombant dans le dos, tel était le portrait de nos petites sœurs.

« Ne sont-elles pas gentilles ? s'écria Bab en arrêtant un regard plein d'un orgueil maternel sur la rangée de gauche.

— Charmantes, mais ma Belinda les éclipse toutes. Je crois vraiment que c'est la plus belle enfant qu'on ait jamais vue. »

Betty déposa son panier sur la table pour courir

embrasser la bien-aimée qui gigottait avec un joyeux abandon.

« Le gâteau va refroidir un peu pendant que nous placerons les enfants. Mais quelle délicieuse odeur ! dit Bab en soulevant la serviette et en se penchant pour admirer un petit pain qui se cachait dans le panier et dont elle aspira le parfum.

—Ah mais ! laisse-moi de l'odeur ! » s'écria Betty en se précipitant pour en prendre sa part.

Et les petits nez en trompette fonctionnèrent activement pour ne rien perdre des jouissances que l'odorat leur procurait ; tandis que les yeux admiraient le joli gâteau si doré orné d'un B en pâte qui aurait dû s'élever sur le milieu, mais qui avait eu la maladresse de se laisser choir de côté

« Maman ne me l'a laissé mettre qu'au dernier moment, et le four était si chaud, que je n'ai pas pu le fixer solidement ; mais nous donnerons ce morceau à Belinda, » dit Betty qui, comme mère de l'héroïne de la fête, s'arrogeait une certaine autorité.

« Nous les mettrons en rond, n'est-ce pas ? pour qu'elles puissent bien voir, » proposa Bab qui, sautant gaiement d'un pied sur l'autre, alla rassembler sa jeune famille.

Betty y consentit, et pendant quelques minutes les deux fillettes furent absorbées dans la tâche difficile de disposer leurs poupées sur la table. Quelques-unes de ces chères créatures étaient trop faibles pour se tenir droites, d'autres trop raides pour s'asseoir, et il fallut recourir à des procédés variés pour se prêter aux exigences diverses de leurs épines dorsales. Enfin cette besogne achevée, les tendres mères se reculèrent de

L'une avait à la main un pot au lait, l'autre portait... un panier
couvert d'une serviette. (Page 5.)

quelques pas pour mieux jouir du coup d'œil, et ce coup d'œil, je vous l'assure, était unique. Belinda, dont les mains tenaient sur ses genoux un mouchoir de batiste à vignette rose, occupait avec beaucoup de dignité la place d'honneur. En face on admirait son cousin Joseph, paré d'un élégant costume en guingamp vert et violet ; par malheur, un chapeau à bords trop larges dérobait aux regards sa physionomie expressive. Le reste du cercle était formé de convives de toute taille, de teint varié, et dont les costumes formaient une collection fort amusante, car il y régnait un noble dédain de la mode et de ses lois.

« Elles seront contentes de nous voir prendre le thé. Est-ce que tu as oublié les *buns* [1]? demanda Betty avec inquiétude.

— Non, je les ai dans ma poche. » Et Bab retira de ce réceptacle où régnait un véritable chaos deux *buns* fort endommagés, qu'en prévision de la fête les deux sœurs avaient conservés de leur goûter. On coupa les *buns* en petits morceaux, dont on fit une sorte de couronne autour du grand gâteau qui était encore dans la corbeille.

« Comme maman n'a pas pu nous donner beaucoup de lait, il faut que nous y mêlions de l'eau ; le thé fort n'est pas bon pour les enfants, a-t-elle dit, » et Betty considérait avec satisfaction le petit pot de lait écrémé qui devait suffire pour étancher la soif de toute la compagnie.

« Pendant que le thé infuse et que le gâteau refroidit, nous pourrions bien nous reposer un instant ; je

---

[1] Petits pains mêlés de raisins.

suis si fatiguée ! » dit en soupirant Betty, qui se laissa
tomber sur la marche et allongea les deux bonnes
petites jambes qui avaient trimé toute la matinée : car
le samedi avait ses devoirs tout comme un autre jour,
et ce plaisir inaccoutumé avait été précédé de beaucoup de besogne.

Bab prit place à côté d'elle, et laissa errer ses regards
sur la grande allée, à l'entrée de laquelle une magnifique toile d'araignée brillait au soleil de l'après-midi.

« Mère dit que d'ici à deux ou trois jours elle viendra ouvrir la maison, à présent qu'il fait plus chaud
et plus sec, et nous pourrons y entrer avec elle ; à
l'automne elle n'a pas voulu nous y laisser aller,
parce que il y faisait humide et que nous avions la
coqueluche. Nous verrons tout ce qu'il y a de joli ;
comme ce sera amusant, n'est-ce pas ?

— Je le crois bien ! maman dit qu'il y a une chambre
toute pleine de livres, et que je pourrai les regarder
pendant qu'elle visitera tout. J'aurai peut-être le temps
d'en lire, et puis je te les raconterai, dit Betty qui avait
la passion des histoires et peu d'occasions d'en apprendre de nouvelles.

— Moi, reprit sa sœur, j'aimerais mieux voir le vieux
rouet qui est dans le grenier et les grands tableaux et
les habits si drôles dans le coffre bleu. Cela me désole
de savoir qu'ils sont enfermés là et ne servent à rien,
pendant que nous en pourrions faire de si beaux déguisements. Oh ! que je voudrais donc défoncer cette
vieille vilaine porte ! et se retournant, Bab allongea
un grand coup de pied dans la porte, son ennemie.
Tu n'as pas besoin de rire et de te moquer, Betty, tu
sais bien que tu en as aussi grande envie que moi,

ajouta-t-elle en se remettant à sa place, un peu honteuse de ce mouvement d'impatience.

— Je n'ai pas ri.

— Mais si, tu as ri. Crois-tu que je ne sais pas ce que c'est que de rire?

— Je suppose que je dois bien savoir si j'ai ri ou non.

— Tu as ri; comment oses-tu faire un pareil mensonge!

— Si tu soutiens encore ça, je vais prendre Belinda et m'en aller tout de suite à la maison. Et alors qu'est-ce que tu feras?

— Je mangerai tout le gâteau.

— Non, tu ne le mangeras pas! C'est le mien, maman l'a dit. Toi, tu n'es que de la compagnie; ainsi tu ferais bien de te conduire mieux que ça, ou bien je ne ferai pas de fête du tout, voilà! »

Cette terrible menace calma instantanément la colère de Bab et elle s'empressa d'aborder un autre sujet.

« Allons; il ne faut pas nous quereller et nous battre devant les enfants. Sais-tu que maman a dit que la première fois qu'il pleuvra elle nous permettra de jouer dans la remise, et que nous pourrons en prendre la clef.

— Oh! chérie! c'est parce que nous lui avons dit que nous avions découvert la petite fenêtre sous le chèvrefeuille et qu'il nous eût été bien facile d'entrer par là, mais que nous n'avons pas voulu le faire sans permission, dit Betty tout à fait apaisée : car dix années d'expérience l'avaient habituée au caractère inflammable de sa sœur.

— Je suppose que la voiture sera toute pleine de

poussière, d'araignées et de rats, mais cela m'est égal. Toi et les poupées vous serez des voyageurs, moi je monterai devant et je conduirai.

— C'est toujours toi qui conduis ; et moi j'aimerais mieux conduire à mon tour que d'être toujours cheval avec ce vieux mors de bois dans la bouche, et puis tu me secoues les bras que ça m'en fait mal, dit la pauvre Betty, lasse de se voir toujours métamorphosée en quadrupède.

— Il me semble que nous ferions bien d'aller à présent chercher l'eau, suggéra Bab, comprenant qu'il était sage de ne pas laisser sa sœur s'appesantir sur ses anciens griefs.

— Ce n'est pas tout le monde qui oserait laisser des enfants seuls en face d'un délicieux gâteau avec la certitude qu'ils n'y toucheront pas, » dit Betty avec orgueil, tandis qu'elles trottinaient vers la source, portant chacune un petit seau de fer-blanc à la main.

Hélas ! à quelle épreuve devait être mise la foi de ces mères confiantes !

Elles ne furent absentes que cinq minutes, et à leur retour leurs regards étonnés furent frappés d'un spectacle qui leur arracha simultanément un cri d'horreur... Les quatorze poupées jonchaient la table, et le gâteau....., le cher gâteau avait disparu !

A cette vue, les enfants demeurèrent pétrifiées. Enfin Bab, reprenant ses sens et lançant de côté le petit seau d'eau qu'elle avait à la main, s'écria avec colère :

« C'est Sally ! elle m'a dit qu'elle se vengerait de ce que je lui ai donné une claque quand elle pinçait la petite Marianne, et voilà ce qu'elle a fait. Ah ! elle auraaffaire à moi. Coursde ce côté, moi j'irai de l'autre. Vite, dépêchons-nous. »

Aussitôt les fillettes s'éloignèrent en sens opposé, Betty inondant son tablier : car, dans son empressement à obéir, elle avait oublié de se dessaisir de son seau. Elles firent le tour de la maison et se retrouvèrent à la porte de derrière, mais elles n'avaient pas rencontré plus de voleur que de voleuse.

« Par la route ! s'écria Bab.

— A la source ! » répondit Betty haletante, et elles reprirent leur course folle, l'une pour grimper sur un tas de pierres d'où elle pouvait par-dessus le mur inspecter l'avenue, l'autre pour retourner à la fontaine qu'elles n'avaient quittée que depuis un instant. Mais, au retour, Bab n'avait aperçu par-dessus le mur que d'innocentes pâquerettes qui semblaient tout étonnées de son émoi ; et Betty avait vu s'envoler un oiseau brun que son apparition inattendue avait troublé dans son bain froid. Elles se retrouvèrent encore une fois devant le porche où un nouveau sujet d'effroi leur arracha un : Oh ! plein de terreur.

Un chien inconnu, assis tranquillement au milieu des ruines du festin, se léchait les barbes après avoir mangé les miettes qui étaient tombées sur la table lors de l'enlèvement du panier et du gâteau.

« Oh ! l'horrible bête ! cria Bab impatiente de vengeance, mais intimidée, car si ce chien était singulier d'apparence, c'était par-dessus le marché un chien voleur.

— Il ressemble à notre barbet de porcelaine, » dit tout bas Betty en se dissimulant autant que possible derrière sa sœur qui était plus vaillante qu'elle.

La ressemblance était réelle ; sans doute le barbet était beaucoup plus sale que le chien de porcelaine, dont la toilette était toujours faite avec soin ; mais le caniche vivant avait comme son semblable une touffe de poil au bout de la queue, des manchettes aux pattes, le corps rasé par derrière et couvert de poil frisé par devant ; seulement ses yeux étaient jaunes au lieu d'être noirs ; son petit nez rouge se plissait de la plus drôle de façon lorsqu'il flairait impudemment à droite et à gauche comme pour découvrir d'autres gâteaux, et depuis trois ans que le caniche de porcelaine habitait la cheminée de la salle, il ne s'était jamais livré aux exercices surprenants par lesquels l'animal mystérieux étonna les petites filles au delà de toute expression.

D'abord il s'assit, et leva ses deux pattes de devant comme pour demander l'aumône avec gentillesse ; puis tout à coup il releva ses pattes de derrière et marcha sur celles de devant avec la plus grande aisance. A peine les deux sœurs étaient-elles un peu revenues de leur première émotion, que les pattes de derrière retombèrent à terre, celles de devant se relevèrent et le chien se mit à marcher d'un pas mesuré comme une sentinelle en faction. Mais voici qui combla la mesure : prenant le bout de sa queue dans sa gueule, il s'élança par-dessus les poupées et descendit l'allée en valsant jusqu'à la grand'porte, puis il revint toujours valsant vers la table que sa brusquerie avait renversée.

Bab et Betty se tenaient les côtes et riaient comme de petites folles, car elles n'avaient jamais rien vu de si drôle ; cependant le chien, encore étourdi, revint sur la marche et aboya bruyamment, tandis que son petit nez rose passait rapidement l'inspection de leurs

pieds et que ses yeux si drôles se fixaient sur elles
avec intelligence; alors elles cessèrent de rire et
n'osèrent plus faire un mouvement.

« Allez coucher ! vite, allez-vous-en, dit Bab avec
autorité.

— Allez-vous-en, » balbutia timidement Betty.

A leur grand soulagement, le barbet, après avoir
encore aboyé deux ou trois fois d'un air interrogatif,
s'éclipsa rapidement. Cédant à une commune impulsion les deux sœurs se lancèrent à sa suite. Elles
eurent beau courir, tout ce qu'elles virent du chien
ce fut la petite houpette de sa queue qui disparaissait
en frétillant dans la haie de clôture.

« D'où crois-tu qu'il a pu venir? demanda Betty
en s'asseyant sur une grosse pierre pour se reposer.

— Je voudrais surtout savoir où il est allé pour lui
donner une bonne correction, répondit d'un ton irrité
Bab à qui revenait le souvenir de ses griefs.

— Oh oui! chérie! mais j'espère que le gâteau l'a
bien brûlé, s'il l'a mangé, grommela Betty en se souvenant des raisins qu'elle avait si bien hachés, et de
toutes les bonnes choses que « maman » avait géné-
reusement mises dans ce précieux gâteau.

— Voilà toute notre fête manquée, autant vaut nous
en aller à la maison, » dit Bab d'un air consterné en se
dirigeant vers l'allée qui conduisait chez sa mère.

Betty se préparait à répandre des larmes sur de si
grands désastres, mais malgré son chagrin elle éclata
de rire en s'écriant :

« Ah! que c'était drôle de le voir valser et rouler
comme une boule! que je voudrais donc le voir recommencer; et toi?

— Moi aussi; mais tout de même je le déteste.
J'ai envie de voir ce que dira maman quand... quand...
Eh bien! eh bien! et Bab s'arrêta en ouvrant des
yeux presque aussi grands que les soucoupes bleues
du petit service à thé.

— Qu'est-ce qu'il y a? qu'est-ce que c'est? s'écria
Betty avec angoisse et toute prête à fuir sans retard
devant un nouveau sujet de terreur.

— Tiens! regarde! vois! il est revenu ! » répondit
Bab à qui la surprise ôtait la voix et elle montrait
la table.

Betty suivit la direction indiquée et ses yeux s'ou-
vrirent démesurément.... Car.... le gâteau perdu
n'était plus perdu ; il était là, intact, entier ; seulement le B était un peu plus de travers qu'auparavant.

CHAPITRE II

Où l'on trouve le maître du chien.

L'étonnement des deux petites filles était trop grand pour se manifester par des paroles; après une minute d'immobilité et comme par une même impulsion, elles s'élancèrent ensemble vers le gâteau et le touchèrent timidement du bout du doigt, s'attendant à le voir disparaître par quelque procédé étrange et mystérieux.

Cependant il resta bien tranquille dans son panier, et les fillettes poussèrent un long soupir de soulagement; elles ne croyaient ni aux génies ni aux fées, mais pourtant les événements dont elles avaient été témoins ressemblaient terriblement à des tours de magie.

« Le chien ne l'a pas mangé!

— Sally ne l'avait pas pris!

— Comment le sais-tu?

— Parce que, bien sûr, elle ne l'aurait pas rapporté.

— Mais qui est-ce donc, alors?

— Je ne sais pas, mais je pardonne au coupable.

— Qu'est-ce que nous allons faire maintenant? demanda Betty à qui il paraissait bien difficile de

2

prendre tranquillement le thé après de si grandes émotions.

— Il faut, il faut le manger le plus vite possible, » et Bab divisa d'un seul coup de couteau le précieux trésor, bien déterminée à ne plus se laisser déposséder, mais à consommer elle-même sa part.

Cela ne demanda pas beaucoup de temps, car elles se mirent à la besogne avec toute l'activité possible et s'aidèrent de plusieurs tasses de thé et de lait pour faire couler plus facilement les gros morceaux, et tout le temps elles regardaient à droite et à gauche pour s'assurer que le chien étranger ne reparaissait pas.

« Là! je voudrais bie nvoir à présent qui est-ce qui me prendra mon gâteau? dit Bab d'un air triomphant en croquant sa part du B.

— Et moi aussi, repartit Betty tout en toussant, car un maudit raisin de Corinthe s'obstinait à ne pas descendre.

— Nous ferons aussi bien de débarrasser tout ça, et de jouer au tremblement de terre, opina Bab, jugeant avec quelque raison qu'une semblable convulsion de la nature était nécessaire pour expliquer d'une manière satisfaisante la triste condition de sa famille.

— Oh oui! ce sera superbe. Ma pauvre Linda a été jetée sur le nez. Chère petite, viens à maman qui va te guérir, dit d'un ton caressant la jeune mère, et elle tira l'objet de ses affections d'un fouillis de mauvaises herbes, ensuite elle essuya la terre qui dissimulait ses traits. La courageuse Linda, au milieu de tant d'épreuves, conservait sur ses lèvres un sourire héroïque.

— Elle aura certainement le croup cette nuit, avec le lait et le sucre qui nous restent préparons vite une potion, dit Bab, qui aimait beaucoup à droguer les poupées.

— C'est bien possible; mais tu n'as pas besoin de commencer déjà à éternuer. Je vous remercie, madame, je puis bien éternuer moi-même pour mes enfants sans que vous vous en mêliez. »

Ceci était dit avec une vivacité qui avait lieu de surprendre de la part de la douce Betty; mais elle était encore toute troublée des grands événements qui venaient de s'accomplir.

« Je n'ai pas éternué, madame; j'ai bien assez à faire de parler, de tousser, et de pleurer pour mes chéris, sans m'ennuyer encore de vos enfants, madame; entendez-vous? reprit Bab encore plus excitée que sa sœur.

— Mais qui est-ce donc alors? j'ai entendu aussi clairement que possible un éternuement bien vrai, bien réel, » et Betty regarda vers le toit de verdure comme si le bruit était venu de ce côté.

Un oiseau se balançait en gazouillant sur la plus haute branche d'un lilas, mais on n'apercevait aucun être vivant.

« Les oiseaux n'éternuent pas, ce me semble, demanda Betty en jetant un regard soupçonneux sur le petit chanteur.

— Bien sûr que non! tu n'es qu'une oie!

— Enfin je voudrais bien savoir qui est-ce qui rit et éternue de ce côté-là. Peut-être est-ce le chien, continua Betty qui parut tranquillisée par cette supposition.

— Je n'ai jamais entendu rire un chien, excepté

celui de la mère Hubbard. C'est un chien si extraordinaire, peut-être est-ce lui. Mais où est-il allé? et elle se mit à sonder du regard les petites allées, espérant qu'elle y verrait apparaître l'intéressant caniche.

— Je sais bien ce que je vais faire, moi, dit Betty d'un air inspiré en entassant toutes ses poupées dans son tablier avec plus de précipitation que de soin. Je m'en vais tout droit à la maison raconter à maman tout ce qui est arrivé. Je n'aime pas des choses comme ça et j'ai peur.

— Moi je n'ai pas peur; mais je crois qu'il va pleuvoir, » répondit Bab ; elle aurait dédaigné d'avouer qu'elle pût s'effrayer de quelque chose, et, desservant d'une façon sommaire, elle réunit les quatre coins du châle qui avait joué le rôle de tapis, fourra ce paquet dans son tablier et dit qu'elle était prête à partir. Au moment où Betty allait la suivre elle vit à ses pieds sur la marche deux jolies roses.

« Oh ! Bab, regarde donc ! Est-ce que le vent n'est pas bien gentil de m'avoir jeté ces deux roses dont j'avais si grande envie et que je ne pouvais atteindre? » et elle rejoignit sa sœur, qui avait pris les devants tout en regardant de tous côtés si elle ne découvrirait pas Sally Holsom, son ennemie jurée.

La possession de ces fleurs procura un peu de calme aux enfants; elles avaient eu un grand désir de les cueillir, mais elles avaient courageusement résisté à la tentation de grimper dans le treillage. La maman avait interdit ce genre de gymnastique depuis que Bab avait fait une lourde chute en cueillant des fleurs au chèvrefeuille qui couvrait le porche.

Elles rentrèrent donc et firent leur récit, au grand

amusement de madame Moss, qui crut y voir une malice de quelque camarade et ne parut pas très émue du rire et de l'éternuement mystérieux.

« Nous ferons un grand rangement lundi et nous verrons ce qu'il y a, » dit-elle tranquillement.

Mais le lundi, Mme Moss ne put exécuter ses intentions : car il plut, et quand les fillettes partirent pour l'école, on les aurait prises pour une paire de jeunes canards, tant elles mettaient d'entrain à piétiner dans toutes les mares qu'elles rencontraient ; leurs caoutchoucs leur permettaient, en effet, de se livrer sans danger au barbotage, ce plaisir des enfants de tous les pays.

La classe finie les écolières se mirent à dîner, et les sœurs racontèrent les hauts faits du chien mystérieux. Justement d'autres enfants l'avaient vu, tandis qu'il explorait leurs basses-cours.

On l'avait bien vu mendier, mais il n'avait exhibé ses talents que devant Bab et Betty : naturellement elles s'enorgueillirent de cette distinction, et ne l'appelèrent plus que « notre chien » avec un air d'importance. L'affaire du gâteau resta une énigme : car Sally Holsom affirma solennellement qu'à cette heure même elle était à jouer avec Mamie Snow dans sa grange. Personne n'avait été du côté de la vieille maison et il ne se fit aucune lumière sur cette singulière affaire.

L'histoire produisit cependant beaucoup d'effet ; la maîtresse elle-même y prit intérêt et raconta des choses si étonnantes d'un jongleur qu'elle avait vu une fois, que bien des enfants captivées restèrent bouche béante oubliant de finir leur repas, qui d'ordinaire était ex-

pédié avec une rapidité miraculeuse. A la récréation
de l'après-midi Bab faillit se désarticuler les membres
en cherchant à reproduire les contorsions du caniche.
Elle s'y était exercée avec un plein succès sur son lit,
mais le plancher de l'école était un peu plus dur ; ses
genoux et ses coudes s'en aperçurent.

« Cela paraissait si facile et je ne sais plus comment faire, dit-elle en tombant lourdement après avoir
vainement tenté de marcher sur les mains.

— Le voilà ! le voilà ! » s'écria tout à coup Betty perchée sur un tas de bois, sous un hangar voisin. A ce
cri il se produisit un grand tumulte, et, malgré la
pluie, seize petites filles se précipitèrent au dehors
comme s'il se fût agi de contempler le carrosse magique de Cendrillon, et non un pauvre chien abandonné, trottant dans la boue.

« Appelez-le ! appelez-le ! faites-le danser, crièrent
toutes les écolières à la fois et avec tant de persistance
qu'on eût pu croire à l'arrivée d'une troupe de moineaux bavards.

— C'est moi qui vais l'appeler, il me connaît, » et
Bab s'avança d'un air important, oubliant que deux
jours auparavant elle avait donné la chasse et pro-
digué des épithètes peu flatteuses au caniche. Mais
lui il avait la mémoire plus longue. S'il ne prit pas la
fuite, du moins il cessa d'avancer et resta immobile à
regarder d'un air plein de méfiance cet essaim d'enfants. Sa toison ruisselait, le petit bout de sa queue
s'agitait lentement et son nez rose aspirait activement
es vagues parfums culinaires qu'exhalaient quelques-
uns des paniers ; certaines petites filles, plus curieuses
qu'affamées, n'avaient pas achevé leur repas.

« Il a faim ; il faut lui donner à manger, et alors il verra bien qu'on ne veut pas lui faire de mal, » opina Sally qui donna l'exemple en offrant sa dernière tartine.

Bab prit la jolie timbale de fer-blanc peint, dont Mme Moss avait fait cadeau à ses filles peu de jours auparavant, et fit le tour de l'assistance pour recueillir les contributions ; puis elle la montra au chien en l'invitant à s'approcher, mais il n'osa pas dépasser le seuil de la porte. Il se mit debout, il prit un air suppliant et implora leur pitié d'une façon si touchante que Bab, ayant déposé la timbale à la porte, recula jusqu'au fond de la salle d'école en disant avec compassion :

« Il meurt de faim ! il faut le laisser manger tout ce qu'il voudra et ne pas nous en approcher. »

Les enfants se reculèrent en témoignant un intérêt mêlé de pitié ; mais il m'en coûte de dire que leur charité ne fut pas récompensée comme elles s'y attendaient ; aussitôt que le barbet vit la place libre, il s'avança résolument, saisit entre ses dents l'anse de la timbale et s'élança au triple galop sur la route.

Des cris de surprise retentirent ; les plus perçants furent ceux de Bab et de Betty, traîtreusement dépossédées de l'ustensile dont elles étaient si fières ; mais personne ne put courir après le voleur : car la cloche sonnait, et les enfants reprirent leurs places non sans quelque désordre.

A la fin de la classe, les deux sœurs se hâtèrent de rentrer pour raconter à leur mère leur mécompte et chercher près d'elle des consolations dont elle se montra prodigue.

« Consolez-vous, mes chères petites, je vous en donnerai une autre, s'il ne vous la rapporte pas comme il a rapporté le panier. Puisqu'il fait trop mauvais pour jouer dehors, vous allez venir dans la remise ainsi que je vous l'ai promis ; gardez vos caoutchoucs et suivez-moi. »

Cette délicieuse perspective produisit un grand allégement à leur douleur. Leur mère prit le gros trousseau de clefs de la maison dont elle avait la garde ; les deux sœurs la suivirent en gambadant tout le long de l'allée sablée qui conduisait du pavillon à la maison.

La petite porte de la remise était fermée en dedans ; mais la grande avait un cadenas extérieur, et aussitôt qu'il fut enlevé, un des battants s'ouvrit et les deux enfants entrèrent en toute hâte, empressées de prendre possession de la voiture qu'elles convoitaient depuis si longtemps. Elle était poudreuse et sentait le moisi ; mais elle avait un siège élevé, un marchepied, et d'autres avantages qui en faisaient un joujou fort enviable.

Bab alla tout droit se poster sur le siège et Betty étendit la main vers la portière ; mais l'une et l'autre reculèrent plus vite encore qu'elles ne s'étaient avancées : car, de l'intérieur obscur, elles avaient entendu sortir un petit aboiement et on avait dit à demi-voix :

« Tais-toi, Sancho ! à bas !

— Qui est là ? » s'écria Mme Moss d'un ton sévère en reculant vers la porte avec ses deux filles qui se cachaient dans ses jupons.

La tête blanche, frisée et bien connue du caniche se présenta par la glace cassée ; en même temps une voix douce et plaintive fit entendre ces paroles :

« N'ayez pas peur, mesdames, nous ne vous ferons pas de mal.

— Sortez à l'instant de là-dedans ou j'irai vous chercher, s'écria Mme Moss devenue tout à coup très brave en apercevant sous la voiture une paire de petits souliers crottés.

— Oui, madame, répondit une voix douce, et l'on vit surgir de l'obscurité quelque chose qu'on aurait pu appeler un paquet de haillons, suivi du barbet, qui s'assit immédiatement devant les pieds nus de son maître et prit l'air d'un gardien vigilant prêt à assaillir quiconque s'approcherait trop.

— Mais, qui es-tu donc et comment es-tu entré ici? » demanda Mme Moss qui cherchait encore à avoir le ton sévère, mais dont les yeux maternels se remplirent de larmes quand ils se fixèrent sur la pauvre petite créature qu'elle avait devant elle.

CHAPITRE III

Ben.

« Madame, je m'appelle Ben Brown et je voyage.

— Où vas-tu ?

— N'importe, où je trouverai de l'ouvrage.

— De quelle sorte d'ouvrage es-tu capable ?

— Toute espèce. Je sais soigner les chevaux.

— Est-il possible ! tu es si petit !

— J'ai douze ans, madame, et je sais monter sur n'importe quel animal à quatre jambes ; et la physionomie du petit garçon semblait dire : Amenez vos chevaux et vous verrez ce que je sais faire.

—N'as-tu pas de parents ? demanda Mme Moss intéressée par ce petit être dont la figure était hâlée et maigre, les yeux creusés, soit par la faim, soit par la souffrance, dont le corps était vêtu de guenilles et qui se pressait contre la roue comme s'il se sentait trop faible ou trop fatigué pour pouvoir se soutenir sans appui.

— Non, je n'ai pas de parents, et les gens avec qui j'étais me battaient tant que je me suis échappé. Ces derniers mots semblèrent lui être arrachés par la confiance que lui inspirait malgré lui la sympathie témoignée par la bonne dame.

— Alors je ne te blâme pas. Mais comment es-tu venu ici?

— J'étais si fatigué que je ne pouvais plus marcher; j'espérais que les personnes de cette maison là-bas me laisseraient entrer; mais j'ai frappé à la grand'porte et on ne m'a pas ouvert; alors je me suis couché sur la terre pour y mourir.

— Pauvre petit être!» dit Mme Moss tandis que les enfants étaient émues en pensant que c'était auprès de leur porte que le petit garçon avait songé à mourir!

Ben poussa un long soupir, et malgré son misérable état ses yeux reprirent de la vivacité à mesure qu'il continuait: — Pendant que je me reposais, j'ai entendu parler, j'ai regardé par le trou de la serrure et j'ai vu les petites demoiselles qui jouaient; le goûter devait être bien bon, oh! j'en ai eu bien envie, mais je n'ai rien pris: c'est Sancho, et c'était pour moi.

Ici le barbet dressa les oreilles et parut très satisfait d'être compté pour quelque chose; puis il cligna de l'œil d'un air doux et malin, tandis que les fillettes lui lançaient des regards pleins de reproches.

« Et vous le lui avez fait rapporter? s'écria Bab.

— Non, je l'ai remis moi-même; j'ai passé par-dessus la porte pendant que vous poursuiviez mon chien, j'ai grimpé sur le porche et je m'y suis caché.

— C'est vous qui avez ri?

— Oui.

— Et éternué?

— Oui.

— Et qui avez jeté les roses?

— Oui, et vous avez été contentes, n'est-ce pas?

— Je le crois bien; mais pourquoi vous cachiez-vous?

— Parce que je n'étais pas bon à montrer, murmura Ben qui jeta un coup d'œil sur ses haillons, et parut tenté de se renfoncer dans l'obscurité d'où il était sorti.

— Mais comment es-tu entré ici? demanda Mme Moss, se souvenant de la responsabilité que lui imposait son titre de gardienne.

— J'avais entendu vos petites filles parler d'une remise et d'une petite fenêtre dont la vitre était cassée, et quand elles ont été parties, j'ai cherché et j'ai découvert la petite fenêtre, j'ai seulement enlevé un morceau de la vitre cassée, mais je n'ai pas fait le moindre mal en couchant ici deux nuits. J'ai essayé hier de m'en aller; mais quand j'ai été dehors, j'étais si étourdi que je ne pouvais marcher.

— Et tu es revenu?

— Oui, madame, il faisait si mauvais à la pluie et là-dedans j'étais comme si j'avais eu une maison à moi; je pouvais entendre parler au dehors et puis aujourd'hui Sancho a trouvé à manger et cela m'a fait du bien.

— Oh! mon Dieu! est-ce possible, » dit avec compassion Mme Moss qui s'essuyait les yeux avec le coin de son tablier: car elle était bouleversée à la pensée que ce pauvre petit avait passé deux jours et deux nuits dans cette voiture, tout seul, sans nourriture et sans lit. « Sais-tu ce que je vais faire de toi? dit-elle, en cherchant à surmonter son émotion et en souriant en

dépit des grosses larmes qui se succédaient le long de
ses joues.

— Non madame, vous ferez ce que vous voudrez ;
seulement, je vous en prie, ne soyez pas dure pour
Sancho, il est si bon pour moi et nous nous aimons
tant tous les deux. N'est-ce pas ? mon vieux bonhomme,
et Ben entoura de son bras le cou de son ami et ses
regards exprimèrent plus d'anxiété qu'il n'en avait
montré quand il s'agissait de lui-même.

— Je vais t'emmener tout droit chez moi, te laver
et te donner à manger, puis te mettre dans un bon
lit ; demain, demain.... eh bien, nous verrons, dit
Mme Moss, ne sachant pas elle-même ce que demain
pourrait amener.

— Vous êtes bien bonne, madame. Je serai si content de travailler pour vous. Est-ce que vous n'avez
pas un cheval que je pourrais soigner ? demanda vivement l'enfant.

— Je n'ai que des poules et un chat. »

Bab et Betty éclatèrent de rire à cette réponse, et
Ben sembla vouloir se joindre à leur gaieté ; mais ses
jambes ne le soutenaient plus, il serrait Sancho contre
lui, et le jour l'éblouissait comme un oiseau de nuit.
En voyant ses traits exprimer un si grand malaise
Mme Moss s'adressa à ses filles : — Courez à la maison,
mes enfants, remplissez la bouilloire et faites chauffer
le reste du bouillon ; je vais avoir soin de lui ; et elle
se mit à lui tâter le pouls : car la pensée lui venait
qu'il pourrait bien être atteint de quelque maladie
contagieuse et qu'elle ne devrait peut-être pas le
mettre sous le même toit que ses enfants. La main
qu'il lui donna était très-maigre, mais propre et

fraîche, et ses yeux noirs avaient une bonne expression, quoiqu'ils fussent très creux ; le malheureux était à demi-mort de faim.

« Je suis bien mal habillé, mais je ne suis pas sale, je me suis lavé à la pluie, dit-il en ayant l'air étonné qu'elle l'examinât si minutieusement.

— Montre-moi ta langue. »

Il obéit, mais reprit aussitôt :

« Je ne suis pas malade ; j'ai seulement bien faim : car depuis trois jours je n'ai mangé que ce que Sancho a apporté et nous partageons toujours. N'est-ce pas, mon ami Sancho ? »

Le caniche aboya bruyamment et se mit à aller et venir de son maître à la porte, comme s'il avait compris ce qui se passait et qu'il eût été impatient de se mettre en marche pour aller trouver les aliments et l'abri qu'on leur offrait. Mme Moss fut de son avis et dit à Ben de la suivre et d'apporter son paquet.

« Je n'ai plus rien. Des hommes m'ont pris mon paquet, sans cela je ne serais pas si déguenillé. Je n'ai que cette boîte que Sancho m'a apportée et je voudrais bien savoir à qui elle est pour la rendre ; » alors Ben tira la boîte de fer-blanc des profondeurs de la voiture où il avait établi son domicile.

« Rien de plus facile, dit Mme Moss, car c'est à moi ; je suis bien aise que tu aies profité de ce qu'on avait mis là-dedans, et que ce drôle de barbet a emporté ; partons, il faut que je ferme la porte », et la gardienne reprit son trousseau de clefs.

Ben se traînait avec peine, appuyé sur un manche d'outil qu'il avait trouvé dans la remise ; ces deux jours qu'il avait passés dans un lieu humide après avoir erré pendant quinze jours au soleil et à la pluie, lui avaient donné des courbatures dans tous les membres. Quant à Sancho, il était clair qu'il comprenait que leurs chagrins étaient finis et qu'il serait à l'avenir dispensé de ses fonctions de fourrier ; aussi sautait-il autour de son maître en poussant de petits cris de joie ; puis pour mieux exprimer ses sentiments, il prenait sa queue dans sa gueule et se mettait à valser.

Quand on entra dans la cuisine l'eau et le bouillon chauffaient, et Betty, qui dans son empressement s'était mis une balafre noire sur sa joue rose, remplissait de bois le poêle qui ronflait bruyamment pendant que Bab s'escrimait à couper du pain. Avant d'avoir eu le temps de se reconnaître, Ben se trouva étendu sur une chaise à bascule et dévorant des tartines avec tant d'activité que Bab avait à peine le temps de les faire ; Sancho était à ses pieds rongeant un os de mouton avec l'acharnement d'un loup déguisé en agneau.

Tandis que les nouveaux venus étaient ainsi occupés agréablement, Mme Moss emmena ses filles hors de la chambre et leur donna à chacune une mission.

« Bab, tu vas aller chez Mme Barton lui demander quelques vêtements qui ne servent plus à Billy ; toi, Betty, cours chez les Cutters, prie Miss Clarindy de ma part de te donner deux des petites chemises d'homme qui ont été faites à la réunion de couture. Un chapeau, des souliers, des chaussettes ne seraient pas de trop : car le pauvre enfant n'a sur lui rien qui vaille. »

Et les fillettes partirent pleines d'ardeur pour chercher de quoi vêtir leur protégé ; elles plaidèrent si bien sa cause auprès des bons voisins, que Ben eut

peine à se reconnaître quand une demi-heure plus
tard il sortit de la chambre vêtu d'un costume fané,

mais non déchiré,
d'une chemise de co-
ton écru, et chaussé
de vieux souliers.

Sancho avait aussi
sa part de bien-être :
car son maître, après
s'être plongé dans
un baquet d'eau

Ben dévorait les tartines avec tant d'ardeur que Bab avait à peine le temps de
les faire. (Page 32.)

chaude où ses membres avaient recouvré de l'élasticité, y avait savonné son chien. La toison de Sancho,
blanche et bien peignée, était aussi propre que celle
du caniche en porcelaine; la houppette de sa queue
s'agitait gaiement au-dessus de son dos.

3

Nos voyageurs, pénétrés de bien-être, avec la conscience intime d'offrir aux regards une apparence respectable, firent modestement leur entrée dans la cuisine, où ils furent accueillis par les sourires approbateurs des petites filles et par un affectueux compliment de la mère; celle-ci les installa auprès du poêle, afin de bien sécher l'humidité qui pouvait leur rester de leurs ablutions.

« Vraiment, je ne t'aurais pas reconnu, » s'écria l'excellente femme en examinant Ben avec satisfaction: car, malgré sa pâleur et son air fatigué, il y avait dans sa tenue et dans ses mouvements quelque chose de comme il faut qui prédisposait en sa faveur; mais en voyant son corps et ses membres si minces remuer à l'aise dans ses vêtements trop larges, on pensait involontairement à une anguille qui se serait fourvoyée dans une peau trop grande pour elle. Rien n'échappait à ses yeux noirs et vifs. Sa voix avait un timbre doux et sympathique, sa figure basanée semblait rajeunie de plusieurs années depuis qu'il était délivré de l'inquiétude et de la faim.

« Voyez comme tout cela est joli, Madame; nous vous sommes bien obligés, Sancho et moi, » murmura Ben tout intimidé et tout rouge sous les regards de six yeux bienveillants qui l'examinaient avec attention.

Bab et Betty mettaient une activité inaccoutumée à préparer le thé, afin de pouvoir s'occuper de leur hôte; dans sa précipitation Betty laissa échapper une tasse. A sa grande surprise on ne l'entendit pas se briser; car Ben, se baissant lestement, la saisit au vol et la lui présenta sur le revers de sa main en faisant un petit salut.

Ben la saisit au vol et la lui présenta sur le revers de sa main. (Page 34.)

« Oh! comment avez-vous pu faire cela? demanda
Bab, qui n'était pas loin de croire à quelque tour de
magie.

— Ah! ce n'est rien, voyez ceci; » et Ben prenant
deux assiettes se mit à les lancer en l'air et à les recevoir alternativement avec une si grande rapidité que
les petites filles demeurèrent stupéfaites, la bouche
ouverte, tandis que Mme Moss, serviette en main,
observait les évolutions de sa poterie avec l'anxiété
naturelle chez une bonne ménagère.

« Voilà qui est plus fort que tout le reste! » fut la
seule exclamation qu'elle eut le temps de faire entendre;
Ben, voulant sans doute témoigner sa gratitude de la
seule manière qui fût en son pouvoir, prit plusieurs
épingles à linge qui se trouvaient dans un panier, fit
tournoyer en l'air quelques soucoupes, les reçut sur
le bout des épingles qu'il balança successivement sur
son menton, sur son nez, sur son front; puis s'en alla
en sautillant à la façon des crapauds.

Les fillettes riaient comme de petites folles, et leur
mère s'amusait tant que si Ben eût manifesté le moindre désir de se servir de sa plus belle soupière, elle
n'aurait pas hésité à la lui confier. Mais il était encore
trop fatigué pour montrer tous ses talents et il s'arrêta
comme honteux de s'être trahi.

« Je vois que tu as fait le métier de jongleur, » dit
Mme Moss avec un mouvement de tête, car elle voyait
reparaître sur sa physionomie l'expression qui l'avait
frappée lorsqu'il s'était nommé et qu'elle avait un peu
douté de sa sincérité.

« Oui, madame, je servais le señor Pedro, « le premier magicien du monde », et j'ai appris quelques-uns

de ses tours, balbutia Ben en cherchant à prendre un air très innocent.

— Voyons, mon garçon, tu feras bien de me raconter toute ton histoire et de bien dire la vérité ; sinon je t'enverrai chez le juge Allen, et je serais fâchée d'y être obligée, car c'est un homme sévère ; donc si tu n'as rien fait de mal, tu n'as aucune raison d'hésiter à parler, car je désire faire pour toi ce que je pourrai, dit Mme Moss avec une certaine gravité, et elle s'assit sur un fauteuil comme un juge qui interroge un accusé.

— Je n'ai rien fait de mal et je n'ai pas peur ; seulement je ne voudrais pas retourner là-bas, et si je vous dis tout, peut-être que vous leur ferez savoir où je suis, dit Ben, très partagé entre son désir de se confier à sa nouvelle amie et la crainte de retomber sous le joug de ses anciens ennemis.

— Je ne le ferai certainement pas s'ils te maltraitaient. Dis la vérité et je te soutiendrai. Enfants, allez chercher le lait.

— Oh ! maman, permets-nous de rester ! nous ne dirons jamais rien, nous le promettons ! s'écrièrent ensemble Bab et Betty, toutes désappointées de se voir renvoyées au moment même où des secrets si intéressants allaient être divulgués.

— Cela ne me fait rien qu'elles soient là, madame, dit Ben, d'un air ouvert.

— Très bien ; seulement vous aurez soin de vous taire. Maintenant, mon garçon, d'où viens-tu ? » dit Mme Moss, pendant que les enfants, dont les yeux brillaient de curiosité et de satisfaction, s'asseyaient côte à côte sur leur petit banc en face de leur mère.

CHAPITRE IV

Son histoire.

« Je me suis échappé d'un cirque, » commença Ben ; mais il fut aussitôt interrompu, car à ce mot Bab et Betty firent un bond de joie et s'écrièrent en même temps :

« Oh ! nous y avons été une fois ! que c'est beau ! que c'est magnifique !

— Vous ne diriez peut-être pas cela si vous en saviez autant que moi, répondit Ben avec un froncement de sourcils et un tressaillement, comme s'il eût encore senti les coups de fouet qu'il avait reçus. Nous ne trouvions pas cela magnifique tous les jours, n'est-ce pas, Sancho ? » et il fit entendre un bruit singulier à l'ouïe duquel le barbet se mit à gronder comme s'il lui eût rappelé de tristes souvenirs ; puis la queue entre les jambes il se coucha aux pieds de son maître, et parut fort occupé de faire plus ample connaissance avec les souliers (non pas neufs mais nouveaux) dont ils étaient chaussés.

« Comment y étais-tu entré ? demanda Mme Moss, un peu troublée par cet aveu.

— Eh bien ! mon père était « le chasseur sauvage des prairies ». Est-ce que vous ne l'avez jamais vu? vous n'en avez pas entendu parler non plus? dit Ben, surpris de leur ignorance.

— Mais, mon cher enfant, je ne suis pas entrée dans un cirque depuis dix ans, et je ne me rappelle certainement pas ce que j'y ai vu, dit Mme Moss, à la fois touchée et amusée de l'admiration évidente de l'enfant pour son père.

— Et vous, est-ce que vous ne l'avez pas vu? demanda-t-il aux petites filles.

— Nous avons vu des Indiens et des hommes qui faisaient des culbutes, et les célèbres frères de Bornéo, et des clowns et des singes, et puis un petit poney mignon qui avait les yeux bleus. Votre père en était-il? demanda naïvement Betty.

— Bah! il n'était pas de ce rang-là. Il montait toujours deux, quatre, six, et même huit chevaux tout à la fois, et moi je montais avec lui tant que je n'ai pas été trop grand. Mon père était du numéro un et il ne faisait rien que de dresser des chevaux et puis de les monter, dit Ben avec autant d'orgueil que s'il eût dit que son père était président de la République des Etats-Unis.

— Est-il mort? demanda Mme Moss.

— Je ne sais pas. Oh! je voudrais... et le pauvre Ben fit comme s'il lui montait quelque chose dans le gosier.

— Raconte-nous tout, mon enfant, peut-être que nous pourrons le retrouver, dit Mme Moss en se penchant pour caresser cette chevelure noire qui s'était subitement baissée vers le chien.

— Oui, madame, je vous dirai tout ; et l'enfant fit un effort pour rassurer sa voix, puis aborda sa narration.

— Papa était bien bon pour moi et j'aimais bien à être avec lui depuis que ma grand'mère était morte. J'ai demeuré avec elle jusqu'à sept ans, et alors papa m'a pris avec lui pour faire de moi un écuyer. Il aurait fallu me voir quand j'étais un petit bonhomme en maillot blanc avec une ceinture d'or et des rubans roses, debout sur l'épaule de mon père, ou bien quand je me tenais à la queue du vieux général pendant qu'il était au grand galop, ou encore quand le père montait trois chevaux, moi sur sa tête, agitant des drapeaux et que tout le monde battait des mains et criait.

— Oh ! et vous ne mouriez pas de peur ? s'écria Betty toute tremblante.

— Pas du tout ; j'aimais bien ça.

— Je l'aimerais aussi, s'écria Bab avec enthousiasme.

— Je conduisais le chariot attelé de quatre poneys quand on se promenait dans la ville, continua Ben, ou bien j'étais assis sur le haut du grand char traîné par Annibal et Néron. Mais cela ne m'allait pas trop, parce que c'était si haut et puis ça balançait si fort, et le soleil me brûlait et les arbres m'égratignaient la figure, et puis j'avais mal aux jambes d'être si longtemps debout.

— Qu'est-ce que c'est qu'Annibal et Néron ? demanda Betty.

— Deux grands éléphants. Papa ne voulait pas qu'on me mît sur le haut ; mais quand il a été parti, il a bien fallu m'y résigner, car on m'aurait battu.

— Est-ce que personne ne te protégeait ? demanda Mme Moss.

— Oh si ! presque toutes les dames ; elles étaient très bonnes pour moi, surtout Mélia. Elle avait juré qu'elle ne paraîtrait pas aux représentations du tournoi, si on ne cessait pas de me battre parce que je ne voulais pas soigner les ours avec le vieux Buck. Et ils furent bien obligés de céder parce qu'elle montait mieux que tout le monde, et il n'y en avait pas d'autre pour la remplacer.

— Des ours ! ah ! parlez-nous des ours ; s'écria Bab fort animée, car dans le seul cirque qu'elle eût vu, les animaux l'avaient enthousiasmée.

— Buck en avait cinq, des vilains grognons, et ils les faisait voir. Une fois que je jouais avec eux pour m'amuser, il pensa que cela ferait de l'effet si je les faisais voir à sa place ; mais ils avaient une manière de grincer des dents qui n'était pas du tout amusante, et on ne pouvait pas savoir s'ils avaient envie de rire ou bien de vous manger la tête. Un jour Buck était sorti de la cage tout couvert de morsures et d'égratignures ; ça fait que moi je ne voulus pas y entrer et je n'y suis pas entré parce que Mlle Saint-Jean a pris mon parti.

— Qui était-ce que Mlle Saint-Jean ? demanda Mme Moss toute surprise de l'introduction de ce nouveau personnage.

— Mais c'était Mélia, Mme Smithers, la femme du maître : car il ne s'appelle pas plus Montgommery qu'elle ne se nommait Saint-Jean. On prend de beaux noms pour mettre sur les affiches, vous savez. Mon père était le señor José Montebello, et moi je suis devenu M. Adolphus Bloomsbury, quand j'ai cessé d'être Cupidon volant et l'Enfant prodige. »

Des noms si ronflants jetaient les petites filles dans une véritable extase, et elles furent fort étonnées d'entendre leur mère éclater de rire en se renversant sur sa chaise. Quand elle se fut calmée, elle reprit d'un ton plein d'intérêt :

« Continue ton histoire, Ben, dis-nous pourquoi tu t'es échappé et ce que devint ton père.

— Eh bien, il se prit de querelle avec le vieux Smithers et partit tout à coup à l'automne dernier, un peu avant la fin de la tournée. Il me dit qu'il allait dans une grande école d'équitation à New-York, et que quand il serait placé il me ferait venir. Je devais rester pour aider Pedro à faire des tours.

« Il me traitait bien et je l'aimais, Mélia aussi était très bonne et avait soin de moi, et pendant quelque temps je ne fus pas à plaindre. Mais comme papa ne m'envoyait pas chercher, je commençai à être malheureux. Sans Mélia et Sancho je me serais enfui bien plus tôt.

— Qu'est-ce que tu avais à faire?

— Oh! toutes sortes de choses, car les temps étaient durs et j'étais intelligent, disait Smithers; cela ne me coûtait pas de faire des tours, ou de faire travailler Sancho : car c'était papa qui l'avait dressé et il m'obéissait bien. Mais on voulut me faire boire du gin pour m'empêcher de grandir, et je ne voulus pas parce que père l'avait toujours défendu. Je montais à cheval la tête en bas, et cela m'allait assez jusqu'au jour où je tombai et me fis bien mal dans le dos; mais il fallut continuer malgré ma souffrance, et il m'arrivait souvent de tomber : car j'étais tout étourdi et très faible.

— Quel brutal que ce maître! s'écria Mme Moss indignée; pourquoi donc Mélia n'y mettait-elle pas ordre?

— Elle était morte, madame, il ne me restait plus que Sancho et alors...... je me suis sauvé. »

Et Ben se remit à caresser son chien pour cacher les grosses larmes qu'il ne pouvait retenir au souvenir de l'amie qu'il avait perdue.

« Qu'est-ce que tu voulais faire?

— Trouver mon père. Je suis allé à l'école d'équitation à New-York, il n'y était plus; on m'a dit qu'un marchand l'avait envoyé dans l'Ouest pour acheter des *mustangs*, c'est comme ça qu'on appelle les petits chevaux sauvages qu'on prend dans les prairies.

« Je me trouvai bien embarrassé : car je ne savais pas assez au juste où il était pour aller le rejoindre, et je ne voulais pas retourner chez Smithers pour être maltraité. Je suppliai qu'on me prît à l'école, mais on n'avait pas besoin de moi. Je me remis en route, cherchant du travail; mais sans mon pauvre Sancho je serais mort de faim; je l'avais bien attaché avant de partir : car je ne voulais pas qu'on crût que je l'avais volé. C'est un chien de prix, madame, le plus savant que j'aie jamais vu et ils tiendraient bien plus à lui qu'à moi. Il appartenait à mon père, et je le regrettais; mais enfin je le laissai et je croyais bien ne jamais le revoir. Le lendemain matin je me reposais dans une grange bien loin du cirque, lorsqu'il arriva crotté et mouillé et traînant un grand bout d'une corde qu'il avait rongée; je ne pus parvenir à le renvoyer, et à présent je ne m'en séparerai jamais, n'est-pas, mon bon camarade? »

Sancho avait écouté avec un vif intérêt la dernière partie du récit de son maître, et quand il vit qu'il s'adressait à lui, il se mit debout et, appuyant ses pattes de devant sur l'épaule de Ben, il lui lécha la figure, tandis que ses yeux jaunes exprimaient une affection sans bornes, et ses accents plaintifs disaient aussi clairement que des paroles :

« Console-toi, mon petit maître ; les pères peuvent disparaître et les amis mourir, mais moi je ne t'abandonnerai jamais. »

Ben le pressa dans ses bras et sourit par-dessus sa petite tête blanche, en voyant les fillettes battre des mains devant ce charmant tableau ; puis elles accablèrent de caresses le bon petit animal, auquel elles affirmèrent qu'elles lui avaient complètement pardonné le vol du gâteau et son équipée à l'école. Électrisé par ces bons procédés et obéissant à quelques signes imperceptibles que lui fit Ben, le caniche se mit tout à coup à exécuter avec une grâce et une adresse inaccoutumées ses plus jolis tours. Bab et Betty sautaient de joie en riant à gorge déployée, et Mme Moss prétendait qu'elle avait presque peur d'avoir sous son toit un animal aussi extraordinaire.

Les louanges données à son chien étaient plus précieuses à Ben que celles dont il aurait pu être lui-même l'objet, et lorsque le calme se fut rétabli, il fit à son auditoire une narration fort imagée des diverses aventures dans lesquelles Sancho avait noblement joué son rôle et il vanta ses talents et sa fidélité.

Pendant qu'il parlait, Mme Moss réfléchissait, et quand il eut fini d'énumérer les perfections du barbet, elle lui dit :

« Si je pouvais te trouver du travail, aimerais-tu
à rester ici quelque temps?

— Oh oui! madame, j'en serais bien content!
répondit l'enfant avec empressement : car il lui semblait avoir trouvé dans cette maison un foyer domestique et dans cette bonne femme un être aussi maternel que Mme Smithers.

— Eh bien! nous irons demain chez M. Allen voir
ce qu'il en dira. Je ne serais pas étonnée qu'il te prît,
car en été il a toujours un petit domestique et je n'en
ai pas encore vu cette année. Saurais-tu conduire des
vaches?

— J'espère bien; et Ben fit un mouvement d'épaule
comme si la question lui eût paru fort inutilement
adressée à une personne qui avait conduit quatre poneys
attelés à un chariot doré.

— Cela n'est peut-être pas aussi amusant que de
monter des éléphants ou de jouer avec des ours ; mais
c'est un métier honorable et je crois que tu te trouve-
rais plus heureux de conduire à la baguette Bringe et
Jeannette que d'y être conduit toi-même, dit Mme
Moss en souriant.

— Mais je le pense comme vous, madame, » répondit
humblement Ben au souvenir des misères auxquelles
il s'était soustrait.

Peu d'instants après, on l'envoya coucher en lui sou-
haitant une bonne nuit et Sancho fut chargé de veiller
sur son maître. Mais il leur fut difficile de goûter un
sommeil paisible jusqu'à ce que le vacarme eût cessé
dans la chambre au-dessus : car Bab voulait absolument
jouer à l'ours et dévorer Betty, malgré ses gémissements ; et le jeu ne cessa que lorsque Mme Moss

menaça ses filles de renvoyer Ben et Sancho dès le lendemain matin, si elles ne se conduisaient pas mieux et ne se tenaient pas tranquilles.

Elles prirent à ce sujet des engagements solennels, et rêvèrent bientôt de chars dorés, d'écuyers en fuite de chiens danseurs et de jongleurs de tasses.

CHAPITRE V.

Ben est placé.

Lorsque, le lendemain matin, Ben ouvrit les yeux, il fut tout étonné de ne voir au-dessus de sa tête ni tente en toile, ni toit de grange, ni ciel bleu, mais un plafond bien blanc au-dessous duquel plusieurs mouches se jouaient amicalement et en bourdonnant. Au dehors, ni piétinement de chevaux ni babil d'hirondelles, mais les poules qui mêlaient leur caquetage au son de deux voix d'enfants chantant la table de multiplication.

Sancho était allé s'asseoir sur la fenêtre d'où il observait la chatte qui se lavait la figure avec sa patte et il cherchait à l'imiter, mais si maladroitement que Ben, l'ayant aperçu, éclata de rire ; le caniche, pour dissimuler sa honte d'avoir été surpris, ne fit qu'un bond de la fenêtre au lit et se mit à lécher si énergiquement la figure de son maître que Ben se plongea bien vite sous les couvertures pour échapper à ce barbier d'une nouvelle espèce.

Un coup frappé d'en bas sous le plancher fit sauter

4

à terre les deux amis, et dix minutes après un petit garçon à la figure épanouie et un chien tout frétillant se
précipitaient en bas de l'escalier, l'un pour dire : Bonjour, madame, l'autre pour remuer la queue plus vite
que jamais : car il y avait du jambon qui rissolait dans
la poêle et le jambon était son plat favori.

« T'es-tu bien reposé? demanda Mme Moss tout
en veillant à sa cuisine.

— Oh! je le crois bien! je n'ai jamais vu pareil lit. Je
suis habitué à coucher sur du foin avec une couverture
de cheval, et ces derniers temps je n'avais que le ciel
pour couverture et que l'herbe pour lit de plume,
répondit-il en riant; il était reconnaissant du bien-être
actuel et se moquait des misères passées.

— La paille fraîche est chose saine pour les jeunes
gens même quand ils n'ont pas les os mieux garnis que
toi, répondit Mme Moss en lui donnant sur la tête une
petite tape amicale.

— La graisse n'est pas de mise dans notre profession.
Plus on est mince, mieux cela vaut pour la corde
roide et les exercices périlleux, aussi bien que pour
monter à poil ou faire la voltige. La grande affaire
c'est d'avoir des muscles, et en voilà! dit-il en relevant
sa manche et en montrant un petit bras qui, le poing
fermé, ne semblait qu'un faisceau de nerfs. On eût
dit un jeune hercule n'attendant qu'une permission
pour jouer à la balle avec le poêle. Satisfait de le voir
si gai, elle lui montra le puits et lui dit :

— Eh bien! pour t'entretenir les muscles tu n'as
qu'à m'apporter de l'eau. »

Ben s'empara d'un seau et, heureux de se rendre
utile, s'éloigna avec empressement; mais pendant que

le seau se remplissait, il inspecta du regard les alentours ; la petite maison brune dont la cheminée don-

Pendant que le seau se remplissait, il inspectait du regard les
alentours.

nait passage à une spirale de fumée blanche montant
vers le ciel, les deux sœurs assises au soleil, au loin
les collines boisées, les champs couverts de verdure,
le petit ruisseau qui serpentait dans le verger, la rosée

étincelante répandue sur toute la nature, tout cela composait le plus charmant tableau de printemps que l'on pût voir.

« N'est-ce pas que c'est bien joli ici? lui demanda Bab qui avait suivi ses regards et remarqué l'admiration qu'exprimait sa physionomie.

— Oh oui!. je n'ai jamais vu une plus jolie campagne! Il n'y manque qu'un cheval! répondit Ben en rapportant son seau plein.

— Le juge en a trois, mais il en est si jaloux qu'il ne veut pas même me permettre de prendre quelques crins à la queue du vieux Major pour faire des bagues, dit d'un air mécontent Betty en fermant son livre d'arithmétique.

— Mike *me* laisse monter sur la jument blanche pour aller à l'abreuvoir quand monsieur n'est pas là. C'est si amusant de descendre tout le sentier et de revenir! Oh! que j'aime donc les chevaux! s'écria Bab en se balançant sur le banc pour imiter le mouvement de Jenny, la vieille jument blanche du juge Allen.

— Vous me faites l'effet d'être une fille courageuse, et Ben accompagna ce jugement d'un coup d'œil approbateur et sympathique, tout en jetant quelques gouttes d'eau à Mme Puss qui, hérissant ses moustaches et son poil, faisait le gros dos à l'intention de Sancho.

— Venez déjeuner, dit Mme Moss, à qui personne ne fit répéter cet appel; et pendant un quart d'heure la conversation fut interrompue, tandis que les assiettes se vidaient avec une rapidité merveilleuse.

— Maintenant, fillettes, faites vite ce qui vous concerne; Ben va me fendre du bois, moi je vais mettre

tout en ordre, et après cela nous partirons ensemble, »
dit Mme Moss en avalant sa dernière bouchée, tandis
que Sancho se léchait les babines des mets savoureux
dont il avait eu sa part.

Ben se mit à la besogne avec une telle ardeur que
les coups de hachette retentissaient sans interruption
sous le hangar. Bab lavait sa vaisselle avec une précipitation quelque peu inquiétante, Betty manœuvrait
le balai de façon à faire voler en l'air tout ce qu'il
pouvait y avoir de poussière sur le plancher;
Mme Moss veillait à tout, Sancho lui-même semblait comprendre que son sort allait être en jeu, et se
multipliait de façon à être partout à la fois : il aurait
voulu aider à son maître, et en le caressant de trop
près il exposait sa petite queue à quelque malen-
contreux coup de hachette ; il allait fourrer son nez
curieux dans tous les placards ou cabinets où la mère
de famille passait la revue, puis il dérangeait le paillasson qui gênait Betty pour balayer le perron, et se dressait sur ses deux pattes pour tâcher de voir dans la
jatte de bois si Bab avait bientôt fini de laver ses tasses.

Quand on l'eut chassé, il ne s'en montra nullement
offensé, et se mit à la poursuite de Puss, bientôt réfu-
giée dans un arbre au pied duquel il aboya gaiement
pendant un instant, avant de chasser les poules du
jardin ; après quoi il alla faire l'enterrement d'un vieux
soulier dans un certain coin du jardin où les restes
d'un os de gigot avaient déjà reçu la sépulture.

Quand on fut prêt à partir il avait déjà dépensé son
exubérance d'activité, et il se mit à trottiner sagement derrière le groupe avec l'air d'un chien bien
élevé accoutumé à escorter des dames. Au croisement

des chemins on se sépara : les deux sœurs prirent la
route de l'école; Mme Moss et Ben se dirigèrent vers
la grande maison qu'on voyait au flanc d'une colline
et qui était celle de M. le juge Allen.

« Ne va pas avoir peur, mon enfant, dit Mme Moss;
j'expliquerai les motifs de ta fuite et si Monsieur veut
te donner de l'emploi, remercie-le bien, et montre-toi
empressé et soigneux de le satisfaire; après cela tout
ira bien, et elle baissa la voix en tirant la sonnette
d'une porte sur laquelle on lisait le nom d'Allen,
gravé sur une plaque brillante.

— Entrez, » dit à l'intérieur une voix bourrue et,
avec des sensations semblables à celles qu'on éprouve
quand on entre chez l'arracheur de dents, Ben suivit
machinalement la brave femme qui, désirant faire la
meilleure impression possible, avait pris son sourire
le plus aimable.

Un monsieur à cheveux blancs lisait un journal
dans son bureau; ses yeux pénétrants regardèrent les
nouveaux venus par-dessus ses lunettes, et, d'un ton
sévère fait pour intimider ceux qui ne savaient pas
quel excellent cœur se cachait sous son vaste gilet,
il dit :

« Bonjour, madame. Quelle affaire avez-vous? Un
jeune maraudeur qui vous a volé des poulets?

—Oh non ! vraiment, monsieur! » s'écria Mme Moss
comme blessée d'une pareille conjecture exprimée sur
Ben. Et en peu de mots elle fit l'histoire de son protégé; sa voix était si persuasive, ses regards si pleins
de sympathie que le juge ne put manquer d'y prendre
intérêt, et que Ben lui-même fut saisi de compassion
comme s'il se fût agi d'un autre.

Un monsieur à cheveux blancs lisait un journal dans son bureau. (Page 54.)

« Voyons, mon garçon, que peux-tu faire ? » demanda le vieux monsieur, en faisant à Mme Moss un signe d'approbation quand elle eut terminé son récit, et ses yeux surmontés d'épais sourcils eurent un regard si perçant que Ben se crut devenu transparent.

« Un peu de tout, monsieur, pour gagner ma vie.

— Sais-tu sarcler ?

— Je ne l'ai jamais fait, monsieur, mais je peux apprendre.

— Tu saurais bien arracher les betteraves et laisser les chardons, hein ? Sais-tu cueillir des fraises ?

— Je ne me suis jamais mêlé que de les manger, Monsieur.

— Et il est probable que tu n'oublieras pas comment on s'y prend. Sais-tu mener un cheval pour labourer ?

— Oh ! je pense bien que oui, Monsieur ! et les yeux de l'enfant brillèrent : car il avait un grand faible pour les nobles animaux qui avaient été ses meilleurs amis.

— Les exercices d'équitation sont défendus. Mon cheval est une belle bête et j'y tiens beaucoup. »

M. Allen parlait sérieusement ; mais ses yeux avaient une expression particulière, et Madame Moss mit tous ses soins à réprimer un sourire, car le cheval du juge était devenu proverbial dans tous les environs ; il avait à peu près vingt ans et une allure qui lui était particulière : il levait fort haut les pieds de devant comme pour annoncer une grande rapidité tandis qu'en réalité il ne faisait que trottiner. Les gamins prétendaient qu'il galopait des jambes de devant et allait au pas de celles de derrière, et l'on faisait toutes sortes de plaisanteries sur cette grande bête au nez busqué qui ne permettait pas qu'on prît des libertés, avec elle.

« J'aime trop les chevaux pour jamais les maltraiter. Quant à savoir monter, je ne crains rien de n'importe quel animal à quatre jambes. Le roi de Maroc ruait et mordait pour rire, mais il fallait voir comme je le manœuvrais.

— Alors tu sauras sans doute mener paître les vaches ?

— J'ai conduit des éléphants, des chameaux, des autruches, des ours gris, des mules et six poneys à la fois. Peut-être que je parviendrai à mener des vaches en m'y appliquant, » répondit Ben en s'efforçant de rester respectueux, tandis que le dédain débordait de son âme à la pensée qu'on mettait en doute sa capacité pour conduire une vache.

Le curieux mélange d'indignation et de plaisir que trahissait le feu qui brillait dans ses yeux et le malin sourire de sa bouche firent très bon effet sur M. Allen ; inspiré par l'énumération d'animaux que Ben venait de faire, il répliqua avec une feinte gravité :

« Nous n'élevons pas beaucoup d'éléphants et de chameaux dans ce pays-ci. Il y eut un temps où il s'y trouvait beaucoup d'ours, mais on s'en est dégoûté ; les mulets y sont en grand nombre, je parle des mulets bipèdes, et en général nous préférons la volaille de Shangaï aux autruches. » Il s'arrêta : car Ben riait de si bon cœur que la contagion gagna son interlocuteur et Mme Moss fit chorus. Cette commune hilarité parut arranger les affaires mieux que des paroles. Quand le silence se fut rétabli, M. Allen frappa au carreau et dit en cherchant à reprendre son air rébarbatif :

« Nous t'essayerons d'abord pour les vaches. Mon domestique te montrera où il faudra les conduire et il te donnera de l'occupation le reste du jour. Je verrai à quoi tu es bon et je te reparlerai ce soir. Madame Moss, cet enfant peut-il coucher chez vous?

— Oui vraiment, Monsieur; et il pourra continuer à le faire et venir ici à l'heure du travail; comme cela j'aurai soin de lui et il ne sera à charge à personne, dit Mme Moss avec élan.

— Je ferai des recherches au sujet de ton père, mon enfant, et en attendant conduis-toi bien, pour que j'aie un bon rapport à lui faire sur ton compte quand il reviendra, dit le juge.

— Merci, monsieur; je ferai attention. Si père n'est pas malade ou mort, il ne tardera pas à venir, » murmura Ben; il remerciait son étoile de n'avoir rien fait qui l'eût amené devant le juge en qualité de coupable et se promettait bien que cela ne lui arriverait jamais.

Un Irlandais à cheveux rouges auquel son maître avait fait signe, parut à la porte et se mit à examiner le jeune garçon avec défiance, pendant que M. Allen lui donnait ses ordres :

« Pat, voici un enfant qui désire travailler. Il ira conduire les vaches au pré le matin et retournera les chercher le soir; dans la journée vous lui donnerez quelque menue besogne et vous me direz de quoi il est capable.

— Oui, Votre Honneur; viens par ici, toi, et je vais te mener aux bêtes, » répondit Pat. Ben, ayant vivement pris congé de Mme Moss, suivit son nouveau chef,

assez tenté de lui jouer quelque mauvais tour pour le
punir de sa réception si peu aimable. Mais il eut bientôt oublié ses griefs et jusqu'à l'existence de Pat : car
il avait aperçu dans la cour le « duc de Wellington »,
ainsi nommé à cause de son nez busqué. Si Ben eût
connu Shakspeare, il se serait écrié : « Un cheval! un
cheval! mon royaume pour un cheval! » car il aimait
beaucoup les chevaux; aussi sans la plus légère crainte
il courut droit à l'animal.

Duc coucha les oreilles et agita sa queue d'un air
mécontent; mais Ben le regarda bien en face, lui toucha le nez d'une certaine façon, et fit entendre un claquement de langue; aussitôt le cheval dressa les oreilles
et parut reconnaître un son familier et agréable.

« Il te fera un mauvais parti, si tu vas l'ennuyer
comme ça. Laisse-le tranquille et va t'occuper du
bétail comme Son Honneur te l'a ordonné, commanda
Pat, qui en public professait un grand respect pour
Duc, mais en particulier le gratifiait de fréquents coups
de pied.

— Je n'ai pas peur de lui! tu ne voudrais pas me
faire du mal, n'est-ce pas, mon bonhomme? Tenez,
regardez comme il sait bien que je suis l'ami des chevaux, il m'accueille déjà, » dit Ben.

Entourant de son bras le cou de Duc, il mit avec confiance sa joue contre celle de l'animal, dont les yeux
intelligents et le petit hennissement lui souhaitèrent
la bienvenue aussi bien que des paroles.

Le maître observait tout cela de sa fenêtre et, jugeant à la figure de Pat qu'il ne se préparait rien de
bon, il lui dit :

« Laissez l'enfant harnacher Duc, s'il sait. Je veux

sortir à l'instant et il peut aussi bien commencer par
là. »

Ben fut ravi, et se montra si prompt et si adroit
qu'en un clin d'œil la voiture fut amenée devant la
porte par un petit groom souriant, qui se tint à la tête
du cheval jusqu'au départ du juge.

L'affection qu'il avait témoignée et sa dextérité à
atteler lui avaient déjà concilié les bonnes grâces
de M. Allen; cependant celui-ci n'exprima pas son
approbation autrement que par un :

« Fort bien, mon garçon », au moment où l'équipage
se mit en mouvement.

Quatre vaches au poil bien luisant sortirent de la
cour de ferme au moment où Pat en ouvrit la barrière,
et Ben fut chargé de les conduire dans un pâturage
éloigné, où elles se régaleraient d'une herbe tendre.

Il fallait passer devant l'école, et Ben ressentit une
grande pitié pour toutes ces petites têtes brunes
et blondes qu'il voyait courbées sur des cahiers
car pour un enfant à qui la liberté paraissait le bien
suprême, il semblait dur d'être enfermé dans une
salle toute une belle matinée.

Mais une folle petite brise qui faisait l'école buis-
sonnière autour du perron rendit sans le savoir un
véritable service à notre ami, en jetant à ses pieds une
page arrachée à un livre; une image attira son regard,
il ramassa la feuille. Elle devait provenir de quelque
volume d'histoire, maltraité sans doute par sa propre
propriétaire ; l'image représentait des vaisseaux à
l'ancre, des hommes singulièrement vêtus qui abor-
daient sur une côte où dansaient des Indiens pas vêtus
du tout. Ben épela tout ce qu'il put; mais il n'arriva

pas à comprendre l'histoire de ces intéressants personnages : car un encrier avait été renversé sur le livre
et, malgré le désappointement qu'il ressentait, il dut
renoncer à satisfaire sa curiosité.

« Je demanderai cela aux petites filles; peut-être
sauront-elles ce que c'est, » se dit l'enfant en s'éloignant après avoir cherché en vain si quelques autres
pages n'auraient pas eu le même sort que la première

Le chant du bobolink [1], le soleil resplendissant,
une nature calme et souriante, le sentiment de sa sé-
curité, lui eurent bientôt rendu tout son entrain, et il
se mit à siffler de manière à faire concurrence aux
merles de la prairie.

[1] Oiseau d'Amérique qui se nourrit de riz.

CHAPITRE VI

La bibliothèque circulante

Le soir après souper, Bab et Betty se mirent à jouer sous le vieux porche avec Joseph et Bélinda, et passèrent en revue les incidents de la journée : car la venue du petit étranger et de son chien était un grand événement dans leur vie tranquille. Elles ne l'avaient pas revu depuis le matin, puisqu'il prenait ses repas chez M. Allen, et qu'il était allé travailler au loin avec Pat. Sancho, évidemment fort intrigué du nouvel ordre de choses, n'avait pas perdu son maître de vue un seul instant et avait pris à tâche de veiller à ce qu'il ne lui arrivât rien de fâcheux.

« Je voudrais bien les voir revenir. Le soleil est couché et j'ai entendu beugler les vaches, ainsi Ben est rentré, disait Betty avec impatience : car elle considérait le nouveau venu comme un livre amusant dont on est empressé de poursuivre la lecture.

— Je vais apprendre les signes qu'il adresse à Sancho pour le faire danser, et alors nous pourrons nous en amuser quand nous voudrons. C'est le plus char-

mant chien que j'aie jamais vu, répondit Bab plus
enthousiaste que sa sœur, dès qu'il s'agissait d'animaux.

— Maman a dit.... Eh bien, qu'est-ce qu'il y a
donc? s'écria Betty en tressaillant : car la porte venait
de recevoir une secousse, et au même instant la tête
de Ben apparut au-dessus de l'arcade de fer sur
laquelle il fut bientôt perché.

— Prenez vos places, Messieurs, prenez vos places!
La représentation va commencer par l'exercice du
Cupidon volant, par le jeune Bloomsbury, qui a eu
l'honneur d'obtenir les suffrages des têtes couronnées
de l'Europe et est considéré comme le jeune prodige
le plus remarquable du siècle par tous ceux qui ont
eu le bonheur de le voir travailler. Hourra! entrez,
entrez! messieurs et mesdames! »

Ayant ainsi reproduit fidèlement et avec gestes la
harangue accoutumée de son ancien patron Smithers,
Ben commença à voltiger au-dessus de la porte; une
compagnie de poules qui revenaient des champs
s'arrêtèrent pour le contempler et se communi-
quèrent, en caquetant, leurs suppositions; sans doute,
disaient-elles, il aura mangé trop de sel et cela donne
des convulsions aux petits garçons comme à la
volaille.

Quoique la porte verte eût été jadis témoin de bien
des ébats, jamais elle n'avait rien vu de pareil : car
de tous les jeunes garçons qui l'avaient escaladée on
n'en avait jamais vu aucun se placer la tête en bas
sur les boules qui surmontaient les piliers, se suspendre alternativement par les talons et le menton,
se promener sur le mur en marchant sur les mains

et enfin prenant une position aérienne, adresser gracieusement des baisers à son auditoire comme il
convient à tout Cupidon bien appris, au moment de
prendre congé. Les petites sœurs battaient des mains
et trépignaient d'enthousiasme, tandis que Sancho, qui
avait assisté avec calme à la représentation, témoignait
son approbation par de petits jappements tout en
sautant pour atteindre aux pieds de son maître.

« Descendez bien vite et dites-nous ce que vous
avez fait chez Monsieur. A-t-il été sévère? Avez-
vous beaucoup travaillé? Etes-vous content? demanda
Betty.

— Il fait frais ici, répliqua Ben en passant sa tête
dans la cage du réverbère vide qui lui servait de cadre ;
puis il éventa, avec une branche de lilas, sa face échauffée. J'ai fait toutes sortes de besognes. Le vieux monsieur n'est pas du tout méchant; il m'a donné une
dime [1] et je l'aime numéro un ; mais je hais Carotte;
il jure après tout le monde et il m'a lancé un bâton.
Je réponds bien que je lui ferai payer ça quand j'en
aurai l'occasion. »

En cherchant la dime brillante dans sa poche il y
trouva la page déchirée, et fut repris de la soif d'apprendre qui l'avait saisi dans la matinée.

« Tenez, dites-moi ce que c'est que tout ça; voulez-vous? L'encre a tout couvert excepté l'image et un
petit coin de l'imprimé. Je voudrais savoir ce que ça
veut dire. Va porter ça, Sancho », et il laissa tomber
la page.

Le chien s'en empara au moment où elle allait at-

---

[1] Pièce d'argent valant 50 centimes.

teindre le sol et la porta soigneusement aux pieds des deux sœurs; puis, quand il l'y eut déposée, il s'assit et regarda d'un air d'intérêt. Bab et Betty prirent la page et la lurent haut toutes les deux à la fois, tandis que Ben, toujours sur son perchoir, se penchait pour mieux entendre.

« Quand le jour parut, la terre était visible, et c'était une jolie terre. Il y avait de belles fleurs et de grands arbres avec des feuilles et des fruits comme ils n'en avaient jamais vu. Sur le rivage se trouvaient des hommes à la peau cuivrée, et sans vêtements, qui regardaient avec étonnement les vaisseaux espagnols. Ils les prenaient pour de grands oiseaux dont les voiles blanches étaient les ailes, et pensaient que les Espagnols étaient des êtres supérieurs descendus du ciel sur ces grands oiseaux. »

« Eh bien ! c'est Colomb découvrant San Salvador. Ne savez-vous rien de lui? dit Bab, comme si elle eût été en connaissance intime avec l'immortel Christophe.

— Non, je n'en sais rien. Qui donc était-ce? Je suppose que c'est lui qui rame là en avant; mais lequel des Indiens est San Salvindor? demanda Ben un peu gêné de son ignorance, mais décidé à achever d'apprendre ce qu'il avait commencé.

— Oh ! mes amis ! est-ce possible? Vous avez douze ans et vous ne savez pas votre Quackenbos! dit en riant Bab à la fois fort amusée et très contente. Il y avait donc au moins *une* chose qu'elle pouvait enseigner à ce garçon qu'elle considérait comme un être remarquable.

— Je ne me soucie pas le moins du monde de votre

quackbosse, qu'il soit ce qu'il voudra. Racontez-moi
ce bel homme avec les vaisseaux ; je l'aime, lui, dit
vivement Ben. »

Alors Bab, souvent interrompue et corrigée par
Betty, fit ce merveilleux récit d'une façon toute simple
qui la rendit aisée à comprendre : car elle aimait l'histoire et s'exprimait facilement.

« J'en voudrais lire davantage. Mes dix cents suf-
firaient-ils pour acheter un livre? dit Ben impatient
d'apprendre depuis que Bab s'était moquée de lui.

— Oh! non ; je vous prêterai le mien quand je ne
m'en servirai pas et je vous expliquerai tout, dit l'enfant, oubliant qu'elle-même ne savait pas tout.

— Je n'ai de temps que le soir et peut-être en aurez-
vous besoin pour apprendre votre leçon, objecta Ben,
qui cependant sentait croître la curiosité qu'avait fait
naître en lui la page tachée d'encre.

— En effet, j'apprends mon histoire le soir, mais
vous pourrez l'avoir le matin avant la classe.

— Hélas ! il faut que je parte de grand matin ; il
n'y a donc aucun moyen. Ah! mais si ; voilà comment
nous pourrions faire. Prêtez-le-moi pendant que je
conduirai les vaches. Monsieur veut qu'on les mène
tout doucement le long du chemin pour tenir l'herbe
courte et qu'on n'ait pas besoin de la faucher. Pendant
ce temps-là je pourrai lire de l'histoire au lieu d'être à
rien faire, s'écria Ben tout enchanté d'avoir découvert
cette combinaison ingénieuse.

— Mais, dit prudemment Bab, comment ferai-je
pour avoir mon livre pour l'heure de la récitation?

— Oh! en repassant je le mettrai sur l'appui de
la fenêtre ou bien auprès de la porte. J'en aurai bien

soin, et dès que j'aurai gagné assez d'argent je vous
en achèterai un neuf et vous me donnerez le vieux.
Voulez-vous?

— Oui; mais je vais vous indiquer une meilleure
combinaison; ne mettez pas mon livre sur la fenêtre
ou près de la porte : car la maîtresse vous verrait et
puis on pourrait le prendre. Mais vous le mettrez dans
ma petite armoire au coin du mur, tout près du gros
érable. Vous trouverez une drôle de petite place
entre les racines qui poussent sous la grande pierre
plate. C'est mon cabinet et j'y serre mes affaires, c'est
la meilleure des cachettes; nous l'avons chacune à
notre tour.

— Je la trouverai, je la trouverai, et ça sera une
place numéro un, répondit Ben enchanté.

— Je pourrai quelquefois y mettre mon livre de
lecture, si ça vous fait plaisir; il y a dedans beaucoup de jolies histoires et de belles images, dit timidement Betty, qui désirait concourir à l'instruction
de Ben; mais elle n'avait que peu de chose à offrir :
car elle n'était pas aussi avancée que sa sœur.

— J'aimerais mieux une arithmétique; je lis à peu
près, mais je ne suis pas fort pour compter; de sorte
que si vous voulez me prêter votre livre, je l'étudierai
un peu; à présent que je vais gagner de l'argent, il faut
que je sache le compter à mesure que je l'amasserai,
dit Ben de l'air d'un banquier hollandais préoccupé
des soins que réclament ses millions.

— C'est moi qui vous enseignerai ça, car Betty ne
connaît pas grand'chose au calcul; mais elle sait parfaitement l'orthographe et est toujours à la tête de sa
classe. La maîtresse est très fière d'elle, parce qu'elle

ne fait jamais de fautes et elle écrit les mots les plus difficiles, comme *chorégraphie* ou *pneumonie*, aussi bien que les plus simples. »

Bab resplendissait d'orgueil fraternel, et Betty dressait son tablier avec une modeste satisfaction : car il était rare que sa sœur chantât ses louanges ; aussi était-elle fort sensible à cette faveur.

« Je ne suis jamais allé à l'école, voilà pourquoi je ne suis pas instruit. Je sais écrire pourtant et mieux que bien des enfants. Regardez ceci, dit-il en descendant, et il tira de sa poche un précieux morceau de craie avec lequel il se mit à tracer à main levée sur les pierres qui pavaient l'allée dix des lettres de l'alphabet.

— Oh ! qu'elles sont bien faites ! je ne puis les arrondir comme cela. Qui vous a enseigné à écrire ? demanda Bab, pénétrée d'admiration.

— Les couvertures des chevaux, répondit Ben avec sérieux.

— Comment ? quoi ? s'écrièrent-elles ensemble.

— Le nom de chaque cheval était brodé sur sa couverture et je m'amusais à le copier ; il y avait aussi des mots peints sur les chariots, et je m'exerçais à les lire quand père m'eut appris les lettres. Lion est le premier mot que j'aie su, parce que j'allais toujours voir le vieux Jubal enfermé dans sa cage. Papa était bien fier quand j'ai su lire ça. Mais je sais dessiner aussi. »

Et Ben se mit en devoir de retracer un animal qui devait représenter l'ami dont il s'était séparé..... sans regrets ; mais assurément Jubal lui-même n'aurait pu se reconnaître : car le dessin donnait idée de Sancho

bien plus que du roi des forêts. Les deux sœurs l'admirèrent cependant beaucoup, et Ben leur donna une
leçon d'histoire naturelle si intéressante qu'elles en
furent captivées jusqu'au moment du coucher; il avait
mis tant de feu dans la description de ce qu'il avait
vu et y avait ajouté des illustrations si drôlatiques,
qu'on ne doit pas s'étonner qu'elles en fussent char-
mées.

CHAPITRE VII

Arrivée de nouveaux amis.

Le lendemain matin, Ben partit pour son travail la poche garnie d'un volume intitulé : « Histoire élémentaire des États-Unis, par Quackenbos, » et les vaches eurent tout le temps de déjeuner le long du chemin avant d'être mises au pré. Son étude ne fut pas limitée à cette seule course : il était chargé de faire une commission à la ville, et tout le temps du trajet il lut activement et fut fort intéressé par ce qu'il put comprendre ; quant aux mots trop difficiles il remit au soir pour recourir à la petite amie qui lui avait promis de tout éclaircir.

Comme il arrivait au chapitre des « Premiers établissements », il fallut s'interrompre : car il était devant l'école, et il alla selon les conventions déposer le livre dans la cachette qu'il découvrit aisément auprès de l'érable. A la ville, il avait acheté deux bâtons de sucre d'orge, l'un rouge et l'autre blanc, qu'il mit avec le Quackenbos comme témoignage de reconnaissance pour la faveur qui lui était accordée de jouir de la bibliothèque circulante; c'était un abonnement tout comme un autre.

A l'heure de la récréation les sœurs eurent une explosion de joie en découvrant la surprise qui leur avait été préparée, car Mme Moss ne pouvait pas souvent leur donner de quoi acheter des friandises, et puis ce sucre d'orge pour lequel le reconnaissant Ben avait changé son unique pièce de monnaie leur, sembla avoir une saveur toute particulière.

Les camarades favorites eurent leur part du petit régal, mais on garda le secret sur les arrangements qui avaient été pris et qui auraient pu être troublés si on les avait rendus publics. Cependant les deux sœurs firent naturellement une exception à l'égard de leur mère qui leur donna la permission de prêter leurs livres à Ben et leur conseilla de l'encourager de tout leur pouvoir dans son désir de s'instruire. Elle leur dit aussi que si elles voulaient, au lieu de travailler pour les poupées aux heures de couture, faire des chemises pour leur ami, elle avait reçu de Mme Barton de la toile de coton pour cet emploi et qu'elle était toute disposée à la tailler. Ce serait pour elles un apprentissage excellent, et pour le jeune garçon le plus utile des cadeaux; car, imprévoyant comme tous les enfants, il ne s'inquiétait guère de savoir ce qu'il porterait quand son unique costume refuserait un plus long service.

C'était l'après-midi du mercredi qui était consacrée à l'aiguille, et l'on put être frappé de l'assiduité des deux petites sœurs assises auprès de la porte; elles semblaient lutter de soin et d'activité dans la confection de deux manches de chemise; mais elles n'en étaient que plus gaies en chantant avec leurs compagnes des chœurs préparés pour les écoles, et qui alternaient avec des histoires ou des moments de babil général.

Pendant toute cette semaine, Ben travailla courageusement sans broncher ni se plaindre, quoique Pat ne se fît pas défaut de lui donner souvent de la besogne rude ou difficile et de le traiter avec une brutalité toute gratuite.

Sa seule consolation était de savoir que M. Allen et Mme Moss étaient contents de lui; son seul plaisir, les leçons qu'il apprenait en gardant les vaches et qu'il récitait le soir quand les trois enfants se réunissaient sous les lilas pour « jouer à l'école ».

Il n'avait pas la moindre idée d'étudier lorsqu'il avait commencé et même, c'était sans le savoir qu'il étudiait, tandis qu'il dévorait les livres de la « bibliothèque ». Quand les petites filles le questionnaient sur tout ce qu'elles savaient, il se sentait humilié de se trouver si ignorant.

Il n'en faisait pas l'aveu formel, mais il acceptait avec empressement les miettes de science qu'elles puisaient dans leur petit trésor : il priait Betty de l'écouter épeler pour jouer ; il promettait à Bab de lui dessiner tous les ours et tous les tigres qu'elle voudrait, si elle lui montrait à faire des additions, et souvent il charmait son travail solitaire en chantant la table de multiplication comme il le leur entendait faire. Quand arriva le mardi soir, M. Allen lui paya un dollar, lui dit qu'il était un bon garçon et qu'il pouvait rester encore une semaine s'il voulait. Ben le remercia et pensa qu'il ferait bien d'accepter ; mais le lendemain matin, quand il eut débarré les portes, il resta un moment perché sur le haut d'une barrière et se plongea dans des

réflexions sur l'avenir : il éprouvait une grande répu-
gnance à se trouver en contact habituel avec le brutal
Pat. En thèse générale, et en cela il ressemblait à bien
d'autres enfants, il détestait le travail en lui-même à
moins qu'il ne s'agît d'une besogne qui eût un attrait
particulier ; dans ce cas-là il y était aussi assidu qu'un
castor et ne se plaignait jamais de la fatigue. Sa vie am-
bulante ne l'avait pas habitué à des occupations régu-
lières, et, quoiqu'il fût remarquablement intelligent
pour son âge, il aimait beaucoup à rôder de côté et
d'autre et à rencontrer dans la vie de l'amusement
et de la variété.

En ce moment il n'avait en perspective qu'un travail patient et sans intérêt. Il était profondément
ennuyé de sarcler ; il ne se souciait même plus de
monter Duc quand c'était pour traîner la charrue
sous les yeux du domestique ; et il voyait dans la cour
un grand tas de bûches qu'il allait sans doute être
chargé de rentrer sous le hangar. La récolte des
fraises succéderait à celle des asperges, puis on
ferait les foins, et toujours ainsi de suite tout le long
de l'été, sans aucun plaisir...... à moins que son
père ne vînt le chercher.

Mais il n'était pas forcé de rester un jour de plus
si cela ne lui convenait pas ; il avait un bon vêtement
complet et un dollar dans sa poche ; rien n'était plus
aisé que de s'échapper encore une fois. La vie nomade
a ses charmes dans la belle saison ; Ben avait depuis
plusieurs années vécu en bohémien sous la tente, et
il ne redoutait pas cette existence ; aussi se mit-il à
considérer avec envie la route ombragée, et la tentation grandit de minute en minute.

Sancho semblait partager les aspirations de son maître, il se mettait à courir, puis s'arrêtait en frétillant, en jappant; bientôt il revenait et, assis en face de Ben, il semblait lui dire de son regard intelligent : « Partons, suivons cette jolie route et ne nous arrêtons que quand nous serons fatigués. » Les hirondelles passaient en faisant entendre leurs cris aigus, des nuages légers s'enfuyaient devant le souffle d'un vent parfumé, un écureuil gambadait sur le mur, tout semblait se faire l'écho des pensées du jeune garçon et lui conseiller de laisser là le travail pour vivre sans contrainte.

Un lien cependant le retenait, la bonne Mme Moss le croirait ingrat; et puis les petites sœurs seraient désappointées de perdre leurs deux camarades de jeu. Pendant qu'il réfléchissait, il se produisit un incident qui l'empêcha de faire ce qu'il aurait certainement bien regretté par la suite.

Les chevaux étaient ses animaux favoris, et ce fut un cheval qui lui apporta l'aide dont il avait besoin; mais ce ne fut que bien longtemps après qu'il sut tout ce qu'il lui devait. Au moment même où il allait s'élancer sur la route pour faire au moins une petite excursion dans les champs, il fut étonné d'entendre le trot d'un cheval, sans bruit de roues, et attendit, impatient de voir qui ce pouvait être. Au détour de la route le cheval se mit au pas et l'instant d'après apparut une dame montée sur une belle jument bai clair ; l'amazone était jeune et jolie, vêtue de bleu foncé, un bouquet de fleurs sauvages ornait son corsage; au pommeau de la selle était suspendue évidemment, plus pour la parade que pour le service, une cravache

manche d'argent. La belle bête boitait un peu en secouant la tête comme si elle eût été tracassée par
quelque chose ; l'amazone se penchait pour voir où
était le mal et disait comme si elle eût attendu une
réponse :

« Allons, Chevalita, si tu as une pierre dans le
sabot, je vais descendre et l'ôter. Mais tu aurais bien
dû regarder à tes pieds et m'épargner cette peine.

— J'y vais voir, madame, je vous en prie, cria une
jeune voix avec tant de vivacité que la dame et sa
monture tressaillirent au moment où un petit garçon
s'élança sur la route.

— Oh ! je veux bien, répondit la jeune dame en
souriant de l'empressement avec lequel cette proposition était faite. N'aie pas peur, Lita est douce comme
un agneau.

— Comme elle est belle ! dit à demi-voix Ben en
examinant l'un après l'autre les pieds de l'animal,
jusqu'à ce qu'il eût trouvé le caillou qu'il enleva non
sans peine.

— Voilà qui est adroitement fait et je te remercie
beaucoup. Pourrais-tu me dire lequel de ces chemins
conduit aux Ormes ? demanda la dame en cheminant
lentement, escortée de Ben.

— Non, madame ; je ne suis ici que depuis peu de
temps, et je sais seulement où demeurent M. Allen et
et Mme Moss.

— J'ai justement affaire à eux, ainsi montre-moi
par où c'est. Bien qu'il y ait longtemps que je sois venue
ici, je croyais pouvoir retrouver toute seule la vieille
maison avec l'avenue d'ormes et la grande porte verte,
mais je me suis sans doute trompée.

Ben examina l'un après l'autre les pieds de l'animal. (Page 76.)

— Oh! mais, je sais bien, moi; on appelle ça les
Lilas à présent, parce qu'il y a une haie de lilas le
long du mur de devant et de la grande allée. Oh! c'est
un bien joli endroit. Bab et Betty y jouent et moi
aussi. Et Ben ne put s'empêcher de rire en se rappelant sa première apparition dans ce jardin. Intéressée
par ses paroles ou gagnée par sa gaieté la dame lui
dit avec bienveillance :

— Conte-moi tout cela. Bab et Betty sont-elles tes
sœurs?

Ben, oubliant l'escapade rêvée, entreprit de raconter tout au long son histoire et celle de ses nouvelles
amies; encouragé, tantôt par un regard aimable ou un
sourire plein de douceur, tantôt par une question qui
montrait l'intérêt de son interlocutrice, il ne négligea
aucun détail. Arrivé à l'école il s'arrêta, étendit les
bras comme les branches d'un poteau indicateur et
dit : — Voici le chemin des Lilas, et c'est par là
qu'on va chez M. le juge.

— Oh! je suis si impatiente de revoir la vieille maison que je vais commencer par elle; je te prie de dire
à M. Allen que Miss Célia va venir lui demander
à dîner. Je ne te dis pas adieu : car je vais te revoir
tantôt. »

Et lui faisant un signe de tête accompagné d'un
sourire, la jeune dame remit Lita au trot et s'éloigna,
tandis que Ben s'empressait de remonter la colline
pour aller s'acquitter de son message; il lui semblait
qu'il se préparait quelque chose d'heureux et qu'il
serait sage de différer, du moins pour le présent, l'exécution de son projet.

une heure Miss Célia arriva, et Ben eut le bon-

heur d'aider Pat à mettre la jolie Chevalita à l'écurie
puis, après avoir lestement expédié son dîner, il se
mit avec une subite énergie à tasser le bois : car tout
en travaillant il jetait des coups d'œil dans la salle à
manger où, entre deux têtes grises, il pouvait apercevoir une jolie figure entourée de cheveux bruns bou-
clés. Les fenêtres étant ouvertes, il entendait de temps
à autre quelques mots de la conversation ; mais ces
mots décousus le remplirent de curiosité : car les noms
de Thorny, Célia et Georges étaient souvent répétés, et
parfois les gais éclats de rire de la jeune fille réson-
naient comme une musique dans cette demeure habi-
tuellement si tranquille.

Quand le dîner fut fini, l'accès d'activité ne tarda
pas à se calmer, et Ben s'occupa avec la brouette,
ce qui lui permettait encore d'aller et venir dans
la cour, jusqu'au moment du départ de la jeune fille.
Mais ses services ne devaient pas être réclamés à ce
moment : car Pat, désirant recevoir pour lui seul les
générosités de Miss Célia, prodigua tous les soins à
Lita, toutes les politesses à sa maîtresse et ce fut lui
qui la mit en selle. Mais Miss Célia n'avait pas oublié
son petit guide et, l'ayant aperçu derrière le tas de
bois, elle s'arrêta auprès de la grille avec un de ses
sourires séduisants et lui fit signe de venir à elle.
Ben espéra qu'elle réclamait de lui quelque petit
service. Elle se baissa et lui mettant dans la main
une pièce neuve, elle dit :

« Lita veut que je te donne ceci pour te remercier
de lui avoir ôté la pierre.

— Merci, Madame ; je l'ai fait avec bien du plaisir.
Je déteste de voir boiter un cheval, surtout une belle

bête comme celle-ci, répondit Ben en flattant de la
main le cou luisant de Lita.

— M. Allen dit que tu es bien au fait des chevaux,
je suppose donc que tu comprends leur langage. Je
suis en train de l'apprendre, c'est très-joli, dit en riant
Miss Célia au moment où Chevalita faisait entendre
un petit hennissement joyeux et cherchait à fourrer
son nez dans la poche de Ben.

— Non, miss, je ne suis jamais allé à l'école.

— Ce n'est pas à l'école qu'on l'apprend. Quand je
reviendrai je t'apporterai un livre là-dessus. M. Gul-
liver est allé dans le pays des chevaux et il a entendu
ces chers animaux parler leur propre langue.

— Mon père est allé dans les prairies où il y a des
masses de chevaux sauvages, mais il ne m'a jamais
dit qu'ils sussent parler. Je sais bien ce qu'ils
veulent sans qu'ils parlent, répondit Ben qui soup-
çonnait une plaisanterie, mais ne savait pas trop à
quoi s'en tenir.

— Je n'en doute pas, mais je n'oublierai pas le livre.
Adieu, mon garçon, nous nous reverrons bientôt, et
Miss Célia s'éloigna comme si elle eût été fort pressée.

— Si son habit était rouge et qu'elle eût une belle
plume blanche qui volât au vent, elle serait aussi
belle que Mélia; elle est presque aussi aimable et
elle monte à peu près aussi bien. Je voudrais savoir
où elle va et j'espère qu'elle reviendra bientôt, pensait Ben qui la suivit du regard tant qu'il put l'apercevoir; puis, la tête pleine du livre promis, retourna
à sa besogne qu'il interrompit plus d'une fois pour
tirer de sa poche les jolies petites pièces, et se demander ce qu'il pourrait bien faire d'une si grosse somme.

Bab et Betty avaient eu de leur côté une journée fort animée : car en rentrant à midi elles avaient trouvé une jolie dame qui leur avait parlé comme une ancienne amie, les avait promenées sur son cheval et les avait embrassées affectueusement quand elles étaient parties après dîner. Après cela la dame s'en était allée, la maison était restée toute ouverte, et leur mère s'était mise à nettoyer avec beaucoup d'entrain; aussi avaient-elles eu une soirée bien amusante à sauter sur les lits de plume, à battre les tapis, à explorer la maison et à courir de la cave au grenier comme des petits chats effarouchés.

Ce fut au milieu de ces ébats que Ben les retrouva, et il fut accueilli par une avalanche de nouvelles, dont l'effet fut de lui troubler la cervelle tout autant qu'à elles. La maison appartenait à Miss Célia; elle allait y demeurer et il fallait tout préparer le plus vite possible. Cette perspective réjouit tout le monde : Mme Moss, parce qu'elle trouvait sa vie bien solitaire depuis un an que la garde de la maison lui était confiée, les petites filles parce qu'elles avaient entendu la jolie dame parler de tout ce qu'elle devait amener avec elle; Ben, ayant appris qu'un jeune garçon et un âne étaient au nombre des futurs habitants de la maison, arrêta dans son esprit que le retour de son père pourrait seul l'arracher des lieux où tout devenait si plein d'intérêt.

— Je suis pressée de voir les paons et de les entendre; elle dit qu'ils crient bien fort et que c'est très risible quand Jacquot brait, dit Bab qui, incapable de se tenir en repos, dansait d'un pied sur l'autre pour dépenser son impatience.

— Quelle espèce d'oiseau est un faiton? je lui ai entendu dire qu'elle en aurait un sous la remise, demanda Betty.

— C'est une petite voiture, répondit Ben, et il se roula sur le gazon en riant aux dépens de l'ignorance de sa petite amie.

— Mais certainement; j'ai cherché dans le dictionnaire, et il faut avoir soin de ne pas dire un *paéton* quoique que cela commence par un P, ajouta Bab, qui en toute occasion aimait à faire autorité et qui ne se vanta pas d'avoir cherché ce mot à l'F jusqu'à ce qu'une de ses camarades lui dît qu'il s'écrivait par *Ph.*

— Vous ne vous connaissez guère en voitures, je m'en doute bien; mais ce que je voudrais savoir, c'est où l'on mettra Lita.

— Oh! elle restera chez Monsieur jusqu'à ce que l'écurie soit prête, et c'est vous qui l'amènerez. M. Allen est venu et il a tout dit à maman, et que vous étiez un garçon de confiance et qu'il vous avait mis à l'épreuve. »

Ben ne dit rien, mais il s'applaudit au fond du cœur de n'avoir pas pris la fuite, ce qui lui aurait fait perdre tout à la fois sa bonne réputation et la joie qui se préparait.

« Est-ce que ce ne sera pas charmant que la maison soit toujours ouverte ? Nous pourrons aller voir les portraits toutes les fois que nous voudrons, j'en suis bien sûre ; Miss Célia est si bonne que,..... disait Betty pour qui les paons les plus bruyants et les ânes les plus comiques avaient moins d'attrait que pour sa sœur.

— Mes enfants, vous ne viendrez pas dans cette

maison sans y être invitées, interrompit leur mère en refermant la porte à clef. Vous ferez bien de commencer par emporter vos chiffons et tout cela, car certainement mademoiselle n'aimerait pas à voir ce désordre autour de l'entrée. Toi, Ben, si tu n'es pas trop fatigué, tu peux donner un coup de râteau pendant que je referme les volets. Il faut que tout soit bien arrangé. Deux soupirs répondirent à cet avis, et les yeux des deux sœurs jetèrent un regard de regret sur le porche bien-aimé, le bosquet plein d'ombre et les sentiers où elles aimaient tant à courir.

— Comment donc ferons-nous? La mansarde est si chaude, le hangar si petit et la cour si pleine de volailles et de linge à sécher! Nous serons réduites à emballer toutes nos affaires et à ne plus jouer jamais, dit Betty d'un air tragique.

— Peut-être que Ben pourra nous construire une petite maison dans le verger, suggéra Betty, fermement convaincue que Ben avait tous les talents.

— Il n'en aura peut-être pas le temps. Les garçons ne se soucient guère de maisons de poupées, répliqua Bab d'un air affligé en ramassant de côté et d'autre son mobilier désormais sans abri.

— Nous n'aurons plus grand besoin de tout cela, tu verras, quand toutes les nouvelles choses seront arrivées, dit plus gaiement Betty. Elle avait un heureux caractère et savait toujours voir les choses par le bon côté. »

CHAPITRE VIII

Le page de miss Célia.

Ben n'était pas trop fatigué et il commença la toilette du jardin le soir même. Ce n'était vraiment pas trop tôt; car le lendemain et le surlendemain il arriva bien des choses : ce fut d'abord le phaéton, à la contemplation duquel Ben consacra tous ses instants de loisir, se demandant avec une secrète envie quel serait l'heureux groom qui monterait sur le petit siège de derrière, et charmant ses heures de travail par des rêves : s'il était riche, il passerait sa vie à conduire un équipage comme celui-là, et il inviterait tous les enfants de sa connaissance à se promener avec lui. Puis vint un lourd chariot de mobilier qui s'arrêta à la grande porte auprès du pavillon de Mme Moss, et les petites filles allèrent d'un ravissement à un autre à la vue d'un piano, de petites chaises, et d'une mignonne table qui, dans leur opinion, serait parfaitement ce qu'il leur faudrait pour jouer. Ce fut ensuite le tour des animaux qui causèrent beaucoup d'émoi dans le pays : car les paons y étaient peu connus; la voix de

l'âne étonna le bétail et amusa fort la population; les
lapins faisaient des trous et s'échappaient sans cesse
dans le jardin qui venait d'être refait; et Duc se scan-
dalisa de voir les ébats de Chevalita dans cette écurie
où depuis tant d'années il avait mené la vie la plus
calme et la plus solitaire.

Enfin miss Célia annonça son arrivée avec son frère
et ses deux bonnes; mais Mme Moss dit qu'elle les
attendrait seule : car les voyageurs arriveraient proba-
lement fort tard. Les enfants furent très désappointés
de ne pas être présents à ce grand événement, mais
ils se consolèrent par la promesse que dès le matin
ils iraient présenter leurs respects à Miss Célia.

Ils s'éveillèrent avec le jour et se montrèrent si
impatients que Mme Moss finit par les laisser aller,
tout en les prévenant que pour sûr les bonnes seules
étaient levées. Mais elle s'était trompée sur ce point:
car avant que le petit cortège fût arrivé à sa destination, une voix leur cria du porche :

« Bonjour, les petits voisins ! » La surprise fut telle
que Betty renversa une partie du lait qu'elle portait;
les œufs frais dont Bab était chargée se mirent en révo-
lution dans le plat qui les contenait, et au-dessus de
la brassée de trèfle que Ben apportait à ses amis à
quatre pattes, on vit sa figure s'illuminer de joie quand
il se hâta de dire :

« Tout est bien, Mademoiselle; Lita se porte bien;
je l'amènerai dès que vous voudrez.

— J'en aurai besoin à quatre heures. Thorny sera
trop fatigué pour sortir; mais qu'il fasse beau ou mauvais, il faut que j'aille à la poste; » et les jolies couleurs
de Miss Célia devinrent encore plus vives à mesure

qu'elle parlait. Cela venait-il d'une pensée de bonheur
ou bien était-ce une sorte de confusion? car les honnêtes
petites figures qu'elle avait en face d'elle exprimaient
bien ouvertement toute l'admiration que leur causait
la belle dame en robe blanche qui leur apparaissait
sous les chèvrefeuilles.

La venue de Miranda, la femme de chambre, rappela les enfants à eux-mêmes, et, après s'être déchar-
gés de leurs offrandes, ils allaient se retirer tout inti-
midés, quand Miss Célia dit d'un ton bienveillant :

« Je veux, mes enfants, vous remercier d'avoir aidé
à tout mettre en aussi bon état. Je vois que les mains
et les pieds ont lutté d'activité au dehors comme au
dedans. J'en suis très reconnaissante.

— C'est moi qui ai biné les plates-bandes, dit Ben
en promenant un regard de complaisance sur ce qui
l'entourait.

— Moi j'ai ratissé les allées, dit Bab voyant avec
regret quelques brins de trèfle qui étaient tombés de
la brassée de Ben.

— Et j'ai débarrassé tout le porche, ajouta Betty, en
soupirant au souvenir de la résidence d'été d'où sa
famille était maintenant exilée.

Miss Célia comprit le sens de ce soupir et s'empressa de le changer en sourire en disant avec intérêt :

— Mais que sont donc devenus tous les joujoux
qui étaient là? je n'en vois plus un seul.

— Maman a dit que vous n'aimeriez pas à voir
nos *affaires* traîner et nous avons tout emporté,
tout, répondit Betty en accentuant le mot « tout».

— Oh! mais, j'ai envie de voir tout cela; j'aime

les poupées, les jouets autant que quand j'étais enfant, et cela me manque de ne plus voir vos petites *affaires* sous le porche et dans l'allée. Que diriez-vous si je vous proposais de venir ce soir prendre le thé avec moi, et de rapporter quelques-uns de vos joujoux? Je serais bien fâchée de vous priver d'un si bon endroit pour jouer.

— Oh! mademoiselle, nous serons bien heureuses de venir, et nous apporterons nos plus jolies affaires.

— Maman nous permet d'emporter nos petits brocs d'étain brillant et notre petit chien en porcelaine quand nous allons chez nos amies.

— Apportez ce que vous voudrez, et moi de mon côté je vais chercher mes anciens joujoux. Ben viendra aussi et son caniche est spécialement invité, ajouta Miss Célia en voyant Sancho se planter devant elle comme pour lui adresser une requête, car certainement il comprenait qu'on traitait un sujet agréable.

— Merci, mademoiselle; je leur avais bien dit que vous leur permettriez de venir quelquefois. Elles aiment beaucoup cet endroit.... et moi aussi, dit Ben, convaincu qu'il était bien rare de trouver réunis des avantages aussi précieux pour un jeune homme d'avenir qui à l'âge de sept ans avait fait le Cupidon volant : car il retrouvait là des arbres où il pouvait grimper, des arcades et des murailles pour faire ses tours de force et d'adresse.

— Et moi aussi, dit Miss Célia du fond du cœur. Il y a dix ans je venais ici; j'avais votre âge alors et je faisais des chaînes de lilas sous ces ombrages, je cueillais de la mouronnette pour mes oiseaux, je traînais Thorny et son chariot dans toutes les allées.

Grand-papa demeurait ici et nous y étions bien heureux, mais à présent de toute la famille il ne reste plus que mon frère et moi.

— Nous n'avons plus de père non plus, dit Bab, qui vit passer un nuage sur la physionomie de Célia.

— Moi j'ai un père numéro un ! si seulement je pouvais savoir où il est, dit Ben en regardant vivement vers la grande porte comme s'il s'attendait à y voir paraître quelqu'un.

— Tu es riche, mon garçon, et vous êtes d'heureuses petites filles d'avoir une si bonne mère, j'ai déjà découvert cela ; et le soleil reparut dans le sourire qu'elle adressa aux enfants.

— Puisque vous n'avez pas de maman à vous, vous pouvez bien prendre un peu de la nôtre si vous voulez, dit Betty dont les yeux bleus exprimèrent toute la compassion.

— C'est bien ce que je ferai ! et vous serez mes petites sœurs ! je n'en ai jamais eu et je voudrais tant savoir quel effet cela produit ; » et Miss Célia, prenant les quatre petites mains potelées dans les siennes, se sentit disposée à aimer tout le monde dans cette demeure où elle espérait faire régner le bonheur. Bab fit un signe d'assentiment et se mit à examiner les bagues dont était ornée la jolie main blanche qui pressait les siennes ; mais Betty jeta ses bras autour du cou de sa nouvelle amie, et l'embrassa avec tant d'âme que le cœur de Célia sentit aussitôt que le vide dont il souffrait allait se combler ; elle avait besoin d'être aimée, et Thorny n'avait pas encore appris à lui rendre la moitié de l'affection qu'il recevait d'elle. Elle retint l'enfant et, tout en jouant avec les longues tresses

dorées, elle se mit à parler des petites filles alle-
mandes, coiffées de drôles de bonnets de soie noire, portant des robes à taille trop courte, chaussées de sabots,
et occupées à arroser de longues pièces de toile mises
à blanchir sur l'herbe, à garder des troupes d'oies ou
à conduire des cochons au marché, mais toujours le
tricot ou le fuseau à la main tout en circulant.

A ce moment, Randa, la bonne, vint dire que
M. Thorny ne pouvait pas attendre une minute de
plus, et Célia s'en alla déjeuner d'un bon appétit,
tandis que les sœurs retournèrent vers leur mère, en
courant et en babillant comme de petites pies.

Le phaéton à quatre heures. — Elle est si belle en
robe blanche. — On irait prendre le thé. — Sancho
et les poupées invités. — Pouvons-nous mettre nos
robes du dimanche ? — Il y a un beau caparaçon tout
neuf pour Lita. — Elle aime les poupées. — Quel
bonheur ! quel bonheur ! comme ce sera amusant !

Ce ne fut pas sans peine que Mme Moss comprit en
quoi consistait l'invitation qui causait tant de joie ;
mais ce fut encore plus difficile de faire déjeuner ses
filles, dont tant de nouveautés tournaient la tête : car
leur vie avait été jusque-là d'un calme qui touchait
à la monotonie.

Les petites filles crurent que cette journée n'aurait
pas de fin, et pour faire passer le temps, elles s'a-
donnèrent aux bavardages ; aussi la maîtresse dut les
réprimander plus d'une fois et leurs camarades se
désolèrent de n'être pas de la fête.

A midi la mère leur défendit d'approcher de la maison : car elle craignait que leur présence ne fût importune ; elles s'en consolèrent en allant se blottir sous

le buisson de seringa d'où elles percevaient certaines émanations savoureuses venues de la cuisine, où évidemment Katy préparait des friandises pour le thé.

Betty jeta ses bras autour du cou de sa nouvelle amie. (Page 89.)

Ben travailla avec acharnement jusqu'à trois heures et demie ; puis il alla à l'écurie, où Pat étrilla et brossa Lita jusqu'à ce que sa robe fût devenue comme du satin ; alors Ben la conduisit à la remise des Lilas et là il eut la joie de l'atteler à lui tout seul.

« Faut-il aller vous attendre devant la grande porte, Mademoiselle ? demanda-t-il quand tout fut prêt.

— Non, la grande porte ne s'ouvrira pas avant le

mois d'octobre; j'entrerai et je sortirai par le pavillon de Mme Moss ou par la porte de derrière, répondit la jeune fille. Elle monta en souriant, mais elle ne partit pas tout de suite; Ben se creusait vainement la tête pour deviner ce qu'elle pouvait attendre.

— Est-ce qu'il manque quelque chose? demanda-t-il avec inquiétude.

— Ne peux-tu deviner ce que c'est? Miss Célia l'observa et suivit son regard qui se portait rapidement des oreilles du cheval aux roues de derrière, sans pouvoir découvrir ce qu'il y avait à redire.

— Mademoiselle, je ne vois pas ce que c'est, répondit-il fort humilié de penser qu'il s'était rendu coupable d'un oubli.

— Est-ce qu'un petit groom monté là derrière ne compléterait pas merveilleusement mon équipage? dit Célia avec un regard où il devina qu'il était l'être privilégié destiné à occuper ce poste élevé.

Il rougit de plaisir, mais balbutia en jetant un coup d'œil expressif sur ses mauvaises chaussures et sa chemise bleue.

— Je ne suis pas présentable, Mademoiselle..... et je n'ai pas d'autres habits.

Le sourire de Célia devint encore plus aimable quand elle dit :

— Allons, mon garçon, grimpe vite et partons, ou bien nous serons en retard pour notre soirée. »

En une seconde le nouveau groom fut installé, le corps droit, les jambes raides, les bras croisés et le nez au vent, dans la position où il avait vu les vrais grooms à côté de leurs maîtres.

Mme Moss lui fit un signe d'amitié quand la voiture passa devant sa porte et Ben, mettant la main au bord de son mauvais chapeau de paille, répondit par un salut plein de dignité ; il ne put cependant dissimuler son ravissement, et sa gravité s'évanouit complètement lorsque Lita prit le grand trot sur la route unie qui conduisait à la ville.

Il faut bien peu de chose pour faire le bonheur d'un enfant, et les grandes personnes devraient se le rappeler plus souvent, afin de distribuer de la joie à ce petit monde comme on distribue des miettes aux moineaux affamés. Miss Célia savait bien que le jeune garçon était heureux, mais il ne trouvait pas de paroles pour lui exprimer toute la joie qu'elle lui donnait. Il ne pouvait que jeter des regards de ravissement sur tout ce qu'il voyait, et sourire quand le voile gris venait lui caresser la figure ; il aurait voulu pouvoir presser dans ses bras sa nouvelle amie, comme autrefois la bonne Mélia pour la remercier de quelque faveur.

L'école était finie, et l'on se serait amusé rien qu'à regarder la mine ébahie de tous les enfants quand ils aperçurent Ben perché sur le siège derrière miss Célia ; mais ce qui n'était pas moins drôle, c'était la superbe indifférence avec laquelle le jeune laquais daignait abaisser ses regards sur ce peuple vulgaire qui cheminait à pied.

Il ne put cependant refuser un petit bonjour aux deux sœurs quand il les vit sous l'érable ; le souvenir de la bibliothèque circulante fit que la reconnaissance l'emporta sur la dignité.

« Une autre fois nous les prendrons avec nous ; mais aujourd'hui j'ai à te parler, dit Célia quand Lita se mit au pas pour monter la colline. Mon frère a été malade et je l'ai amené ici pour se rétablir. Je veux tout faire pour l'amuser, et je crois que tu pourrais m'y aider de bien des manières. Veux-tu être chez moi au lieu de travailler chez M. Allen ?

— Oh ! oui, je le veux bien, s'écria Ben avec une telle vivacité que toute autre affirmation devenait inutile, et la jeune fille satisfaite poursuivit :

— Ce pauvre Thorny, vois-tu, est faible et irritable, et il ne se donne pas assez de mouvement, car il faudrait qu'il vécût beaucoup au grand air : cela l'empêcherait de penser à ses petites misères. Comme il ne peut pas encore marcher longtemps, je lui ai acheté une chaise roulante que l'on pousse, et, les allées étant solides et unies, il sera facile de l'y promener. Voilà une des choses que tu peux faire ; une autre c'est de soigner ses animaux jusqu'à ce qu'il puisse le faire lui-même. Tu pourras aussi lui raconter tes aventures, et tu lui parleras comme un garçon peut seul le faire à un autre garçon. Cela l'amusera quand j'ai besoin d'écrire ou de sortir ; mais je ne le quitte jamais pour longtemps et j'espère que bientôt il sera en état de circuler comme nous tous. Que penserais-tu de cet emploi ?

— Numéro un ! Je prendrai bien soin du petit garçon et je ferai tout pour le satisfaire et Sancho aussi : il aime tant les enfants, répondit Ben à qui cette nouvelle place paraissait fort tentante.

Miss Célia se mit à rire et tempéra un peu son ardeur par ces paroles :

— Je ne sais trop ce que Thorny dirait de s'entendre appeler petit. Il a quatorze ans et il grandit chaque

jour, A moi il me semble encore un enfant parce
que j'ai dix ans de plus que lui ; mais il né faut pas
t'inquiéter de ses longues jambes et de ses grands
yeux ; il est trop faible pour te faire du mal, seulement tu ne t'étonneras pas s'il te bouscule quelquefois.

— J'y suis accoutumé ; je n'y ferai pas attention,
pourvu qu'il ne m'appelle pas « vaurien » et qu'il ne
me lance rien à la tête, dit Ben qui pensait aux récentes
épreuves qu'il avait subies de la part de Pat.

— Je puis te promettre cela ; je suis sûre que
Thorny t'aimera : car je lui ai conté ton histoire et il
est impatient de voir « le petit écuyer », comme il
t'appelle. M. Allen dit que je puis m'en rapporter à
toi, et cela me plaît : car je suis bien aise de trouver
la besogne faite comme il faut sans être toujours à
surveiller. Tu seras bien nourri et bien vêtu, traité
avec bonté et payé équitablement si tu veux demeurer
chez moi.

— Oh oui ! je le veux bien.... du moins jusqu'à ce
que mon père revienne. Monsieur a déjà écrit à Smithers ; mais il n'a pas encore de réponse. Je sais bien
qu'à présent Smithers est en voyage, et il pourra se
passer bien du temps avant que nous recevions des
nouvelles, répondit Ben qui se sentait beaucoup
moins impatient de s'en aller depuis qu'il avait reçu
cette belle proposition.

— En attendant nous verrons comment nous nous
arrangerons, et d'ailleurs ton père sera peut-être bien
aise de te laisser chez nous pendant l'été, s'il est
absent. Maintenant, conduis-moi chez le boulanger,
chez le confiseur et à la poste », dit Miss Célia quand

ils furent entrés dans la principale rue de la ville.

Ben sut se rendre utile et, quand toutes les commissions furent faites, il reçut sa récompense sous la forme d'une paire de souliers et d'un chapeau de paille entouré d'un ruban bleu dont les bouts flottants étaient ornés d'ancres d'argent. Il eut le bonheur d'être chargé de conduire en retournant aux Lilas, pendant que sa nouvelle maîtresse lisait ses lettres. Il y en avait une qui était très, très longue, dont l'enveloppe portait un timbre singulier; elle la lut deux fois et ne parla pas jusqu'à ce qu'on fût rentré. Ben alla ensuite reconduire Lita et porter le courrier chez M. Allen, promettant d'expédier sa besogne de façon à être revenu pour le thé.

CHAPITRE IX

Une joyeuse soirée.

A six heures moins cinq minutes les invités arrivèrent ponctuellement et en grand apparat : Bab et
Betty avaient mis leurs plus jolies robes et ajouté des
nœuds de ruban à leurs tresses ; Ben avait une chemise
bleue toute neuve et portait des souliers, comme un
jour de grande fête ; la toison de Sancho était bien
brossée et ses manchettes aussi fraîches que si elles
sortaient de chez le marchand.

Personne n'était là pour les recevoir, mais la petite
table placée au milieu de l'allée était déjà servie ;
quatre chaises et un tabouret étaient rangés autour.
Le mignon service à thé en porcelaine verte et blanche
excita au plus haut point l'admiration des petites filles.
Ben soupirait après le régal et Sancho ne résistait
qu'avec peine à la tentation de renouveler son ancienne
prouesse. Pouvait-on s'étonner de voir le chien flairer
avidement et les enfants échanger des sourires ! la
table était chargée de tartes, de gâteaux, de biscuits
et de sandwiches, et une charmante petite bouilloire
à thé chantait gaiement sur la lampe à esprit de vin.

7

— Est-ce que ce n'est pas délicieux? dit tout bas Betty, qui n'avait jamais rien vu de semblable.

— Je voudrais seulement que Sally pût nous voir en ce moment, répondit Bab, qui n'avait pas encore pardonné à son ennemie.

— Je me demande où est le jeune garçon, ajouta Ben fort bien disposé pour les autres, mais un peu inquiet de ce que l'on penserait de lui.

Un roulement de voiture se fit entendre et les yeux des convives se tournèrent aussitôt vers le jardin où ils aperçurent miss Célia poussant devant elle le chariot où était son frère, dont une jolie couverture enveloppait les longues jambes; un chapeau à larges bords cachait presque les yeux de Thorny, et l'expression de mécontentement répandue sur sa figure la rendait aussi peu sympathique que le ton plaintif et grognon avec lequel il disait en approchant :

— D'abord, s'ils font du bruit, je m'en vais. Je ne comprends pas pourquoi tu les as fait venir.

— Pour t'amuser, mon ami. Je suis sûre qu'ils y réussiront, pourvu que tu veuilles les aimer, lui répondit à l'oreille sa sœur, qui souriait et disait bonjour de la tête par-dessus le dossier de la chaise roulante; puis elle ajouta :

— Quelle exactitude! mais je suis toute prête aussi et nous allons commencer immédiatement. Voici mon frère Thornton, et j'espère que bientôt nous serons tous fort bons amis. — Tiens, Thorny, [1] voilà ce drôle de petit chien, n'est-ce pas qu'il est joli et bien frisé?

Ben ayant entendu la phrase désobligeante du jeune homme avait aussitôt pensé qu'il ne l'aimerait pas, et

[1] Abréviation qui veut dire épineux.

Miss Célia poussait devant elle le chariot où était son frère. (Page 98.)

de son côté Thorny avait décidé d'avance qu'il ne jouerait pas avec un saltimbanque : aussi montrèrent-ils
l'un et l'autre beaucoup de froideur et d'indifférence
quand miss Célia fit la présentation. Sancho, qui était
très-sociable et tout à fait incapable de montrer un sot
orgueil, leur donna le bon exemple : il s'approcha de
la voiture, tandis que sa queue s'agitait en l'air comme
un drapeau parlementaire, puis il présenta poliment sa
patte pour demander une poignée de main.

Thorny ne put résister à de pareilles avances, il
caressa la tête blanche en répondant par un regard
amical aux yeux intelligents du chien ; puis il dit à
sa sœur :

— Quel bon petit chien ! On dirait presque qu'il va
parler, n'est-ce pas ?

— Mais il parle. Sancho, dis : Comment vous portez-
vous ? commanda Ben, qui s'était subitement radouci
en voyant Thorny admirer son chien.

— Ouao, ouao, ouao ! dit aussitôt le chien avec le
ton aimable de la conversation ; il s'était assis et avait
touché son front de sa patte en faisant le geste de saluer
avec un chapeau. Malgré lui, Thorny éclata de rire, et
miss Célia, voyant que la glace était rompue, roula la
chaise à la place qui lui avait été réservée près de la
table. Elle s'assit ensuite en face de son frère, plaça
les deux petites filles d'un côté, Ben et Sancho de
l'autre, et invita les convives à commencer l'attaque.

Bab et Betty babillèrent bientôt avec autant d'aisance que si elles eussent connu leur aimable hôtesse
depuis des mois ; mais les deux garçons, se tenant
encore sur la réserve, faisaient de Sancho leur inter-
médiaire. L'excellent animal se conduisait avec une

merveilleuse convenance : il se tenait assis sur son
coussin dans une attitude si digne que vraiment il
semblait que c'était prendre une grande liberté que de
lui offrir à manger.

Une assiette d'épaisses tartines avait été préparée
pour son usage spécial, et quand Ben en mit une devant
lui, il affecta de ne pas s'en apercevoir tant qu'il n'eut
pas reçu le signal, alors les tartines disparurent avec
une rapidité merveilleuse, puis aussitôt Sancho se
replongea dans de profondes réflexions.

Mais ayant une fois goûté de ce mets succulent il
eut bien de la peine à ne pas laisser voir qu'il recom-
mencerait volontiers, et, malgré tous ses efforts pour
rester immobile, son nez était en pleine activité, ses
yeux ne pouvaient se détourner de cette assiette si
bien garnie et sa queue blanche tremblait d'émotion
sur le coussin rouge. Enfin il vint un moment où la
tentation fut la plus forte. Ben prêtait l'oreille à ce
que lui disait miss Célia, une tarte était posée dans
son assiette, Sancho regarda Thorny, celui-ci fit un
signe d'assentiment, Sancho cligna de l'œil, escamota
la tarte, puis d'un air pensif affecta de s'intéresser
vivement à un moineau perché sur une branche.

L'adresse du fripon avait tellement amusé le jeune
garçon que, rejetant son chapeau en arrière, il battit
des mains et fut pris d'un accès de fou rire, ce qui ne
lui était pas arrivé depuis bien longtemps. Tous les
convives le regardèrent avec étonnement, ce fourbe de
Sancho fit l'innocent et eut l'air de dire : Eh bien ! mon
ami, d'où vient donc cette subite gaieté ?

Thorny, oubliant sa bouderie et sa sauvagerie, se
mit aussitôt en frais de conversation. Ben, flatté de

l'intérêt que l'on témoignait à son chien, répondit convenablement et charma bientôt son interlocuteur par des récits amusants de la vie du cirque.

Miss Célia jouissait de ce résultat, tout réussissait à merveille : les assiettes avaient été dégarnies à plusieurs reprises, la théière était vide pour la seconde fois, et la maîtresse de maison se demandait avec raison si elle ne devrait pas mettre un frein à l'appétit vorace de ses convives lorsqu'un incident vint à propos la décharger de cette pénible tâche.

On apercevait, planté au milieu de l'allée, un enfant qui suivait avec un grave intérêt tout ce qui se passait. C'était un joli petit garçon de six ans, bien mis, les cheveux noirs coupés court sur le front, les joues roses, avec de bonnes grosses jambes le long desquelles ses chaussettes avaient glissé sur ses petits souliers poudreux. Un bout de sa large ceinture dénouée traînait sur le sol, et son chapeau retenu autour du cou par un caoutchouc lui pendait dans le dos. Dans sa main droite il portait une petite tortue et sa gauche étreignait une collection de baguettes choisies. Avant que miss Célia eût pu l'interroger il annonça tranquillement le but de sa visite :

— Je suis venu voir les paons.

— Tu les verras tout à l'heure, commença la jeune fille, mais elle n'en put dire davantage, car l'enfant ajouta en avançant d'un pas :

— Et les lapins.....

— Bien, mais ne veux-tu pas d'abord.....

— Et le chien frisé, continua la petite voix, et le visiteur se rapprocha d'un pas.

— Le voilà.

Un silence, un long regard, puis une nouvelle demande, toujours du même ton solennel; le petit garçon fit encore un pas en avant.

Dans sa main droite il portait une tortue et dans sa gauche une collection de baguettes. (Page 103.)

— Je voudrais entendre braire l'âne.

— Certainement, s'il y consent.

— Et les paons crier.

— Monsieur veut-il encore quelque chose? dit Célia.

Étant alors parvenu jusqu'à la table, l'insatiable personnage examina les assiettes ravagées, montra de

son doigt potelé un unique gâteau laissé par déco-
rụm et dit d'un air de commandement :

— Je veux de ça.

— Sers-toi et assieds-toi sur la marche pour manger,
pendant que tu me diras de qui tu es le petit garçon,
reprit miss Célia fort amusée des façons d'agir de son
visiteur.

Le petit bonhomme déposa ses baguettes, prit le
gâteau, s'assit sur la marche et, sa petite bouche rose
toute pleine, répondit :

—Je suis le petit garçon à papa. Il fait un journal
et moi je l'aide beaucoup.

— Quel est son nom ?

— M. Barlow. Nous demeurons à Springfield,
voulut bien dire le nouveau convive qui était devenu
moins solennel depuis qu'il avait la bouche pleine.

—As-tu une maman, mon chéri?

— Elle fait la sieste, et alors je vais me promener.

— Sans demander de permission sans doute. As-tu
des frères ou des sœurs pour aller avec toi? demanda
miss Célia qui cherchait à deviner à qui pouvait
appartenir ce petit échappé.

— J'ai deux frères : Thomas Merton Barlow et Harry
Sanford Barlow. Moi je suis Alfred Tennyson Barlow.
Il n'y a pas de filles dans notre maison, excepté Bridget.

— Ne vas-tu pas à l'école?

— Les grands y vont, mais moi je n'apprends pas
encore de grec et de latin. Je jardine, je lis à maman
et je lui fais des vers.

— Ne pourrais-tu m'en faire aussi? je les aime beaucoup, dit miss Célia voyant que ce babil amusait les
enfants.

— Je ne crois pas que je puisse en faire maintenant.
J'en ai fait en venant, je vais vous les dire ; et, le
bébé inspiré croisant ses jambes se mit à débiter le
pathos suivant :

> Douces sont les fleurs de la vie
> Semées parmi mes heureux jours ;
> Douces sont les fleurs de la vie
> Quand j'étais un petit enfant.
> Douces sont les fleurs de la vie
> Que je passais avec mon père,
> Douces sont les fleurs de la vie
> Quand la lampe brille dans la nuit,
> Douces sont les fleurs de la vie
> Quand les fleurs d'été s'épanouissent.
> Douces sont les fleurs de la vie
> Mortes avec les neiges d'hiver.
> Douces sont les fleurs de la vie
> Quand reviennent les jours du printemps [1].

— D'où a-t-il tiré tout cela ? s'écria miss Célia stupéfaite, tandis que les enfants regardaient bouche

[1] Ces vers ont été réellement composés par un enfant de six ans.

> Sweet are the flowers of life,
> Swept o'er my happy days at home ;
> Sweet are the flowers of life
> When I was a little child.
> Sweet are the flowers of life
> That I spent with my father at home ;
> Sweet are the flowers of life
> When the lamps are lighted at night ;
> Sweet are the flowers of life
> When the flowers of summer bloomed.
> Sweet are the flowers of life
> Dead with the snows of winter ;
> Sweet are the flowers of life
> When the days of spring come on.

béante le jeune Tennyson, qui allait par distraction
mordre à même la tortue, la prenant pour le gâteau ;
pour n'être plus exposé à un pareil quiproquo, il
fourra la malheureuse bête dans sa petite poche,
comme si c'eût été une chose convenue entre eux
depuis longtemps.

— Ça vient de dans ma tête. Oh ! j'en fais beaucoup, dit l'imperturbable petit bonhomme cédant de
plus en plus aux influences sociales du moment.

— Voici les paons qui viennent demander à manger, dit Bab en voyant paraître les beaux oiseaux dont
le splendide plumage étincelait au soleil.

Le jeune Barlow se leva pour mieux admirer, mais
sa curiosité n'étant pas encore complètement satisfaite,
il allait prier Junon et Jupiter de faire entendre leur
ramage, lorsque le vieux Jacquot, soupirant après
la société, passa la tête par-dessus le mur du jardin et
se mit à braire d'une façon formidable.

Ce bruit imprévu troubla les esprits du jeune étranger, qui chancela un instant sur ses solides jambes,
et ses traits perdirent de leur solennité tandis qu'il
demandait à demi-voix d'un air étonné :

— Est-ce là le cri des paons ?

Les enfants furent pris d'un fou rire et miss Célia
eut peine à se faire entendre quand elle répondit gaiement :

— Non, mon petit ami, c'est l'âne qui te demande
d'aller le voir. Veux-tu y venir ?

— Je crois que je ne puis pas rester plus longtemps ; maman doit avoir besoin de moi ; et sans un
mot de plus, le poète déconcerté par les rires se retira
précipitamment, oubliant ses chères baguettes.

Ben courut après lui pour veiller à ce qu'il ne lui arrivât pas d'accident, et revint presque aussitôt raconter qu'Alfred avait rencontré son domestique et qu'il s'en était allé chantant de nouveaux vers destinés à allonger son poème et dans lesquels les paons et les ânes se mêlaient agréablement aux « fleurs de la vie. »

— Maintenant je vais vous montrer mes joujoux, puis nous ferons une partie de jeu avant que Thorny soit obligé de rentrer, dit miss Célia pendant que Randa desservait le thé et revenait avec un grand plateau plein de livres d'images, de cartes de géographie découpées, de jeux variés, de petits animaux, et sur le tout un beau bébé en toilette.

A cette vue, Betty tendit les bras pour l'y recevoir avec un cri de joie. Bab s'empara des jeux et Ben se confondit d'admiration devant un petit chef Arabe caracolant sur son cheval blanc, « sellé, bridé et harnaché pour le combat ». Thorny chercha et retrouva une certaine patience qu'il parvint à refaire après beaucoup de travail. Même Sancho trouva quelque chose qui l'intéressait ; se dressant sur les jambes de derrière, il glissa sa tête entre les deux jeunes garçons, puis avança la patte afin d'atteindre des petits carrés sur lesquels se trouvaient des lettres bleues ou rouges.

— Il a l'air de savoir ce que c'est, dit Thorny qui s'amusait des tentatives de l'animal.

— Mais oui, il le sait, répondit Ben. Sancho, écris ton nom, et il mit quelques-unes des jolies lettres devant l'animal qui remua la queue avec impatience jusqu'à ce qu'il eût l'alphabet complet à sa disposition. Alors, d'un air décidé il repoussa les lettres à l'écart jusqu'à ce qu'il n'en eût plus que six qu'il rangea avec son nez et sa patte, et l'on put bientôt lire le nom de Sancho fort bien épelé.

— Comme il est habile! s'écria Thorny ravi. Est-ce qu'il sait encore autre chose?

— Oh! oui; c'est comme cela qu'il gagnait sa vie et la mienne, répondit Ben, et il fit répéter au caniche tous ses tours, avec un tel succès que miss Célia elle-même en fut émerveillée.

— Il a été soigneusement dressé, dit-elle quand Sancho alla se reposer et recevoir les caresses des enfants; sais-tu comment on s'y est pris?

— Non, mademoiselle, j'étais tout petit quand papa l'a dressé et il ne m'a pas dit comment il avait fait. J'ai un peu aidé à lui apprendre à danser, mais ce n'était pas difficile, il est si intelligent! Je me souviens pourtant que mon père disait que le milieu de la nuit était le meilleur moment pour lui donner ses leçons parce qu'il ne se faisait aucun bruit qui vînt le distraire et lui troubler la mémoire. Je ne sais pas la moitié des tours de papa, mais il me les montrera dès qu'il sera revenu. Tant que je serai petit il aimera mieux me voir faire travailler Sancho que monter à cheval.

— J'ai un charmant livre d'animaux et l'on y raconte des choses intéressantes sur des chiens savants qui savaient faire des tours merveilleux. Cela vous amuserait-il d'en entendre lire des passages pendant que vous faites vos cartes et vos patiences? demanda miss Célia, enchantée de voir son frère s'intéresser avec un peu de suite à quelque chose, ne fût-ce qu'à son convive à quatre pattes.

— Oh! oui, oui, mademoiselle, répondirent avec empressement tous les enfants, et miss Célia se mit à faire la lecture du fragment suivant, mais en ayant soin d'abréger ou d'expliquer ce qui pouvait en avoir besoin :

« J'invitai un jour les deux chiens à dîner et à passer la soirée; ils vinrent avec leur maître qui était français. Il avait été professeur dans une école de sourds-muets et avait eu l'idée d'appliquer aux chiens la même méthode. Il était aussi escamoteur et se faisait aider par Blanche et sa fille Lyda. Pendant le dîner il ne se passa rien de remarquable; mais quand au dessert je donnai à Blanche un morceau de fromage en demandant si elle savait comment cela s'appelait, son maître me répondit qu'elle savait l'écrire. On porta la lampe sur une autre table, et l'on éparpilla tous les caractères de l'alphabet, peints sur des cartes. Blanche s'assit et attendit que son maître lui dît d'écrire fromage, ce qu'elle fit sans peine; puis, quelqu'un traça sur une ardoise le mot allemand *pferd*. Blanche regarda et repoussa ensuite l'ardoise avec sa patte pour donner à entendre qu'elle avait lu.

— « Maintenant, lui dit son maître, écris-moi cela en français, et aussitôt elle composa le mot *cheval*. Mais nous sommes chez un Anglais, mets-le en anglais, elle composa le mot *horse*. Après cela nous épelâmes quelques mots avec des fautes et elle les corrigea aussitôt. Mais elle ne semblait pas aimer ce travail, car elle grognait, grondait et paraissait si ennuyée qu'on lui permit d'aller dans un coin se reposer et manger des gâteaux.

« Ce fut ensuite le tour de Lyda, qui s'installa sur la table et additionna des sommes avec un jeu de chiffres. Elle fit aussi très-bien de l'arithmétique parlée.

— « Voyons, Lyda, dit le maître, je voudrais savoir si tu comprends la division. Je suppose que tu aies dix morceaux de sucre et que tu rencontres dix chiens prussiens, combien de morceaux donneras-tu, toi, une chienne française, à chacun des prussiens? Lyda répondit sans hésiter en montrant le chiffre 1. Mais si tu devais partager également avec moi, combien de morceaux me donnerais-tu? Lyda prit le 5 et le présenta poliment à son maître. »

— Comme elle était intelligente! Sancho ne peut pas en faire autant, s'écria Ben forcé de convenir que la chienne française surpassait son favori.

— Il n'est peut-être pas encore trop vieux pour apprendre... Faut-il continuer? demanda miss Célia voyant que les garçons paraissaient s'amuser, tandis que Betty s'occupait de la poupée et que Bab était tout entière à une patience.

— Oh oui! qu'est-ce qu'ils faisaient encore?

— « Ils jouaient ensemble une partie de dominos, c'est-à-dire qu'ils s'asseyaient en face l'un de l'autre, et touchaient les dominos qu'ils voulaient, mais c'était le maître qui les plaçait et qui disait tout haut comment marchait la partie. Lyda perdit, montra beaucoup de mauvaise humeur, et alla se cacher sous le sofa. Blanche fut ensuite entourée de cartes tandis que son maître tenait un autre jeu et nous disait d'en choisir une, puis il lui demandait laquelle avait été désignée, et elle prenait sans se tromper, avec ses dents, celle qu'il fallait. On me demanda ensuite d'aller dans la pièce voisine, de mettre une lampe sur le

plancher, de disperser des cartes autour et de laisse:
la porte entr'ouverte. Le maître pria quelqu'un de dir‹
bas à l'oreille de la chienne quelle carte elle devai
aller chercher, elle partit aussitôt, et rapporta la cart‹
demandée, montrant ainsi qu'elle en savait le nom
Lyda fit avec des numéros des tours très-jolis, mai:
qu'il était impossible à un chien de comprendre
cependant nous ne pûmes jamais découvrir que
moyen employait son maître, car il ne faisait aucu
signe de la tête ou des mains ; sans doute, c'était l'in
flexion de sa voix qui indiquait au chien ce qu'i
devait faire.

« Il fallait, me dit-il, une heure par jour pendan
dix-huit mois, pour instruire un chien de manière
le faire paraître en public, et (ainsi que tu le disais
Ben) que la nuit est le moment le plus favorabl
pour les leçons. Quelque temps après, cet homm
mourut, et sa femme, ne sachant comment faire tra
vailler ces chiens extraordinaires, fut obligée de le
vendre.»

— Oh! que j'aurais voulu les voir et découvri
comment ils avaient été instruits ! Ah! Sancho, mo‹
ami, il va falloir que tu étudies ferme, car je ne veu›
pas que tu sois surpassé par des chiens français ; c
Ben secoua son doigt d'un air si sévère, que le pauvr
animal vint se coucher à ses pieds, et mit ses patte
sur ses yeux comme s'il eût pleuré.

— Est-ce qu'il y a un portrait de ces deux chien
si intelligents? demanda le jeune garçon en regardan
avec envie le livre resté ouvert sur la table.

— Non, on n'a pas même donné leurs portraits
mais il y a ceux d'autres animaux intéressants et de

anecdotes sur les chevaux qui te plairont, j'en suis sûre, dit-elle en feuilletant le livre devant lui. Ils ne se doutaient guère du bien que ces charmantes pages feraient au jeune garçon quand il aurait besoin d'être consolé d'un chagrin qui le menaçait dans un avenir peu éloigné.

CHAPITRE X

Un grand chagrin.

— Merci, mademoiselle, c'est un livre numéro un, surtout pour les images ; mais je n'aime pas à voir ces pauvres bêtes ; et il montrait une gravure qui représentait un champ de bataille jonché de chevaux morts ou blessés. Sur le premier plan on en voyait un pour qui toute souffrance avait cessé, puis un autre, abattu sur son maître sans vie, soulevait avec peine sa tête pour adresser un hennissement d'adieu à ceux qui, plus heureux que lui, passaient en galopant au milieu d'un nuage de poussière.

— Ils devraient au moins s'arrêter pour le secourir, balbutia Ben tout ému, puis il se hâta de tourner la page et de chasser cette pénible émotion en contemplant trois chevaux qui paraissaient l'emblème du bonheur : ils étaient dans une belle prairie dont l'herbe verte leur montait jusqu'à mi-jambes, et descendaient vers le lit d'un clair ruisseau où ils allaient s'abreuver.

— Comme ce cheval noir est beau ! il semble que sa crinière va voler au vent, et qu'on l'entend hennir à la vue de ce petit garçon qui sans doute va lui demander de faire un temps de galop. Oh! comme je voudrais être monté dessus et faire au soleil levant le manège autour de cette belle prairie! et Ben s'agitait sur sa chaise comme si son souhait se fût réalisé.

— Quand tu voudras, tu pourras faire sur Lita le tour de mon champ. Elle en sera ravie, et la selle de Thorny arrivera la semaine prochaine, dit miss Célia, satisfaite de voir l'enthousiasme de l'enfant à la vue des nobles animaux pour lesquels elle avait elle-même un grand faible.

— Je n'ai pas besoin d'attendre une selle. J'aimerais mieux monter à poil. Mais, mademoiselle, est-ce là le livre dont vous m'avez parlé et où les chevaux parlent? demanda Ben se rappelant tout à coup les paroles qui, depuis quelque temps, l'avaient souvent préoccupé.

— Non, j'ai apporté ce livre, mais je ne l'ai pas encore déballé. Je le chercherai ce soir. Ne me le laisse pas oublier, Thorny.

— Ah mais, c'est moi qui ai oublié quelque chose! pardonnez-moi, mademoiselle, M. Allen m'avait donné une lettre pour vous et je me suis si bien amusé que je l'ai laissée dans ma poche. La voici.

Laissant ses jeunes convives à leurs jeux, miss Célia s'assit sous le porche pour lire ses lettres, car l'enveloppe en contenait deux. A mesure qu'elle avançait dans sa lecture sa physionomie prenait une expression si grave et si triste, que, si on l'avait observée, on se serait demandé quelle mauvaise nouvelle avait pu en si peu de temps lui faire perdre toute sa gaieté. Mais personne ne la regarda et ne vit quelle profonde compassion il y avait dans ses yeux quand elle les arrêta sur la joyeuse figure de Ben, après avoir mis les lettres dans sa poche. Personne non plus ne remarqua qu'elle redoubla d'amabilité lorsqu'elle revint près de la table. Mais sans rien voir, Ben pensait qu'il n'y avait jamais eu une dame aussi charmante que celle qui, penchée par-dessus son épaule, lui aidait à refaire une carte découpée sans jamais se moquer de ses méprises.

Elle avait été si bonne, si obligeante, que, quand une heure plus tard elle quitta les enfants pour présider au coucher de son frère, Ben et les deux sœurs éprouvèrent le besoin de se communiquer leur enthousiasme tout en mettant en ordre les jouets et les livres qui leur avaient fait passer une si agréable soirée.

— Elle est comme les bonnes fées dans les livres, et il y a chez elle tant de jolies choses ! disait Betty en prodiguant des caresses d'adieu à la poupée séduisante dont les paupières se fermaient si à propos, comme pour témoigner de la bienfaisante influence des berceuses qu'on lui avait chantées tandis que beaucoup de ses sœurs au contraire, semblent résolues à lasser la patience de leurs petites mamans en restant toujours les yeux grands ouverts.

— Que de choses elle sait ! je crois vraiment qu'elle est plus instruite que notre maîtresse, et elle n'a jamais l'air ennuyé de toutes nos questions. J'aime les gens qui me répondent, ajouta Bab toujours avide d'apprendre du nouveau.

— Moi, dit Ben à son tour, j'aime le jeune garçon et je crois qu'il m'aime aussi, quoique je n'aie pas su où se trouve Nantucket. Il désire que je lui apprenne à monter à cheval quand il aura recouvré ses forces et miss Célia dit que je le pourrai bien. Elle sait comment s'y

prendre pour vous rendre bon ; et il contemplait avec
amour le petit chef arabe qu'on lui avait donné, quoique ce fût la plus jolie marionnette de toute la collection.

— Comme nous allons être heureux ! s'écria Bab,
elle a dit que nous pourrions venir tous les soirs
jouer avec elle et Thorny.

— Et, reprit Betty, elle va faire arranger les bancs
sous le porche pour que nos joujoux y soient à l'abri
de la pluie et que nous les ayons toujours sous la main.

— Et moi je vais être à son service et rester ici
toute la journée. Je crois bien que la lettre que j'ai
apportée est une recommandation de M. Allen.

— Oui, Ben, et si je n'avais pas eu déjà pris la résolution de te garder, je le ferais certainement maintenant, mon enfant. Ces deux derniers mots avaient été
prononcés avec une inflexion si expressive par miss
Célia en lui posant la main sur l'épaule, qu'il se
retourna vivement et rougit de plaisir en se demandant ce que son maître avait pu dire en sa faveur.

— Il faut, mes enfants, continua la bonne demoiselle, que votre maman ait sa part du régal, et Bab
va lui porter ceci ; Betty emportera son bébé, il dort
si paisiblement dans ses bras qu'il faut bien se garder
de l'éveiller. Bonsoir, mes petites voisines, à demain ;
et miss Célia donna un baiser à chacune des fillettes.

— Est-ce que Ben ne rentre pas avec nous? demanda
Bab, tandis que Betty, folle de joie, emportait sa chère
enfant.

— Non, pas encore; j'ai besoin de lui parler. Vous
direz à votre maman qu'il va venir bientôt; et Bab s'en
alla chargée de l'assiette de friandises.

Alors Célia attira Ben à côté d'elle sur la marche, elle tira les lettres de sa poche et une ombre se répandit sur ses traits comme le crépuscule et la rosée sur le monde.

— Ben, mon chéri, j'ai quelque chose à te dire, commença-t-elle lentement, et l'enfant attendit en souriant de bonheur, car personne ne l'avait appelé ainsi depuis la mort de Mélia. M. Allen a eu des nouvelles de ton père et voici la lettre de M. Smithers qu'il m'a envoyée.

— Hourra! et où est-il je vous prie? s'écria Ben, impatient de la voir poursuivre, car elle ne lui offrait pas de voir la lettre, mais regardait fixement Sancho, assis sur la marche inférieure, comme si elle eût attendu qu'il vînt à son aide.

— Il est allé chercher des mustangs et il en a envoyé, mais il n'a pas pu venir lui-même.

— Il sera allé plus loin, je suppose. Il avait parlé d'aller jusqu'en Californie; mais alors il devrait m'écrire d'aller le rejoindre; j'aimerais bien à y aller, c'est un beau pays, dit-on.

— Il est allé plus loin que la Californie et, je l'espère, dans un pays encore plus beau! et les regards de Célia se portèrent vers le ciel où les premières étoiles commençaient à paraître.

— Il ne m'a pas envoyé chercher? Où est-il allé? Quand reviendra-t-il? demanda Ben avec un tremblement involontaire.

Miss Célia l'entoura de ses bras et lui répondit avec une profonde tendresse :

— Mon cher Ben, si je te disais qu'il ne doit jamais revenir, pourrais-tu te résigner?

— Mais que voulez-vous dire? Oh! mademoiselle,
il n'est pas mort, n'est-ce pas? et un cri de douleur
du pauvre enfant perça le cœur de Célia et fit relever
Sancho qui se mit à aboyer.

— Mon cher petit garçon, je voudrais pouvoir te
répondre non.

Il n'avait plus de questions à faire. Les larmes et les
caresses n'avaient plus rien à lui apprendre. Il avait
compris qu'il était désormais orphelin et il se tourna
instinctivement vers son plus ancien ami, celui dont
il était le plus aimé ; il se laissa glisser près de son
chien et, la tête appuyée sur le cou frisé de l'animal,
il sanglota amèrement.

— Oh! Sancho, il ne reviendra plus jamais, jamais!

Le pauvre Sancho ne pouvait répondre que par de
petits gémissements de sympathie et lécher les pleurs
qui tombaient en abondance sur son corps après avoir
inondé la figure de l'affligé, mais ses yeux exprimaient
tant de douleur muette et d'affliction qu'ils semblaient
avoir quelque chose d'humain. Miss Célia, tout en
essuyant ses propres larmes, caressait d'une main la
tête blanche et bouclée du chien et de l'autre les
cheveux noirs de son maître. Tout à coup, les sanglots cessèrent et, sans relever la tête, Ben murmura :

— Voulez-vous me dire tout? je serai raisonnable.

Alors, miss Célia lut la lettre qui annonçait tout
crûment les tristes nouvelles que Smithers avouait
avoir reçues depuis plusieurs mois, mais qu'il n'avait
pas voulu faire connaître à Ben de peur de le rendre
impropre au travail qu'on exigeait de lui. On ne pouvait dire que peu de chose de la mort de son père,
si ce n'est qu'il avait été tué quelque part dans l'Ouest.

Un étranger avait écrit le fait à la seule personne
dont le nom et l'adresse eussent été trouvés dans le
portefeuille de Brown. M. Smithers offrait de reprendre
l'enfant et « de le bien traiter », affirmant que le désir
du défunt était que son fils demeurât où il l'avait
laissé et suivît la profession pour laquelle il avait été
préparé.

— Veux-tu y retourner, Ben ? dit Célia pour faire
une petite diversion à son angoisse.

— Non, non, j'aimerais mieux mourir de faim. Il
était si dur pour Sancho et pour moi ! ce serait encore
bien pis à présent que je n'ai plus de père. Ne me
renvoyez pas ! gardez-moi ici ; tout le monde y est
bon pour moi, je n'ai pas ailleurs où aller ; et la tête
qui s'était graduellement relevée retomba sur le
corps de Sancho comme si c'eût été son unique
appui.

— Tu resteras ici, et tu ne t'en iras jamais que
de ton plein gré. Je t'ai appelé « mon enfant » pour
jouer, mais maintenant tu seras tout de bon « mon
enfant ». Cette maison sera ton foyer et Thorny ton
frère. Nous aussi nous sommes orphelins et nous
nous presserons les uns contre les autres en attendant qu'un ami plus fort vienne à notre aide. —
Célia parlait avec tant de décision et de tendresse
que Ben se sentit tout rassuré ; il la remercia en
appuyant ses lèvres sur sa jolie pantoufle qui se trouvait à sa proximité, comme s'il n'avait pas eu de
paroles pour jurer fidélité à la douce maîtresse qu'il
voulait désormais servir avec le plus entier dévouement.

Sancho comprit qu'il ne devait pas rester en arrière

et il mit gravement sa patte sur le genou de Célia en
faisant entendre des « ouïn, ouïn » qui signifiaient
certainement : « Comptez-moi pour quelque chose et
permettez-moi de payer un peu de la dette de mon
maître, si je peux. »

Célia serra affectueusement la patte que lui offrait
Sancho, et aussitôt la bonne bête se coucha à ses pieds
comme si elle se fût engagée pour toujours à garder sa
bienfaitrice et sa maison.

— Ne reste pas sur cette pierre froide, Ben; viens
près de moi, que j'essaie de te consoler un peu, dit-
elle en se baissant pour essuyer les grosses larmes
qui coulaient sur les joues brunes à demi cachées dans
sa robe.

Mais Ben mit son bras sur sa figure et eut un
redoublement de sanglots en disant :

— Vous ne pouvez pas, vous ne le connaissiez pas.
Oh ! père, père! si je t'avais au moins revu une fois !

Mais personne ne pouvait accomplir ce souhait;
cependant Célia trouva un moyen de le calmer ; bientôt on entendit dans le salon une musique si douce,
si mélancolique, qu'elle devait agir sur les nerfs les
plus éprouvés. Involontairement Ben retint ses sanglots pour écouter ; puis les larmes devinrent plus
rares et semblèrent entraîner avec elles l'amertume de
sa douleur. Le sentiment de son isolement s'affaiblit
et il lui devint possible d'attendre l'époque où il
serait appelé à rejoindre son père bien-aimé dans le
lointain pays encore plus beau que la Californie
dorée.

Miss Célia joua sans consulter la pendule et, lorsqu'enfin elle sortit pour voir si Ben était parti, elle vit

qu'elle n'avait pas été seule à le soulager; d'autres
amis avaient secondé ses soins; le bruit du vent dans
les lilas parfumés lui avait chanté une berceuse, l'arcade de verdure avait garanti ses paupières appesanties de la blanche lumière de la lune, et le fidèle Sancho veillait sur son petit maître qui, la tête appuyée
sur un bras, dormait profondément en rêvant avec
bonheur que son père était revenu.

CHAPITRE XI

Le dimanche.

Ce fut par un affectueux baiser que Ben fut réveillé; c'était la seule manière que la bonne Mme Moss eût de témoigner la sympathie dont son cœur débordait à l'égard du petit orphelin. Dans le sommeil, Ben avait oublié ses chagrins, mais ils revinrent bien vite quand il souleva ses paupières encore gonflées par les larmes qu'il avait versées la veille. Il ne pleura pas davantage, mais il se sentit abattu et isolé jusqu'à ce qu'il eût appelé Sancho pour lui raconter ce qui l'oppressait, car il ne se sentait pas porté à s'épancher même avec Mme Moss et il fut presque content quand elle eut refermé la porte.

Sancho sembla comprendre que son maître avait des sujets d'affliction et il le fit voir par de petits grognements sympathiques, des gémissements pleins de condoléances et des aboiements expressifs, toutes les fois que le nom de « papa » était prononcé; ce n'était qu'un animal, mais cette muette affection consolait Ben mieux que des paroles; car son caniche avait

comme lui connu et aimé le père qu'il pleurait,
cela semblait les unir plus étroitement depuis qu'i
étaient tout l'un pour l'autre.

— Il faut que nous prenions le deuil, mon vieu:
c'est convenable, car il n'y a personne autre que no
pour le porter, dit Ben en se souvenant que lors (
l'enterrement de Mélia tout le monde portait quelqu
morceau de crêpe en signe de deuil.

Ce fut un sacrifice véritable pour sa vanité enfat
tine que d'enlever de son chapeau neuf le joli ruba
bleu aux ancres d'argent pour le remplacer par l
vieux galon noir et sale qu'il retira du chapeau abar
donné. Sa vie théâtrale eût dû l'habituer à attach
surtout de l'importance à l'apparence extérieure, mai
le sentiment qui le faisait agir était sincère et vena:
réellement du cœur.

Dans sa garde-robe si restreinte il ne put trouve
pour le deuil de Sancho qu'une vieille poche en pe
caline noire, que le poids des clous, des galets remar
quables et d'autres bagatelles curieuses qu'il y avai
souvent entassées, avait déjà à moitié séparée du pan
talon. Une légère secousse suffit pour l'en arrache
complètement; puis il l'attacha au collier de son chie
en disant :

— Une poche me suffira bien aujourd'hui, je n'a
besoin que d'un mouchoir.

Cet objet de toilette était propre, heureusement
car il n'avait pas de remplaçant; Ben le mit don
dans son unique poche en ayant soin d'en laisse
pendre un coin, et se coiffa de son chapeau. Se
souliers craquaient d'un ton plaintif. Sancho, fort
interloqué par sa cravate, marchait gravement à sa

suite. Ben descendit alors, convaincu qu'il avait fait
tout ce qui dépendait de lui pour témoigner de son
respect pour le défunt.

Des larmes remplirent les yeux de Mme Moss en
voyant le vieux ruban noir au chapeau et en pensant
au sentiment qui l'y avait fait mettre, mais il lui fut
difficile de dissimuler le sourire provoqué par la vue
de la cravate de deuil de Sancho. Elle ne dit pas un
mot qui pût troubler la consolation que l'enfant trouvait dans ces pieux soins. Ben partit donc pour faire
sa besogne sans se douter de tout l'intérêt qu'il inspirait surtout à Bab et à Betty qui, depuis qu'elles
avaient appris la mort de son père, ressentaient pour
lui une tendre compassion.

— Tu me conduiras tantôt à l'église, car il fera
chaud et Thorny n'est pas encore assez fort, dit Célia
lorsque Ben courut après le déjeuner voir si elle n'a-
vait pas besoin de lui, car il la regardait déjà comme
sa maîtresse, quoiqu'il ne dût officiellement entrer en
fonctions que le lendemain.

— J'en serai bien content, mademoiselle, si j'ai
l'air convenable, répondit-il, heureux de l'ordre qu'il
venait de recevoir, et en même temps préoccupé de
la pensée qu'on doit être en grande tenue pour rem-
plir un pareil emploi.

— Tu seras très-bien quand j'y aurai passé. Dieu ne
regarde pas à nos vêtements, mon enfant, et il accueille aussi bien les pauvres que les riches. Tu n'es
pas allé souvent à l'église, n'est-ce pas? demanda
miss Célia, désireuse de lui être utile, mais ne sachant
par où commencer.

— Non, mademoiselle, personne n'y allait, et père

était si fatigué que le dimanche il restait à se reposer
ou bien il m'emmenait dans les bois. Au souvenir de
cet heureux temps sa voix trembla et il abaissa son
chapeau sur ses yeux.

— C'était là une bonne manière de se reposer, j'y ai
souvent recours, et cette après-midi nous nous donnerons
le plaisir d'aller dans le bois voisin, mais le matin j'aime
mieux aller à l'église, il me semble que cela me met en
bonne voie pour la semaine, et quand on a du chagrin,
c'est là qu'on peut toujours trouver de la consolation.
Veux-tu y venir pour essayer, Ben, mon cher enfant?

— Je ferai tout ce qui peut vous plaire, mademoiselle, balbutia l'enfant sans lever les yeux; sans doute
il était pénétré jusqu'au fond du cœur de cette
grande bonté, mais il désirait aussi que, pour quelque
temps du moins, personne ne lui parlât de son père;
il avait tant de peine à retenir ses larmes! et il ne
voulait cependant pas avoir l'air d'un bébé.

Miss Célia parut le comprendre, car elle reprit d'un
ton encourageant :

— Vois donc que c'est joli; quand j'étais enfant je
croyais que les araignées faisaient des étoffes pour
les fées et qu'elles les étendaient sur l'herbe pour
les faire blanchir.

Ben, qui creusait machinalement le sable avec le
bout de son soulier, s'arrêta et, levant les yeux, il aperçut une charmante toile d'araignée dont les cercles
d'une régularité admirable se rattachaient à l'arcade
qui surmontait la grande porte. De légères gouttes de
rosée y scintillaient à mesure que le soleil venait les
éclairer, un vent tiède agitait le tissu diaphane et
semblait devoir l'emporter.

— C'est bien joli, mais ce sera bientôt déchiré comme celle d'hier. Cette araignée est étonnante, tous les jours elle voit disparaître son travail et elle recommence le lendemain sans se laisser décourager, répondit Ben qui, selon la prévision de Célia, avait saisi avec empressement l'occasion de changer de conversation.

— Voilà comment elle pourvoit à sa nourriture ; elle file sa toile, puis elle attend son pain quotidien, c'est-à-dire quelque mouche, et je pense qu'il en vient toujours. Un peu plus tard tu verras ce piége rempli d'insectes que l'araignée y récoltera pour sa journée, après cela elle s'inquiètera peu de ce que doit durer sa belle mousseline.

— Oh! je la connais bien, elle est très-belle, toute noire et jaune, et elle demeure dans un trou qui est là dans le coin. Elle s'y cache dès que je touche à la porte, mais quand je me tiens tranquille elle ne tarde pas à reparaître. Je m'amuse à l'observer, mais elle doit me détester, car l'autre jour je lui ai enlevé une belle mouche verte qui avait de grandes ailes et des yeux d'or.

— Connais-tu l'histoire de Bruce et de son araignée ? demanda Célia; en général les enfants la savent et s'en amusent.

— Non, mademoiselle; il y a bien des choses que les autres enfants savent et que j'ignore, répondit Ben d'un air sérieux, car depuis qu'il vivait parmi ses nouveaux amis il avait souvent senti son ignorance.

— Mais aussi il y a beaucoup de choses que tu sais et qu'ils ne savent pas. Que de garçons élevés à la ville paieraient cher pour savoir monter à cheval, courir et

sauter comme toi, et combien il y en a de plus âgés qui
ne sauraient pas se tirer d'affaire comme tu le fais! La
vie que tu as menée a contribué sous quelques rapports à faire de toi un homme, mais sous d'autres
elle était mauvaise; je crois que tu commences à t'en
apercevoir. Eh bien! supposons que tu cherches à oublier ce qu'il y a eu de mauvais dans le passé et à ne
te souvenir que de ce qui était bon, tout en apprenant
à ressembler davantage à nos garçons qui vont à l'école
et à l'église pour devenir des hommes laborieux et
honnêtes.

Pendant que miss Célia parlait, les yeux de Ben
n'avaient pas quitté les siens, il sentait que tout ce
qu'elle disait était exact, et cependant il eût été fort
embarrassé pour l'exprimer; quand elle se tut, elle
continua à l'interroger de son regard pénétrant et il
répondit avec franchise :

— J'aimerais à rester ici et à être respectable, car
depuis quelque temps j'ai découvert qu'on ne fait pas
grand cas des écuyers de cirque, quoiqu'on aime à les
voir. Je ne me souciais pas de l'école et de tout cela,
mais à présent, j'ai changé d'avis et je pense que... il
aimerait mieux cela que de me savoir faire le manége,
puisqu'il n'est plus là pour veiller sur moi.

— Oui, je suis bien sûr qu'il le préférerait, ainsi
nous essaierons, mon cher enfant. Au début cela te
paraîtra triste, après la vie animée à laquelle tu as été
habitué, mais elle n'était pas bonne pour toi et nous
tâcherons de t'en créer une plus sûre. Si tu éprouves
du découragement ou de l'ennui, tu viendras me trouver comme fait Thorny, et je chercherai à t'aplanir les difficultés. J'ai maintenant deux fils et je

veux faire mon devoir à l'égard de l'un comme de l'autre.

Avant que Ben eût eu le temps d'exprimer par des paroles la reconnaissance qui se lisait dans ses regards, une tête en désordre apparut à une fenêtre et l'on entendit une voix où perçait le mécontentement :

— Célia ! je ne puis pas trouver de cordons pour mes souliers ; et puis je te prie de venir me faire mon nœud de cravate.

— Descends, mon cher paresseux, et apporte-moi une de tes cravates noires. Les cordons sont dans un sac pendu dans mon cabinet, ajouta Célia en riant, pendant que la tête mal coiffée disparaissait en murmurant :

— Oh ! les maudits sacs où il faut toujours chercher !

— Thorny a été bien gâté depuis qu'il a été malade, tu ne feras pas attention à ses caprices ni à ses bouderies. Il s'en corrigera bientôt et alors je suis sûre que vous ferez une bonne paire d'amis.

Ben n'en était pas très-convaincu, mais pour l'amour d'elle il était décidé à faire tous ses efforts ; aussi, quand le jeune convalescent parut et lui dit d'un ton protecteur et avec un léger signe de tête :

— Comment cela va-t-il ? Ben répondit avec un accent respectueux :

— Très-bien, je vous remercie ; mais il ne courba pas la tête plus bas que n'avait fait son nouveau maître, car il avait le sentiment qu'un garçon qui savait monter sans selle ni bride et faire en l'air le double saut périlleux ne devait pas s'abaisser devant un autre garçon qui n'avait pas plus de forces qu'un chat nouveau-né.

— Fais-moi un nœud de matelot, Célia, c'est plus solide, dit Thorny en levant le menton et en présentant à sa sœur une écharpe bleue, car il commençait à avoir l'instinct de l'élégance.

— Tu devrais porter des cravates rouges jusqu'à ce que tu aies repris des couleurs; et la bonne sœur posa doucement sa joue rose contre celle de son frère que la maladie avait pâlie; on eût dit qu'elle voulait lui céder une partie de son incarnat.

— Les hommes se soucient peu de leur teint, dit Thorny en se dégageant, car il ne pouvait supporter d'être caressé devant témoins.

— Oh vraiment! je connais pourtant un jeune homme qui se brosse les cheveux douze fois par jour et qui tourmente son faux-col jusqu'à ce que la fatigue le contraigne à s'asseoir.

— Je voudrais bien savoir ce que tu prétends faire de ceci? demanda Thorny avec dignité en montrant la cravate noire.

— C'est pour mon autre fils qui va venir à l'office avec moi; et Célia fit un second nœud qu'elle accompagna d'un si aimable sourire que le vieux ruban de chapeau en sembla tout rajeuni.

— J'aime bien ça vraiment! commença Thorny d'un ton qui contredisait ses paroles. Un regard de sa sœur lui rappela la nouvelle qu'elle lui avait apprise le matin même, et il s'interrompit, comprenant pourquoi elle témoignait un nouveau surcroît de bonté « au petit vagabond. »

— Et moi aussi j'aime cela, car tu ne peux pas encore être mon cocher, et quand j'ai des gants frais, je n'aime pas à toucher aux harnais, répliqua Célia d'une voix si enjouée que le fantasque Thorny ne put s'empêcher d'en ressentir une douce influence.

— Ben ne va-t-il pas cirer mes bottines avant de partir? et il jeta un regard sur les souliers neufs qui craquaient si bruyamment.

— Non, tu ne t'en serviras pas d'ici à huit jours, ce n'est pas la peine d'y perdre son temps. Ben, va brosser les miennes, tu trouveras ce qu'il te faut dans le petit hangar et à dix heures tu iras chercher Lita. Et Célia emmena son frère dans la salle à manger, tandis que notre jeune ami donnait cours à l'impatience qui débordait, en brossant avec acharnement les petites bottines qui en reçurent un brillant inaccoutumé.

Il lui semblait n'avoir jamais vu rien d'aussi joli, lorsque une heure plus tard sa jeune maîtresse sortit de la maison avec son châle et son chapeau, tenant à la main un livre et une branche de muguet; ses gants gris-perle étaient si frais qu'il osa à peine lui offrir l'appui de son bras pour monter en voiture. Il avait vu beaucoup de belles dames dans sa vie, et celles parmi lesquelles il avait vécu aimaient les couleurs éclatantes; elles recherchaient les faux bijoux, les plumes, les falbalas, et il s'étonnait que miss Célia parût si élégante avec une toilette si simple. Il ne savait pas encore que c'était dans la jeune fille et non dans sa toilette que résidait tout le charme, et qu'à vivre seulement auprès d'une personne comme elle il avait toutes les chances du monde de prendre des manières polies, d'acquérir de bons principes et de concevoir des pensées pures; aucune autre éducation ne vaudrait celle-là. Mais ce qu'il concevait clairement, c'est qu'il était agréable de passer là sa vie, en bonne compagnie, d'être proprement vêtu, et d'aller à l'église comme un garçon rangé. La pensée si amère de son isolement se dissipa peu à peu à mesure qu'il parcourait cette jolie route qui traversait les champs verdoyants, éclairés par un brillant soleil de juin; il y avait dans l'air un calme bienfaisant, et près de lui était assise une personne amie qui contemplait en silence ce monde si beau, avec ce qu'il appela plus tard « son regard du dimanche; » regard doux, heureux, comme si le travail et les préoccupations de la semaine étaient oubliées et qu'elle fût prête à recommencer tout à nouveau après avoir joui de ce jour béni.

— Eh bien! enfant, qu'y a-t-il? demanda-t-elle en surprenant un regard jeté à la dérobée sur elle, après bien d'autres qu'elle n'avait pas remarqués.

— Oh, je pensais seulement que vous aviez..... l'air..... de.....

— De quoi? voyons, ne t'intimide pas, dit Célia en remarquant son air honteux.

— De faire des prières, répondit l'enfant tout en regrettant d'avoir été découvert.

— C'est vrai. Ne pries-tu pas quand tu es heureux?

— Non, mademoiselle, je suis content, mais je ne dis rien.

— Les paroles ne sont pas indispensables, mais elles aident quelquefois, si elles sont sincères; n'as-tu jamais appris de prières, Ben?

— Ma grand'mère m'en faisait dire quand j'étais tout petit.

— Je t'en enseignerai une, la meilleure de toutes, car elle demande tout ce dont nous avons besoin.

— Nos gens n'étaient pas pieux, je crois bien qu'ils n'en avaient pas le temps.

— Je voudrais savoir si tu sais bien ce que c'est que d'être pieux?

— C'est d'aller à l'église, lire, prier et chanter des cantiques, n'est-ce pas?

— Tout cela est une partie de la piété, mais être bon et joyeux, faire son devoir, aider les autres et aimer Dieu, voilà la meilleure manière de montrer que nous sommes pieux, dans le vrai sens de ce mot.

— Oh! alors vous êtes pieuse, vous, mademoiselle, s'écria Ben qui trouvait dans les actes de sa bienfaitrice, encore plus que dans ses paroles, une définition parfaite de la piété.

— Je tâche de l'être et je ne réussis pas toujours; mais chaque dimanche je forme de nouvelles résolutions, puis pendant la semaine je m'applique de toutes mes forces à y être fidèle. Cela est d'un grand secours, comme tu le verras quand tu auras essayé.

— Croyez-vous que si à l'église je disais : je ne veux plus jurer, je réussirais à ne plus le faire? demanda Ben sérieusement, car il sentait que c'était pour le présent son défaut capital.

— Je voudrais qu'il fût aussi facile que cela de nous corriger; cependant je crois que si tu prends plusieurs fois cette résolution et que tu t'efforces de ne plus jurer, tu déracineras cette habitude plus vite que tu ne penses.

— Je n'ai jamais dit de gros jurons, et avant d'être ici je n'y faisais pas attention, mais Bab et Betty ont eu l'air si scandalisées de m'entendre dire « que le diable m'emporte » et madame Moss m'a tant grondé,

que j'ai tâché de ne plus le redire. Mais c'est bien
difficile quand je suis en colère; les autres mots ne
me font pas autant de bien.

— Mon frère s'était habitué à dire à tout propos :
que le ciel me confonde! je lui ai conseillé de siffler
toutes les fois qu'il éprouvait la tentation de pro-
noncer un blasphème, et souvent il use de cet expé-
dient si soudainement qu'il me fait sauter sur ma
chaise. Cela ne ferait-il pas ton affaire au lieu de
jurer? demanda Célia qui n'était nullement surprise
de l'habitude profane que l'enfant avait dû tout naturellement contracter dans le milieu où il avait vécu.

Ben se mit à rire et se promit d'essayer, tout en
éprouvant une maligne satisfaction à la pensée de surpasser M. Thorny dans l'art de siffler; car les occasions se présenteraient souvent.

La cloche sonnait lorsqu'on arriva à la petite ville
et Lita était à peine installée sous un hangar, que
l'on vit arriver de tous côtés des familles qui se rassemblèrent autour de l'église comme des abeilles
autour d'une ruche.

Ben avait oublié d'ôter son chapeau, une main obligeante le lui enleva et miss Célia dit en le lui tendant :

— C'est ici un saint lieu; souviens-toi de toujours
te découvrir avant d'entrer.

Tout honteux de son inadvertance, Ben suivit sa
maîtresse vers le banc où ils furent rejoints par
M. et Mme Allen.

— Je suis bien aise de te voir ici, dit le juge avec
un signe approbateur.

— J'espère qu'il ne va pas trop remuer pendant

l'office, répliqua sa femme dont la robe de soie faisait un grand frou frou pendant qu'elle s'installait au fond du banc.

— J'aurai soin qu'il ne vous importune pas, dit Célia en offrant un tabouret et un éventail à son amie.

Ben étouffa un soupir causé par la perspective d'une heure d'immobilité, véritable supplice pour un être d'une nature aussi active, mais il avait la ferme intention de se bien conduire. Il se croisa donc les bras, se tint immobile comme une statue, et ses yeux furent la seule partie de sa personne à laquelle il permit le mouvement. Ils se promenaient de droite à gauche, de haut en bas, de la chaire garnie de velours au public qui l'environnait et parmi lequel il découvrit deux petites figures éveillées, coiffées de chapeaux à rubans bleus; il ne put s'empêcher de répondre par un clignement de l'œil au regard provocateur de Billy Barton. Mais après dix minutes d'une attitude si méritoire il éprouva un impétueux besoin de la modifier, il décroisa ses bras et passa une jambe sur l'autre avec autant de précaution qu'une souris remue en présence d'un chat, car il savait que rien n'échappait à l'attention de Mme Allen.

L'orgue lui apporta un grand soulagement, car il put remuer ses pieds sans craindre qu'on entendît le craquement de ses souliers, mais quand on se leva pour le chant, il ne suivit pas cet exemple afin de se dérober aux regards que tous les enfants, croyait-il, allaient attacher sur lui. Le vieux pasteur lut le seizième chapitre de Samuel et commença un long sermon assez monotone. Ben écouta d'abord de toutes ses oreilles, car il éprouvait un grand intérêt pour le jeune berger « qui était de bonne mine et de beau visage » choisi pour être l'écuyer de Saül ; il aurait voulu en savoir plus long sur son compte et si les mauvais esprits revinrent troubler Saül après que David les eut chassés par les sons de sa harpe, mais le prédicateur n'en parla pas ; il s'appesantit si bien sur divers sujets, que son jeune auditeur sentit qu'il n'avait plus d'autre alternative que de s'endormir comme le juge, ou de renverser le tabouret, puisqu'il lui était interdit de frétiller, comme disait Mme Allen ; en un mot, il lui fallait une diversion.

Sa voisine, voyant son malaise, lui donna des pastilles de menthe qu'il mangea bravement, quoiqu'elles fussent si fortes que ses yeux s'emplissaient de larmes. Puis elle l'éventa à son grand désespoir, car il mettait son amour-propre à ce que sa chevelure fût bien lisse comme du satin et l'éventail de Mme Allen en dérangeait l'ordonnance.

Un soupir expressif attira enfin l'attention de miss Célia dont les pensées et les tendres prières s'étaient envolées de l'autre côté des mers vers un être qu'elle aimait encore plus ardemment que David n'aimait Jonathan. Elle devina aussitôt ce qui arrivait et comment elle pouvait y remédier, car elle savait par expérience qu'il y a peu de jeunes garçons qui puissent écouter vertueusement tout un sermon. Elle feuilleta le petit livre qu'elle avait apporté et le mit entre les mains de Ben en lui disant :

— Lis, si tu es fatigué.

Il prit le livre et obéit avec joie, quoique le titre de « Récits de l'Écriture sainte » ne lui parût pas fort attrayant. Son œil s'arrêta sur une gravure représentant un jeune garçon qui, en présence de beaucoup de monde, coupait la tête d'un homme de très-haute taille.

C'est sans doute l'histoire de Jacques, le tueur de géants, pensa Ben, mais, ayant tourné la page, il lut : « David et Goliath », ce qui suffit pour l'entraîner à lire avec intérêt, car c'était l'histoire du berger transformé en héros. Il n'avait plus besoin de remuer, il n'entendait plus les phrases incompréhensibles du sermon, il ne sentait plus l'éventail de Mme Allen, Billy Barton lui montrait en vain des caricatures cachées dans son livre et qu'il aurait voulu lui faire admirer, il était absorbé par l'émouvante histoire du roi David, racontée de manière à être comprise des enfants, et illustrée de belles gravures qui captivaient ses yeux et son esprit.

Le sermon et l'histoire se terminèrent en même temps; et en écoutant les prières, Ben comprit ce que signifiait l'affirmation de Célia que des paroles sincères et bien choisies étaient une aide.

Plusieurs demandes lui parurent faites exprès pour lui et il les répéta plusieurs fois pour s'en souvenir : entendues pour la première fois dans un moment où il avait si grand besoin d'être encouragé, elles lui parurent d'autant plus douces et plus consolantes. Lorsque Célia jeta un regard sur lui, elle saisit sur sa physionomie une expression nouvelle et elle entendit à côté d'elle une voix qui se mêlait timidement au cantique d'actions de grâces chanté avant la sortie.

— Que penses-tu de l'office? demanda Célia quand ils se furent remis en route.

— Numéro un, répondit vivement Ben.

— Tu aimes surtout le sermon?

Ben se mit à rire et dit en jetant un tendre regard sur le petit livre :

— Je n'ai pas pu le comprendre, mais l'histoire est si jolie! Il y en a d'autres et je serai bien heureux si je puis les lire.

— Je suis bien aise que tu les aimes, et nous les garderons pour un autre sermon. Thorny faisait toujours cela. D'ici à quelque temps je crois que tu ne comprendras pas grand'chose; mais il est bon d'assister à l'office et après avoir lu ces histoires tu seras plus intéressé quand tu entendras parler des mêmes personnages.

— Oui, mademoiselle. David était un beau garçon, n'est-ce pas ? j'ai bien aimé l'histoire du chevreau, du blé et des dix fromages, et quand il tuait le lion et l'ours et puis quand il a tué le géant Goliath de son premier coup de fronde. La prochaine fois je voudrais lire Joseph, car j'ai vu une troupe de voleurs qui le mettaient dans un trou, et cela avait l'air bien intéressant.

Miss Célia ne put s'empêcher de rire de la manière dont s'exprimait Ben, mais elle était bien aise de voir que la musique et les gravures lui offraient de l'attrait et elle résolut de rendre le trajet de l'église si agréable qu'il arriverait ensuite à aimer le but pour lui-même.

— Maintenant que nous avons employé la matinée à ma manière nous essaierons de la tienne pour l'après-midi. Viens à quatre heures, nous conduirons Thorny au bois. Je vais y mettre un hamac, car l'air des pins lui est salutaire. Vous pourrez causer, lire ou vous amuser tranquillement comme vous voudrez. ..

— Puis-je emmener Sancho ? il n'aime pas à être laissé en arrière et il a fait le méchant quand je l'ai enfermé ce matin ; j'avais peur qu'il ne trouvât moyen de me rejoindre à l'église.

— Oui, certainement ; il faut que le toutou passe aussi une bonne journée et jouisse de son dimanche comme je désire que mes garçons le fassent.

Tout heureux de cet arrangement, Ben s'en alla dîner et égaya le repas en racontant les ruses de Billy pour se distraire pendant le sermon, mais il garda le secret sur son entretien avec Miss Célia, car il ne savait pas encore s'il en devait être satisfait ou non, tout cela lui semblait si sérieux et si nouveau qu'il avait besoin de réfléchir avant de bien comprendre .

Mais bientôt il redevint triste et pensa que ce serait bien long d'attendre jusqu'à quatre heures, car il eut bientôt assez de taillader du bois avec son couteau. En raison du jour de repos, Mme Moss était allée faire la sieste, ses filles lisaient sagement assises sur un banc, aucun enfant n'étant admis à venir jouer le dimanche ; les poules étaient blotties sous les groseillers, tandis que le coq caquetait d'un air grave et semblait les sermonner.

— Quelle longue journée ! pensa Ben en se retirant dans la solitude de sa chambre où il relut les deux lettres qui lui semblaient déjà bien anciennes. Le premier choc étant passé et aucun changement ne devant se produire dans sa vie par la mort de son père, il ne pouvait croire que cet événement fût réel et il renonça même à se le persuadercar, avec sa candeur naturelle il jugea inutile de chercher à se faire plus malheureux qu'il ne l'était réellement.

Il serra donc ses lettres, détacha la poche noire qui servait de cravate à Sancho, et se mit à siffler tranquillement en réunissant ce qu'il possédait pour déménager le lendemain, avec de brillantes espérances pour l'avenir.

— Thorny, dit Célia à son frère, il faut que je reste pour recevoir M. et Mme Allen, mais tu peux aller au bois avec Ben; vous vous y amuserez tous deux et je compte que tu seras bon pour lui. Ce pauvre enfant a besoin d'être distrait.

— Que veux-tu que je fasse pour le distraire? j'en suis fâché, mais je n'ai aucun moyen d'amuser «ce petit clown, » répondit le jeune garçon, et il bâilla bruyamment en quittant le sofa.

— Tu sais être très-aimable quand tu veux. Demain il aura de la besogne et tout ira bien, mais aujourd'hui qu'il ne sait que faire il faut venir à son aide. Pendant que la perte de son père lui attendrit le cœur, le moment est favorable pour y produire de salutaires impressions. Je l'aime beaucoup, et je suis persuadée qu'il désire bien faire. Notre devoir est de l'aider, puisqu'il n'a personne autre pour lui rendre ce service.

— Eh bien! nous verrons, alors. Où est-il? et quoique vaincu par la douce insistance de sa sœur, il se demanda quelle victoire il pouvait remporter sur « ce petit clown. »

— Il t'attend avec ta chaise roulante. Randa est partie avec ton hamac. Sois un bon et cher garçon, je te le rendrai un de ces jours.

— Oh! je voudrais bien savoir comment tu feras pour être un bon garçon, mais en attendant tu es la meilleure des sœurs qu'il y ait au monde, et je veux faire avec bonne volonté tout ce que tu désires.

Après un éclat de rire un baiser, et Thorny se dirigea vers son chariot dans lequel il s'installa en faisant un accueil bienveillant à son conducteur.

— En marche! Benjamin, mais je ne me charge pas de t'enseigner le chemin, car je ne le connais pas. Ne me verse pas surtout, voilà tout ce que j'ai à te dire.

— Très-bien, monsieur, et la voiture s'avança dans une longue allée qui, traversant le verger, aboutissait à un bosquet de sept grands sapins.

— Quelle jolie vue! s'écria le convalescent, et quel charmant bosquet cela forme pour l'été! Mais qu'y a-t-il, Randa? vous ne pouvez réussir.

— Pour le premier bout du hamac cela a été tout seul, mais par ici les branches sont si élevées que je ne parviens pas à y accrocher la corde.

— Je vais aller l'attacher, et avant d'avoir prononcé ce dernier mot, Ben s'était élancé comme un écureuil dans les branches où il eut bientôt fixé la corde du hamac, et Thorny était à peine descendu de voiture que le petit acrobate était déjà revenu près de lui.

— Ah! quel garçon agile! s'écria Randa avec admiration.

— Ce n'est rien que cela, reprit le héros, il faudrait me voir grimper au haut de la grande perche d'une tente.

— Vous pouvez rentrer, Randa. Ben, donne-moi le coussin et mes livres; tu peux t'asseoir dans ma voiture pendant que je te parlerai.

— Me parler! de quoi? se demanda Ben en s'asseyant avec Sancho à ses pieds.

— Maintenant, Ben, je pense que tu feras bien d'apprendre un cantique; je le faisais toujours quand j'étais gamin. C'est une bonne chose pour le dimanche, commença le nouveau pédagogue d'un ton protecteur qui choqua son auditeur autant que l'épithète de petit gamin.

— Si je le fais, je veux bien que..... et il se mit à siffler avec ardeur.

— Il n'est pas poli de siffler en compagnie, reprit Thorny avec décorum.

— C'est miss Célia qui m'a dit de le faire. Je dirai: que le ciel me confonde! si vous aimez mieux, répondit Ben avec malice.

— Ah, ah! je vois; elle t'a conté cela. Eh bien! si tu veux la contenter, tu apprendras tout de suite un cantique. Elle veut que je te sois utile, et je ne demande pas mieux, mais si tu t'emportes comme une soupe au lait, comment pourrai-je faire?

Thorny avait parlé d'un ton franc et amical qui toucha Ben bien plus que n'avaient fait ses paroles précédentes, et il répondit gaiement:

— Si vous n'êtes pas hautain, je ne serai pas soupe au lait. Personne ne me mènera que miss Célia, ainsi j'apprendrai des cantiques, si elle le veut.

— En voici un très-joli que j'ai appris quand j'avais six ans, tu feras bien de commencer par celui-là, et Thorny lui présenta le livre comme un patriarche parlant à un enfant.

Ben examina le vieux livre sans enthousiasme, il

P. HAUFFMANN

Thorny lui présenta le livre comme un patriarche parlant à un enfant. (Page 144.)

essaya de lire, mais embarrassé par les s de l'ancien style il déposa le livre en disant :

— Je ne pourrai jamais réussir à apprendre cela. N'y en a-t-il pas de plus facile ?

— Regarde à la fin du livre, il doit y avoir une page rapportée ; apprends cette hymne et tu verras quelle drôle de figure fera Célia quand tu la lui réciteras. Elle l'a composée quand elle était toute jeune et on l'a fait imprimer pour la donner aux enfants. Je l'aime mieux que toutes les autres.

Alléché par la perspective de quelque amusement en récompense de sa vertueuse tâche, Ben tourna rapidement les pages et arriva à la page rapportée où il lut ce que Célia avait écrit dans son enfance.

MON ROYAUME.

Je possède un petit royaume
Peuplé de pensées et de sentiments ;
Et je trouve très-rude la tâche
De le gouverner bien.
Car la colère me tente et me trouble,
Une volonté capricieuse m'égare
Et l'égoïsme répand son ombre
Sur toutes mes paroles et sur tous mes actes.

Comment puis-je apprendre à me conduire,
A être comme je le dois
Un enfant honnête et sage ;
Comment ne jamais me lasser de tâcher d'être bon ?
Comment puis-je éclairer mon âme
D'une lumière qui dure autant que ma vie ?
Comment apprendre à mon petit cœur
A chanter juste et doucement tout le jour ?

Cher Père! aide-moi par cet amour
Qui bannit toute crainte!
Enseigne-moi à m'appuyer sur toi
Et à sentir que tu es toujours auprès de moi;
Qu'aucune tentation ne t'échappe,
Ni aucun chagrin d'enfant,
Puisque, avec une patience infinie
Tu soulages et consoles de tout.

Je ne demande aucune couronne
Que celle que nous pouvons tous obtenir;
Je ne cherche à conquérir d'autre monde
Que celui qui est au dedans de moi.
Sois toi-même mon guide jusqu'à ce que,
Conduit par une tendre main, je trouve
En moi ton royaume béni,
Et que j'ose en prendre le gouvernement.

— Et moi aussi, je l'aime, dit-il avec vivacité quand il eut fini; je la comprends et je veux l'étudier. Je ne conçois pas comment elle a pu dire tout cela si bien.

— Oh! répliqua Thorny, ma sœur sait tout faire; et un geste expressif affirma sa confiance illimitée dans les talents de Célia.

— J'ai fait une fois des vers, dit Ben excité à s'épancher par la découverte du talent poétique de sa maîtresse. Bab et Betty ont dit que c'était numéro un, mais je ne le crois pas.

— Récite-les, ordonna Thorny, ajoutant avec tact: quand il le faudrait pour sauver ma vie, je ne pourrais faire des vers; mais je les aime beaucoup. Ben obéit et récita ce qu'il avait composé, pour exprimer ses sentiments à l'égard de Chevalita, et que ses petites amies pouvaient seules prendre pour des vers admirables;

— Fort bien, tu les diras aussi à Célia; elle aime à entendre vanter Lita. Vous devriez concourir pour un prix, elle, toi et ce petit Barlow, comme les poètes faisaient à Athènes. Je te conterai cela quelque jour, mais voyons, mets-toi à apprendre.

Encouragé par l'approbation de Thorny, Ben se mit à la besogne et bientôt il put réciter quatre lignes de façon à satisfaire son juge et lui-même.

— A présent nous allons causer, dit le précepteur, et, l'un dans son hamac, l'autre faisant des pastourets sur l'épais tapis d'aiguilles de sapin, ils se racontèrent mille choses. Les récits de Ben étaient les plus animés, mais ceux de son jeune maître n'étaient pas sans intérêt, car il avait passé plusieurs années à l'étranger et il avait beaucoup à dire sur les divers pays qu'il avait visités.

Quoique occupée de ses amis, miss Célia ne pouvait s'empêcher de se demander comment les deux garçons s'arrangeaient, et quand la cloche du thé sonna elle attendait avec anxiété leur retour, sachant bien qu'au premier coup d'œil elle saurait à quoi s'en tenir.

— Tout va bien jusqu'ici, pensa-t-elle en les voyant revenir tout souriants, car Sancho était gravement assis dans la chaise que poussait Ben, tandis que Thorny cheminait à côté, appuyé sur une canne nouvellement coupée. Ils causaient vivement et par moments Thorny riait de tout son cœur, comme si le babil de son compagnon eût été plein d'intérêt.

— Vois donc la jolie canne que Ben m'a faite. Il est très-amusant quand on ne le prend pas du mauvais côté.

— Qu'avez-vous fait là-bas? vous avez l'air si gais

que je soupçonne quelque malice, dit miss Célia en étudiant leurs physionomies.

—Nous avons été sages comme des images, nous avons causé et Ben a appris quelque chose pour te plaire. Voyons, jeune homme, récite-nous ce que tu sais, dit Thorny dont les traits exprimaient un vertueux contentement.

Ben ayant ôté son chapeau, obéit avec un grand sérieux, heureux de voir les joues de sa bienfaitrice se colorer d'une vive rougeur à mesure qu'elle l'écoutait, et il se trouva amplement payé de sa peine en voyant le regard de satisfaction qu'elle lui adressa, quand il eut salué en finissant.

— Je suis très-fière de penser que tu as choisi cela et de te l'entendre dire d'une manière qui montre que tu le comprends. Je n'avais que treize ans quand je l'ai écrit, mais cela venait du cœur et cela m'a fait du bien. J'espère que ça t'en fera aussi.

Ben balbutia qu'il l'espérait, mais il se sentait embarrassé de parler de ces choses devant Thorny, puis il se retira pour rentrer la voiture et les autres allèrent prendre le thé.

Plus tard dans la soirée, lorsque miss Célia se mit à chanter comme un rossignol, le jeune garçon quitta Bab et Betty pour se glisser dans le seringa et écouter, le cœur plein de pensées nouvelles et de sentiments heureux, car il n'avait jamais passé un pareil dimanche. Lorsqu'il se coucha, pour prière il dit la troisième stance de Célia qu'il préférait aux autres, car son amour pour le père qu'il avait connu lui faisait paraître doux et naturel d'aimer et de chercher sans crainte le Père qu'il n'avait pas vu.

CHAPITRE XII

Jours heureux.

Lorsque le malheur qui avait frappé Ben fut connu, chacun s'empressa de lui témoigner une sympathie nouvelle. M. Allen écrivit à Smithers que l'enfant avait trouvé des amis avec lesquels il habiterait désormais. Mme Moss le consola par des caresses maternelles, les petites filles furent plus affectueuses que jamais. Mais miss Célia fut sa véritable consolatrice et gagna complètement son cœur, non pas tant par ses bonnes paroles que par une sincère compassion qui perçait dans toutes ses manières.

Elle lui avait dit qu'il serait bientôt un homme; il s'efforçait d'avancer l'époque de sa transformation et supporta si bravement sa douleur qu'elle l'estima malgré sa jeunesse, car cette fermeté promettait beaucoup pour l'avenir. Il y avait en elle un contentement habituel qui se répandait sur tout son entourage, et nul ne pouvait s'abandonner longtemps à la tristesse dans l'atmosphère qu'elle respirait. Tout en gardant au plus profond de son cœur le souvenir de son père bien-aimé,

Ben retrouva son enjouement ordinaire. Il aurait vraiment fallu qu'il fût bien sot, se dit-il, pour ne pas
s'apercevoir de son bonheur, et il lui sembla bientôt
que pour la première fois il avait un foyer, un chez lui.
Il n'endurait plus de mauvais traitements, ses devoirs
journaliers étaient si faciles et si variés qu'il ne pouvait qu'y prendre plaisir. Au lieu de Pat qui se plaisait toujours à le provoquer à la colère, il avait la
maîtresse la plus douce au monde, dont les lèvres
exprimaient plus souvent la louange que le blâme, et
sa reconnaissance lui allégeait tout fardeau.

Dans les premiers temps, il y eut bien quelques
froissements entre les deux jeunes garçons, car le penchant naturel de Thorny pour la domination s'était
accru pendant sa maladie et la faiblesse dont il souffrait encore entretenait son irritabilité. Ben avait été
habitué à l'obéissance envers les personnes plus âgées
et il aurait été volontiers soumis à l'égard de Thorny,
si celui-ci eût été un homme, mais il lui était dur
d'être dans la dépendance d'un enfant et d'un enfant
déraisonnable.

Un mot de Célia dissipa ces menaces d'orage; pour
l'amour d'elle, son frère promit de s'appliquer à la
patience, et par affection, Ben affirma qu'il ne se
mettrait jamais en colère, si M. Thorny s'emportait,
et tous les deux oublièrent bientôt leurs positions
respectives de maître et de valet pour trouver plaisir
et profit dans leur contact fréquent.

Il y avait toutefois un point sur lequel ils ne pouvaient s'accorder, et leurs discussions sur la forme
des jambes amusait souvent Célia; Thorny prétendait
que Ben avait les jambes en manches de veste, celui-

ci était blessé de l'épithète et soutenait que tel était
le cas de tous les bons cavaliers et que c'était une
nécessité. Thorny répliquait que cela pouvait faire
bon effet en selle, mais qu'un homme avec des jambes
en manches de veste se dandinait comme un canard.
Mieux vaut se dandiner que d'être exposé à tomber sur
les genoux! disait Ben. Cette répartie était piquante,
car le pauvre Thorny avait dans la démarche quelque
ressemblance avec un poulain nouveau-né, dont les
jambes sont encore chancelantes, mais il ne voulut
pas prendre cela pour lui et se mit à parler des cen-
taures, puis des Grecs et des Romains, reconnus pour
grands cavaliers et vantés pour la beauté et la régularité des membres. Ben ne put répondre qu'en parlant
des exercices renouvelés des anciens auxquels il avait
pris part, et ajouta que certaines personnes à longues
jambes n'en pourraient dire autant.

— Les gens comme il faut ne font pas de ces exercices, répliquait Thorny, et ils ne se plaisent pas à
affliger leurs meilleurs amis en leur rappelant ce qui
peut les attrister; et il jetait un regard mélancolique
sur ses mains amaigries.

Ben faisait un retour sur lui-même, et s'arrangeait
pour ne pas renouveler la discussion ; d'autres fois,
si Thorny se trouvait dans sa chaise roulante, il le
lançait tout à coup dans une course folle, destinée
sans doute à prouver que si les jambes « en manches
de veste » manquaient d'élégance, elles ne manquaient toujours pas d'agilité.

Comme le jeune convalescent aimait ces prome-
nades, il faisait des concessions : par un accord tacite
le mot jambe, par exemple, se trouva banni du réper-

toire, sauf les cas où il y était introduit par inadvertance.

L'esprit de rivalité se cache au fond de toute âme
humaine si parfaite qu'elle soit : si nous savons nous
en servir, il peut avoir une puissance salutaire. Miss
Célia le savait et elle cherchait à rendre les deux
jeunes garçons utiles l'un à l'autre, non par une com-
paraison sans générosité de leurs qualités respectives,
mais par un échange loyal de bons procédés, et elle
leur apprenait à aimer et à admirer ce qui en était
digne, n'importe où ils le trouvaient.

Ainsi Thorny appréciait la force, l'activité de Ben
qui, à son tour, éprouvait le même sentiment pour
l'instruction, les bonnes manières et l'entourage de
son jeune maître. Éclairés par Célia, ils sentirent
avec joie qu'il y avait entre eux une certaine égalité,
puisque l'argent ne pouvait acheter la santé et que
les connaissances pratiques étaient aussi utiles que
celles qu'on puise dans les livres. Ils mirent donc
en commun leur petite expérience, leurs talents, leurs
plaisirs, et s'en trouvèrent plus heureux, car c'est
seulement ainsi que nous pouvons réellement aimer
notre voisin comme nous-même et avoir les vraies
joies de cette vie.

Ainsi que nous l'avons dit, les fonctions de Ben
étaient nombreuses et variées : il entretenait les mas-
sifs et les allées, soignait les animaux favoris, servait Thorny et était le bras droit de miss Célia. Il
avait pour chambre une petite mansarde dont le papier était couvert de scènes de chasse, de chevaux et
d'animaux de toutes sortes qu'il ne se lassait pas
d'admirer. Au porte-manteau étaient suspendus d'an-

ciens vêtements de Thorny refaits pour son valet
de chambre, et dans un coin, ce que Ben appréciait
plus que tout le reste, une paire de bottines bien
cirées, destinées à figurer dans les grandes occasions,
puis un éperon solitaire qu'il avait trouvé dans le grenier et auquel il avait réussi à rendre un certain poli.
Cet éperon était bien entendu un pur ornement de
parade, car rien au monde n'aurait pu lui persuader
d'en donner un coup à sa bien-aimée Lita.

Dans le tiroir de sa table il mit des trésors, peu
nombreux et qui n'avaient de valeur que pour lui : la
lettre qui annonçait la mort de son père, une chaîne
de montre qu'il avait portée, un fragment d'affiche où
était représenté le *señor José Montebello* portant sur sa
tête son fils ; tous les deux en costumes légers adres-
saient au public le sourire obligatoire dans leur profession. Chaque soir il regardait ces objets avant de se
coucher, puis il se demandait comment donc était le
ciel, s'il était bien plus beau que la Californie tant
vantée, et une fois endormi, il voyait en rêve son père
monté sur un beau cheval blanc qui avait de grandes
ailes. Ben passait de bonnes heures dans son cher
réduit avec les quelques livres qu'il possédait.

Il savait se rendre utile dans le ménage et con-
tribuait à la bonne tenue de la maison ; tous les
jours où le temps était favorable Célia et son frère
sortaient en voiture, et, que le temps fût beau ou
mauvais, il allait à la poste porter ou chercher des
lettres pressées.

Le voisinage s'habitua bientôt aux allures de Ben ;
celui-ci savait d'ailleurs qu'il éveillait la curiosité de
la population lorsqu'il galopait dans la grande rue de

façon à effrayer les vieilles femmes et à attirer tout le
monde aux fenêtres avec la pensée qu'on était à la pour
suite de quelque malfaiteur. Lita se complaisait à ce
courses et s'était bientôt habituée à comprendre les si
gnes inaperçus qu'il lui faisait du pied ou de la main

Ces exploits d'équitation causaient aux jeunes garçons une vive admiration, et aux petites filles ur
étonnement mêlé de crainte, excepté à Bab qui brûlai
de les imiter et s'exerçait au grand déplaisir du vieu:
Jacquot, car le pauvre animal était le seul sur lequel i
lui fût permis de monter. Mais on approchait de:
vacances, et les enfants avaient à s'occuper sérieusement de leur fin d'année scolaire : aussi les petites filles prenaient peu de part aux jeux des jeunes
garçons.

Il fallut beaucoup de temps pour organiser tout ce
qui appartenait à Thorny, car il dut confier à Ben le
soin de tout déballer sous ses yeux, et celui-ci s'arrêtait souvent pour admirer les objets qu'il maniait.
Une petite presse à imprimer surtout lui fit ouvrir de
grands yeux. Thorny lui en expliqua l'usage, et séance
tenante on projeta la publication d'un journal ; Thorny
en devait être l'éditeur, Ben l'imprimeur, Célia le ré-
digerait ; Bab et Betty le distribueraient.

Nous ne passerons pas en revue tous les jouets qui
sortirent des caisses, la nomenclature en serait trop
longue. Un album de drapeaux de toutes les nations
leur suggéra la tentation d'en fabriquer eux-mêmes une
collection pour pavoiser la maison les jours de grande
réjouissance. Avec sa complaisance ordinaire, Célia
leur donna une multitude de morceaux d'étoffes, des
papiers de couleurs vives, et une grande bouteille de

gomme. Les petites filles furent requises pour le premier congé où il ferait mauvais temps, et l'on fit avec bonheur des spécimens de tous les étendards du monde.

Vint ensuite une série d'amusements nautiques. Thorny avait des bateaux et des navires de toutes les dimensions. Il ne garda pour lui qu'un grand trois-mâts dont il répara le gréement, les autres embarcations firent le bonheur de ses compagnons de jeu. On creusa un bassin dans le ruisseau, et les grenouilles furent fort étonnées d'être ainsi troublées dans les domaines dont elles avaient été jusque-là souveraines maîtresses.

Miss Célia, toujours préoccupée de tenir son frère au grand air pendant les beaux jours de juin, mit à la disposition des enfants tout ce qui pouvait leur être utile, puis elle fit le projet d'une suite d'excursions qui donnèrent à tous l'occasion de connaître les environs.

Un beau matin on partit en phaéton avec une provision de couvertures, de coussins et de livres, un carton à dessin et un beau panier de provisions. On allait au hasard, s'arrêtant lorsqu'on rencontrait un joli site. Célia s'installait pour dessiner, Ben grimpait aux arbres pour découvrir le pays aux environs, Thorny étendu sur un grand imperméable l'en faisait souvent descendre pour aller lui chercher des fleurs qu'il analysait à l'aide d'un livre de botanique. Ben ne pouvait comprendre quel plaisir on trouvait à déchirer ainsi des fleurs qui ne tardaient pas à être jetées de côté. Plus d'une fois Thorny rit aux éclats des bévues que faisait son compagnon en écorchant

les noms latins qu'il voulait répéter, puis quelqu[
mots obligeants effaçaient le sentiment pénible q[
son rire avait causé.

— Cela me fatigue d'écrire sur mes genoux; rend[
moi le service de le faire pour moi, tu écris bien
j'ai l'intention de t'enseigner la botanique, dit Thor[
comme s'il lui eût accordé une grande faveur.

La mine de l'autre s'allongea :

— Ça sera bien difficile.

— Mais non, c'est très-amusant, et si tu en sava[
quelque chose tu ne pourrais plus t'arrêter. Je su[
pose que je te dise : « Apporte-moi un *ranuncul[*
bulbosus : » comment pourras-tu savoir ce que c'e[
si tu n'as rien appris?

— Je ne le saurai pas.

— Nous en sommes entourés, tâche de devine[
Ben chercha, mais il allait renoncer lorsqu'une fleu[
jaune tomba à ses pieds, et il rencontra le regard sou[
riant de miss Célia que Thorny ne pouvait apercevoi[

— Je pense que c'est cela, mais comme je ne l'ap[
pelle pas *ranunculus bulbosus*, je n'en étais pas sû[
tout d'abord, dit-il en présentant la fleur.

— Eh bien! tu as deviné juste. Maintenant c'e[
un *leontodon taraxacum* que je demande, s'écria [
botaniste charmé de l'intelligence de son aide et heu[
reux lui-même de montrer son savoir.

Les regards de Ben se promenèrent avec embarra[
et il allait rester court lorsque le crayon de Célia lu[
désigna un pissenlit.

— Voilà, monsieur.

— Comment as-tu trouvé cela? et Thorny parut for[
étonné.

— Essayez encore une fois.

Ouvrant au hasard son livre, Thorny demanda un *trifolium pratense.*

Le bienveillant crayon fit son office, Ben ravi et fort amusé apporta une branche de trèfle rouge. Thorny s'étant retourné à l'improviste avait aperçu le geste de sa sœur.

— Ah! Célia, ce n'est pas bien! maintenant, Ben, pour te punir de me jouer des tours, je te condamne à apprendre tout ce qui se rapporte à ce jaunet.

— Très-bien, monsieur; passez-moi votre *rhinocéros,* répondit Ben en imitant les gestes d'un de ses anciens amis le clown le plus en vogue du Cirque.

— Asseyez-vous là et écrivez ce que je vais vous dicter, dit Thorny du ton sévère d'un maître d'école.

L'élève perché sur un tronc couvert de mousse entreprit l'analyse suivante, dont chaque mot dut lui être épelé, et il se demanda plus d'une fois ce qui pourrait sortir de là.

Phanérogame, exogène, angiosperme, polypétale. Étamines, plus de dix; sur l'ovaire plusieurs pistils séparés; feuilles sans stipules. Famille des renonculacées; nom botanique : renoncule bulbeuse.

— Ah! quelle fleur! est-ce que j'ai besoin d'en écrire si long pour une fleur que les vaches n'ont pas l'air de trouver aussi bonne que l'herbe? Si toute la botanique est comme cela, merci bien, je m'en passerai !

— Du tout; il faut m'apprendre cela par cœur, et après je te ferai voir le pissenlit avec ma loupe. Tu ne sais pas comme c'est intéressant, dit Thorny à qui cette science avait procuré d'agréables distractions depuis que la maladie l'avait privé de son activité

— A quoi cela peut-il être bon? demanda Ben qu
aurait mieux aimé labourer le champ voisin que d'en
treprendre la tâche qui lui était imposée.

— Nous sommes une société d'explorateurs scient
fiques et nous devons tenir note de tout ce que nou
rencontrerons, plantes, animaux, minéraux. Si nou
nous perdons et que nous soyons dans la nécessité d
pourvoir à notre subsistance, comment pourrons-nou
distinguer les plantes dangereuses de celles qui ne l
sont pas ?

— Je n'en sais rien.

— Eh bien! je te l'apprendrai. Tu peux toucher
une plante vénéneuse dans les bois et en souffri
beaucoup, si tu ne sais pas de botanique.

— Thorny parle par expérience et tu feras bien d
suivre ses conseils, dit miss Célia.

— Je crois bien! je m'étais amusé avec des fruit
d'églantier, et je m'étais ensuite frotté la figure avec
la main, elle enfla tellement qu'on ne me voyait plu
les yeux; j'étais rouge comme un homard et pendan
huit jours je fus badigeonné de coldcream, ce qui n
faisait pas un trop joli masque.

Frappé de ces raisons et entraîné par l'enthousiasm
de Thorny, Ben prit place sur l'imperméable et pendant près d'une heure les deux têtes se penchèren
sur le microscope et sur le livre. Le nouvel élèv
prenait à ce travail un certain intérêt, et néanmoin
il eût mieux aimé étudier la fourmi et d'autres insectes que des fleurs dont les noms étaient si difficiles. Il n'osait trop dire qu'il en avait assez, mais,
quand Thorny lui demanda s'il ne trouvait pas la

botanique bien amusante, il répondit par l'offre de le pourvoir de tout ce qu'il voudrait étudier, mais en se bornant lui-même à connaître les plantes dangereuses, car, disait-il, il n'aurait jamais assez de temps pour apprendre tant de choses.

Le professeur fatigué consentit sans peine à terminer la leçon. Les jours suivants Ben, la boîte de fer-blanc en bandoulière, alla herboriser dans le voisinage, et Thorny fut mis en possession d'une petite chambre où il pourrait organiser ses herbiers.

Quand Ben rentrait, il faisait avec feu mille récits pittoresques des lieux qu'il avait visités : c'était une cascade au bord de laquelle croissaient de belles violettes ou de jolies fougères, ou bien encore un arbre où les oiseaux avaient fait des nids et dans lequel des écureuils s'élançaient légèrement d'une branche à une autre. Thorny éprouva le désir d'aller voir de ses yeux les merveilles que Ben décrivait avec tant de feu. Pour le satisfaire on sella le vieux et pacifique Jacquot, et Célia fut heureuse de voir qu'après chaque promenade son frère avait meilleure mine et meilleur appétit. Cet arrangement lui laissait plus de liberté pour travailler à l'aiguille, pour écrire des lettres qui n'en finissaient pas, et pour rêver à des réponses non moins volumineuses qu'elle attendait toujours avec impatience.

CHAPITRE XIII

Une fuite.

Le mois de juin était fini, Bab et Betty avaient serré leurs livres comme si elles ne devaient plus jamais y toucher, la maîtresse d'école avait licencié son petit troupeau pour huit semaines.

Le village avait une animation inaccoutumée, car devant toutes les maisons on voyait des enfants ; les pères et les mères cherchaient des moyens d'occuper ce petit monde pour lui épargner la tentation de faire des sottises, et les grands parents disaient d'un air convaincu, que celui qui avait inventé les écoles était vraiment un grand homme.

Les petites filles allaient jouer dans les bois ou sur les collines que leurs robes roses ou bleues émaillaient gaiement. Les garçons jouaient à la guerre et se livraient à tous les exercices du corps avec un entrain sans pareil en exerçant leurs poumons autant que leurs membres.

Thorny avait excellé autrefois dans tous ces jeux, mais comme il n'était plus assez fort pour y prendre

part, il s'y faisait représenter par Ben à qui il prodi-
guait ses conseils ; cet élève plein d'avenir faisait de
rapides progrès, car sa vie passée l'avait bien préparé,
et bientôt il fut proclamé par tous les joueurs : « numéro un », selon son expression.

Il ne faut pas croire que Sancho se tînt à l'écart ;
loin de là, il était fort affairé : tantôt il courait après
les balles égarées, tantôt il montait la garde auprès
des vêtements des combattants avec la gravité d'un
soldat de la vieille garde faisant sentinelle près du
tombeau de Napoléon Ier.

Bab était toujours tentée de prendre part à ces
jeux qui lui paraissaient plus attrayants que les dî-
ners de poupées, mais les garçons ne voulaient jamais
le lui permettre et elle devait se contenter de rester assise à côté de Thorny et de suivre avec un intérêt palpitant les chances des deux camps.

On avait projeté une grande partie pour le 4 juillet,
anniversaire de la proclamation de l'indépendance de
l'Amérique, toujours fêté avec enthousiasme, mais ce
jour-là il y eut plusieurs contre-temps. Thorny s'absenta avec sa sœur, deux des joueurs les plus intré-
pides firent faux bond, quelques autres cédant à la
tentation de s'amuser, s'étaient mêlés aux réjouissances publiques qui commençaient dès le matin et se
trouvèrent trop fatigués à l'heure convenue.

La petite troupe s'étendit sur l'herbe à l'ombre d'un
grand orme et l'on s'entretint de la fête.

« Je n'ai jamais vu un 4 juillet plus mesquin ;
voilà qu'on a défendu les pétards parce que l'an dernier un cheval a pris peur, dit d'un ton mécontent
Sam Kitteridge fort irrité contre l'édit vexatoire qui

interdisait à des citoyens nés libres, de brûler autant
de poudre qu'il leur plairait en ce glorieux jour.

— L'an dernier quand Jimmy eut le bras emporté par
le vieux canon, quelle animation cela répandit lorsqu'on le transporta chez lui, et que nous courions tous
après les médecins! reprit un autre qui semblait frus-
tré de tout plaisir parce qu'il n'y avait pas encore eu
d'accident.

— Est-il vrai qu'il n'y aura pas de feu d'artifice à
cause des granges que l'on pourrait incendier, s'écria
un troisième, dont l'ardeur pyrotechnique, l'année
précédente, avait été funeste à une pauvre vache, rô-
tie dans son étable.

— Je ne donnerais pas deux sous pour vivre dans
un pays si arriéré. Il fallait me voir dans les rues de
Boston l'année dernière à pareille fête ; j'étais en
grand costume perché sur le haut de notre plus grand
char ; on y cuisait, mais comme c'était amusant d'entendre toutes les dames crier quand le char se balançait et que je faisais semblant d'être sur le point de
tomber, et Ben en parlant ainsi, prenait l'attitude
d'un être supérieur qui ne descend qu'à regret de sa
sphère élevée.

— Ah! si j'avais donc une chance pareille! s'écria
Sam qui dans son enthousiasme voulut mettre son
bat[1] en équilibre sur son menton, mais il ne réussit
qu'à le laisser tomber sur son nez.

— Ah! tu crois que c'est si facile! mon gaillard,
c'est une rude besogne, je t'en réponds, et tu es trop
grand pour commencer, cela n'irait pas à ta paresse.

Bâton plus gros d'un bout que de l'autre pour lancer les balles.

Tu pourrais cependant te faire voir comme un phéno-
mène d'embonpoint si Smithers en avait besoin d'un,
dit Ben en regardant son interlocuteur avec un calme
dédain.

— Allons nous baigner, puisque nous ne pouvons
jouer à rien, proposa un gamin à la face rubiconde.

— Aussi bien je ne vois rien de mieux à faire, dit
en soupirant Sam qui se leva avec des mouvements de
jeune éléphant. »

La bande entière allait suivre l'impulsion, lorsqu'on vit arriver Billy Barton criant de toute sa force :

« Ohé les camarades! et agitant au-dessus de sa
tête une immense affiche. Arrivez tous, lisez ça; moi
j'y vais. Et il donna un côté de l'affiche à tenir à Sam;
puis il fixa sur la foule qui l'entourait les deux yeux
dont était ornée sa face de pleine lune, tandis que
Sam lisait :

« Van Amburgh donnera deux représentations de la
nouvelle grande ménagerie du Cirque et du Colysée,
à Berryville, le 4 juillet, à une heure et à sept
heures du soir. Prix d'entrée, 2 fr. 50, moitié pour
les enfants.

« Qu'on n'oublie pas le jour ni l'heure !!! »

Pendant cette lecture les auditeurs admiraient les
attrayantes peintures qui ornaient l'affiche.

C'était un char doré rempli de nobles personnages
portant des casques et soufflant dans d'immenses trom-
pettes; il était traîné par vingt-quatre coursiers dont
les crinières, les panaches et les queues volaient au
vent; les clowns, les jongleurs, les hercules planaient
dans les airs comme si la pesanteur avait été sup-
primée, mais ce qu'il y avait de plus beau, c'était un

pêle-mêle d'animaux où la girafe semblait perchée
sur le dos de l'éléphant, tandis que le zèbre cabrio-
lait par-dessus le phoque, que l'hippopotame déjeunait
d'une couple de crocodiles, que des lions et des tigres
couraient la gueule ouverte dans toutes les directions.

— Oh! que j'ai donc envie d'aller voir ça, s'écria le
petit Cyrus, mais j'espère que la grande cage où sont
tous les animaux est bien solide.

— Tu ne verras jamais tout ça que sur les affiches!
mais pour ceci c'est autre chose, et Ben tout ému montrait le dessin d'un acrobate suspendu par la nuque,
portant un enfant dans chaque main, et deux hommes
accrochés à ses pieds, tandis qu'un troisième allait se
placer sur sa tête.

— J'y vais, dit d'un ton calme et décidé Sam, à qui
cet étalage de plaisir inconnu faisait oublier son poids.

— Et comment t'y rendras-tu? demanda Ben, sur
qui la vue de ces exercices produisait le même effet
que le clairon sur le cheval de bataille, et dont les
membres s'agitaient fiévreusement comme autrefois
lorsque son père le saisissait pour s'élancer avec lui
au travers des cerceaux.

— A pied avec Billy; il n'y a que quatre milles et
nous aurons bien le temps sans nous gêner. Maman
ne dira rien, si je la fais prévenir par Cyrus, et Sam
tira un demi-dollar de sa poche, avec l'aisance d'un
homme habitué à en manier souvent.

— Allons, Ben Brown, viens aussi, nous aurons besoin de toi pour nous expliquer tout cela; tu connais
toutes les ficelles, s'écria Billy qui voulait en voir
pour son argent.

— Je ne sais pas trop, répondit Ben, très embar-

rassé, car si d'une part il brûlait du désir de les accompagner, d'un autre côté il craignait que Mme Moss
ne dît non, s'il lui demandait la permission.

— Il a peur, dit d'un air moqueur le gamin à face
rouge, qui en ce moment aurait cherché querelle à
tout le genre humain, car il savait qu'il n'y avait pour
lui aucun espoir d'être de la partie.

— Répète ce que tu as dit, et gare à ta tête, dit
Ben en faisant volte-face avec un geste qui fit reculer le mauvais plaisant.

— Sans doute qu'il n'a pas d'argent, » dit à son
tour un des assistants dont les poches n'avaient jamais
été hantées que par une paire de mains sales.

Ben tira solennellement de sa poche un billet d'un
dollar qu'il fit voltiger aux yeux du provocateur, et répliqua avec dignité :

« J'ai assez d'argent pour vous régaler tous si je
voulais, mais... je ne veux pas.

— Allons, venez donc, et nous nous amuserons bien
tous les trois ; nous achèterons de quoi dîner et puis
nous pourrons bien revenir en voiture, dit l'aimable
Billy en lui donnant une tape sur l'épaule et en lui
adressant un sourire qui triompha des derniers scru-
pules de Ben.

— Eh bien, qu'est-ce qui te retient! demanda Sam,
désireux de partir tout de suite afin de n'être pas
obligé de marcher trop vite.

— Je ne sais que faire de Sancho. Il se perdra ou
il sera volé si je l'emmène, et c'est trop loin pour que
je le reconduise à la maison puisque vous êtes pres-
sés, dit Ben, en cherchant à se persuader que c'était
là le vrai motif de son hésitation.

— Donne un sou à Cyrus et il va le reconduire, n'est-ce pas Cyrus, dit Billy qui voulait aplanir toutes les difficultés, car il aimait Ben et comprenait son vif désir.

— Non, non; je ne l'aime pas; il grogne toutes les fois que je l'approche, murmura Cyrus qui savait trop bien quelles raisons avait Sancho de se méfier de lui.

— Voilà Bab! c'est notre affaire, s'écria Sam en faisant signe à la fillette qui venait de faire son apparition; viens, petite, Ben a besoin de toi. »

Bab ne se le fit pas dire deux fois; elle était trop flattée de l'attention que lui accordait le capitaine de la compagnie des neuf.

« Veux-tu emmener Sancho à la maison et dire à ta mère que je vais me promener et que peut-être je ne serai pas revenu avant le coucher du soleil. Miss Célia a dit que je pouvais faire ce que je voulais. Tu entends bien? »

Ben n'avait pas levé les yeux sur elle et faisait semblant d'être fort occupé à boucler une courroie au collier de Sancho qui aurait pu se douter de quelque chose et fausser compagnie à Bab.

Cependant, celle-ci dévorait des yeux la grande affiche que tenait encore Sam, et les physionomies qui l'entouraient éveillèrent ses soupçons.

« Où vas-tu? maman voudra le savoir, dit-elle aiguillonnée par la curiosité.

—. Ça ne te regarde pas. Les filles n'ont pas besoin de tout savoir. Tiens bien ceci et va-t-en à la maison. Tu enfermeras Sancho pendant une heure, et tu diras à ta mère que tout va bien, répondit Ben qui par

amour-propre tenait beaucoup à parler en homme
devant ses camarades.

— Il va au cirque, dit à demi voix Cyrus, heureux
de jouer un mauvais tour.

— Au cirque ! Oh ! emmène-moi, Ben, s'écria Bab
hors d'elle-même à la seule pensée d'un si rare plaisir.

— Tu ne pourrais pas faire quatre milles à pied.

— Mais si, je les ferai très bien.

— Tu n'as pas d'argent ?

— Mais tu en as, je t'ai vu montrer un dollar ; tu
peux bien payer pour moi, maman te le rendra.

— Je ne puis attendre que tu sois prête.

— J'irai bien comme me voilà ; ça m'est égal d'avoir
mon vieux chapeau, et Bab rattacha sa coiffure.

— Ta mère sera mécontente ?

— Pas plus que de savoir que tu y es allé toi-même.

— Elle n'est plus ma maîtresse à présent, miss Célia
ne me refuserait pas et je m'en vais.

— Oh ! je t'en supplie, emmène-moi ! je serai si
sage et je prendrai si grand soin de Sancho tout le
temps ! Bab les mains jointes cherchait sur les physionomies qui l'entouraient un signe d'encouragement.

— Ne nous ennuie pas, nous ne voulons pas nous
empêtrer de petites filles, répondit Sam en s'éloignant.

— Je te rapporterai des bonbons si tu es bonne
fille, dit Billy en lui faisant des caresses.

— Quand le cirque viendra ici, tu iras pour sûr et
Betty aussi, dit Ben en rougissant de son manque de
sincérité.

— Il ne vient jamais de cirques dans les petits vil-
lages, tu me l'as dit l'autre jour, tu es un vilain
garçon et je ne veux pas prendre soin de Sancho,

moi, voilà! s'écria Bab en colère et sur le point de pleurer.

— Est-ce qu'il n'y aurait pas moyen? suggéra Billy dont les yeux allaient vivement de Bab à Ben.

— Non, il n'y a pas moyen. Je voudrais bien voir comment elle ferait ces huit milles. Ce n'est pas la dépense qui me gênerait, mais c'est la course. Non Bab, cela ne se peut, il faut t'en aller tout droit à la maison et ne pas faire d'embarras. Il est onze heures, les amis, il faut partir. »

Ayant ainsi parlé d'un ton décidé, Ben partit bras dessus bras dessous avec Billy, laissant Bab éclater en sanglots tandis que Sancho gémissait de la façon la plus lamentable.

Malgré l'insouciance et la gaieté qu'il affectait, Ben songeait non sans remords aux deux affligés qu'il laissait derrière lui; il se disait aussi, qu'il aurait dû demander la permission à Mme Moss et se montrer plus aimable pour sa petite amie.

« Peut-être, se disait-il, madame Moss aurait-elle arrangé les choses pour que nous pussions tous y aller, si je lui en avais parlé. Je voudrais lui montrer ma reconnaissance, car elle a été vraiment bonne pour moi, mais je ne peux rien faire à présent. Enfin je vais rapporter un sac de friandises aux petites et nous ferons la paix. »

Il cherchait ainsi à apaiser sa conscience et voulait espérer que Sancho ne s'offenserait pas d'avoir été laissé en arrière, et que lui-même ne rencontrerait aucun membre de la troupe de Smithers. Enfin il secoua ses préoccupations et résolut de bien faire les honneurs à ses amis.

Il faisait une très grande chaleur et il y avait bea
coup de poussière ; un boulanger étant venu à passer,
lui achetèrent quelques provisions et Sam proposa d'al
goûter auprès d'une fontaine où ils pourraient se la
la figure, avant de monter cueillir des merises. Il n
avait que quelques haies à traverser pour trouver
fontaine et ils couperaient ensuite à travers cham
pour abréger la route. La motion fut acceptée ; Sa
venait d'escalader la troisième et dernière haie lor
qu'il parut frappé de stupéfaction et, se retournant ve
ses compagnons, il leur montra de la main une scè
inattendue : Bab appuyée contre l'auge où tomba
l'eau attendait que Sancho s'y fût désaltéré. Quel coup
harassé ! La figure de Bab était rouge comme un h
mard et la trace de ses larmes s'y voyait encore ;
robe, accrochée sans doute à quelque branche, éta
défroncée, et elle avait mis son soulier en pantouf
comme s'il l'eût blessée.

Sancho lappait avidement et les yeux fermés, s
manchettes étaient grises de poussière, et il portait
queue basse sans doute en signe de deuil pour avo
été abandonné de son maître. Bab tenait toujours
courroie car elle ne voulait pas se séparer du dép
confié à sa garde, mais elle voyait bien qu'elle éta
perdue et elle sentait son courage l'abandonner ; ell
regardait avec anxiété dans le sentier si elle n'y ve
rait pas apparaître les jeunes garçons ou quelqu'un q
la remît dans son chemin. Mais ne découvrant per
sonne :

— Oh ! Sancho ! que vais-je faire si je ne les retrouv
pas ? dit-elle en s'adressant à son compagnon comm
s'il était en état de comprendre et de répondre ; Sanch

Dab appuyée contre l'auge où tombait l'eau attendait que Sancho s'y fût désaltéré. (Page 172.)

eut l'air de comprendre car il cessa de boire, dressa
les oreilles et, dirigeant son regard perçant vers une
certaine partie de la haie, il fit entendre un petit jap-
pement interrogateur.

— Ce ne sont que des écureuils ; n'y fais pas attention
et continuons notre route, mais sois sage car je suis
si fatiguée que je ne sais plus comment marcher ;
poussant alors un soupir elle chercha à l'entraîner, elle
voulait au moins voir de près l'extérieur de cette tente
merveilleuse qu'on apercevait dans le lointain. »

Mais Sancho avait entendu un rire étouffé ; par une
brusque secousse il avait arraché la courroie que tenait
Bab, et s'élançant dans la haie alla tomber sur le dos
de son maître ; il fut accueilli par de violents éclats
de rire et profita de sa position avantageuse pour
accabler Ben de caresses : il lui léchait la figure, lui
enfonçait son museau dans le cou, mordait ses boutons,
tout en aboyant joyeusement comme s'il eût été ravi
de cette partie de cache-cache qui avait duré pendant
quatre milles.

Avant que Ben eût pu le calmer, Bab avait
grimpé aussi sur la haie et sa petite figure poudreuse et échauffée exprimait un tel mélange de
crainte, de fatigue et de soulagement que les garçons
n'auraient pu garder leur sérieux quand même ils l'auraient voulu.

« Comment avez-vous osé venir ici, mademoiselle ?
dit Sam en la voyant s'asseoir sans y être invitée.

— Sancho a voulu suivre Ben, je n'ai jamais pu le
conduire à la maison ; c'est tout ce que j'ai pu faire
que de ne pas le lâcher et d'aller où il voulait car il
aurait été perdu et Ben aurait eu du chagrin. »

L'habileté de l'excuse amusa fort les trois gami
et tandis que pour s'assurer de son chien Ben s'a
seyait dessus, Sam continua :

« Et maintenant vous comptez aller au cirque,
suppose ?

— Certainement. Ben a dit qu'il payerait bien n
place si je ne l'ennuyais pas pendant la route, n
voilà arrivée et je m'en retournerai seule ; je n'ai p
peur. Sancho aura soin de moi, si vous ne voulez p
vous charger de moi, dit-elle résolument.

— Et ta mère, que dira-t-elle ? demanda Ben, poi
qui ses dernières paroles étaient autant de couj
d'épingle.

— Je suppose qu'elle dira que tu m'as entraînée
« faire une sottise », et la maligne enfant semblait
défier de la contredire.

— Tu auras un mauvais moment à passer quan
tu rentreras, Ben, ainsi il faut maintenant prend
le plus de plaisir possible, dit philosophiquemei
Sam. Assuré qu'on ne pourrait l'impliquer dans l'i
cartade de Bab, il commençait à trouver drôle ¢
l'avoir pour compagne.

— Mais qu'aurais-tu fait si tu ne nous avais pê
trouvés ? lui demanda Billy qui oubliait son impatien
d'arriver.

— Je serais allée voir le cirque et puis je serais r
venue à la maison raconter tout à Betty, répondit-ell
vivement.

— Mais tu n'avais pas d'argent.

— Oh ! j'aurais demandé à quelqu'un de payé
pour moi, je suis bien petite, cela n'aurait pu coûte
cher.

— Personne n'aurait voulu payer pour toi et tu serais restée à la porte.

— Non, non, j'y avais bien pensé et j'avais fait mon plan dans le cas où je ne retrouverais pas Ben. J'aurais fait faire des tours à Sancho et j'aurais gagné ainsi le prix de ma place, répartit l'intrépide fillette que rien ne semblait embarrasser.

— Elle l'aurait certainement fait! tu es une brave fille et si j'étais plus riche, c'est moi qui te payerais ce plaisir, s'écria Billy avec élan; car il avait des sœurs et faisait cas des petites filles, surtout quand elles étaient entreprenantes.

— C'est à moi d'avoir soin d'elle, dit Ben à son tour. Bab, c'est très mal d'être venue, mais puisque c'est fait, il ne faut plus te tourmenter de rien, tu vas bien t'amuser. Il accepta sans murmure la responsabilité que lui imposait la persévérance de son amie.

— J'y comptais bien! et Bab se croisa les bras comme quelqu'un qui n'a plus à se préoccuper de rien.

— As-tu faim? demanda Billy à qui il restait encore quelques bribes de pain d'épice.

— Je meurs de faim », et Bab dévora ces miettes avec tant d'empressement que Sam lui offrit un petit supplément et Ben lui apporta dans ses deux mains un peu d'eau fraîche.

« Maintenant, dit Ben, tu vas te laver la figure, lisser tes cheveux et remettre ton chapeau droit »; tout en lui donnant ce conseil, il entreprit de faire la toilette de Sancho en le roulant dans l'herbe.

Bab se frotta la figure avec tant d'ardeur qu'elle en devint cramoisie, puis elle détacha son tablier pour s'essuyer et du même coup laissa tomber une collec-

tion de mousses et de feuillages qu'elle avait recueil-
lie en route. L'attention de Ben fut attirée par une
branche garnie de feuilles larges et moelleuses au
milieu desquelles se trouvait un bouquet de baies
blanches.

« Où as-tu pris ça? demanda-t-il en écrasant les
fruits sous son pied.

— Là-bas dans le marécage. Sancho avait aperçu
quelque chose et je l'ai suivi parce que je pensais que
c'était peut-être un rat musqué et que tu serais content si nous pouvions l'attraper.

— Est-ce que c'en était un? s'écrièrent tous les enfants avec intérêt.

— Non, ce n'était qu'un petit serpent et je ne me
soucie pas des serpents. Mais ceci m'a paru joli et je
l'ai cueilli pour Thorny qui aime toujours à étudier
les feuilles et les fleurs.

— Eh bien, il n'aimerait pas cette plante, elle est
très venimeuse et elle pourrait fort bien t'avoir em-
poisonnée, Bab ; miss Célia dit que c'est très dangereux et il examinait avec inquiétude sa petite amie
qui se tâta la figure et les mains, et demanda vivement :

— Est-ce que cela va me prendre avant que j'aie
été au cirque?

— Oh ! je ne crois pas que cela paraisse avant un
jour ou deux, mais cela rend bien malade.

— Eh bien, cela m'est égal pourvu que je voie les
animaux; partons sans plus nous embarrasser des mauvaises herbes, » dit Bab fort soulagée, car dans son
joyeux petit cœur il n'y avait plus de place que pour
le bonheur présent.

CHAPITRE XIV

Quelqu'un se perd.

Laissant derrière eux tout souci, nos jeunes promeneurs s'élancèrent en courant vers le pied de la colline et Sancho ne fut ni le moins empressé ni le moins gai.

La vue des ornements extérieurs de l'immense tente et des longues flammes rouges et bleues que le vent faisait voltiger donnaient des jambes aux plus fatigués. Le public commençait à entrer et quand ils eurent fait le tour pour gagner la principale porte, il n'y avait pas de temps à perdre pour prendre rang dans la queue.

Arrivé là, Ben se sentit sur son terrain. Il déploya une si superbe indifférence à jeter son dollar au buraliste, à reprendre sa monnaie, il était si majestueux lorsqu'il fit son entrée les mains dans les poches, que le gros Sam lui-même réprima son animation et suivit avec déférence son chef de file; celui-ci s'arrêtant de cage en cage, fit les honneurs des animaux comme s'ils lui eussent appartenu.

Bab suivait, tenant ferme la basque de sa veste, les

yeux écarquillés, car elle aurait voulu voir tout à la fois à droite et à gauche. Elle était émerveillée du rugissement des lions, du grondement des tigres, du caquetage des singes, du gémissement des chameaux et même de la musique assourdissante des instruments de cuivre.

Au milieu de la ménagerie, cinq éléphants s'amusaient tout en mangeant, à lancer leur foin en l'air; les longues jambes de Billy vacillèrent sous lui quand il considéra ces monstrueux animaux dont la longue trompe et les petits yeux le rendaient muet de stupeur. Qu'il se sentait jeune à leurs pieds! Sam prenait tant de plaisir aux grimaces des singes qu'on le laissa dans leur société pour aller voir un zèbre. Bab s'écria que leur pelage était « tout à fait pareil à la robe de mousseline rayée de maman. »

Une minute après elle tombait en extase devant les poneys et leurs mignons petits poulains; il y en avait surtout un tout jeune, qui était la copie en miniature de sa jolie maman à la robe gris-souris. Il dormait si tranquillement sur son foin qu'on avait peine à croire que ce fût un animal vivant.

« Oh Ben ! il *faut* que je caresse ce cher petit poney. Aussitôt Bab se glissa sous la corde et se mit à caresser le petit favori qui ouvrit paresseusement un œil pour voir ce qui se passait; la maman flairait avec méfiance le chapeau brun de l'enfant.

— Sors vite de là, ça n'est pas permis! » s'écria Ben qui grillait d'envie d'en faire autant, mais que retenait le sentiment des convenances et de sa propre dignité.

Ce fut à regret que Bab céda à cette injonction,

mais elle fut bientôt distraite par la vue des jeunes
lionceaux qui ressemblaient beaucoup à d'énormes
chiens nouveau-nés, puis elle remarqua que les tigres
faisaient leur toilette absolument comme son chat.

« Si je les flatte vont-ils faire ron-ron comme
notre minet? demanda-t-elle, prête à tenter l'expérience; mais Ben la tira vivement par sa robe pour prévenir tout accident.

— Tu feras bien de ne pas y toucher ou ils te déchi-
reront les mains avec leurs griffes. Les tigres en liberté
filent peut-être quand ils sont contents, mais ceux-ci
ne sont jamais de bonne humeur et tu ne te sauverais
pas assez vite s'ils se mettaient en colère. » Là-dessus
Ben l'emmena devant les chameaux bossus qui rumi-
naient paisiblement mais dont le regard triste indiquait bien qu'ils regrettaient le désert.

Ben appuyé sur la corde joua parfaitement son
rôle de montreur jusqu'au moment où un hennissement parti du cirque voisin lui rappela les jouissances
qui l'attendaient.

« Il faut nous dépêcher pour avoir de bonnes places
avant qu'elles soient toutes prises. Je veux être près
du rideau afin de voir si j'apercevrai quelqu'un de la
troupe de Smithers.

— Non, non, dit Sam qui venait de les rejoindre, on
ne voit pas moitié aussi bien et puis la grosse caisse
fait un tel vacarme qu'on ne peut *s'entendre penser.* »

Ils se procurèrent donc de bonnes places d'où l'on
pouvait voir et entendre tout ce qui se passait et en
même temps apercevoir derrière les rideaux rouges, les
chevaux blancs, les costumes et les plumets aux couleurs éclatantes. Ben régala Bab de pistaches et de

pop-corn[1] comme l'aurait pu faire un tendre père. Bab, la bouche pleine, murmura des protestations de reconnaissance éternelle tout en se plaçant entre son ami et le complaisant Billy.

Ils se procurèrent donc de bonnes places. (Page 181.)

Sancho cependant était fort ému de ce qu'il voyait et de ce qu'il entendait, et bien certainement il creusait sa cervelle canine pour comprendre l'incroyable conduite de son maître : pourquoi donc n'allaient-ils pas se revêtir de leurs brillants costumes pour être prêts à répondre au signal au lieu de rester ainsi parmi le public?

[1] Grains de maïs préparés comme des friandises.

Il regardait Ben avec inquiétude, mordait avec dédain la corde dont il était attaché, comme pour indiquer que le moment était venu d'y substituer un ruban écarlate, puis avec sa patte il éparpillait les coques de pistaches comme pour y retrouver les lettres avec lesquelles il devait épeler son nom.

«.Je te comprends, mon vieux, mais c'est impossible ; nous avons quitté les affaires et nous n'avons plus qu'à regarder ; les alouettes ne sont plus pour nous, ainsi restons tranquilles et conduisons-nous comme il faut, mon Sancho, dit affectueusement Ben en caressant la tête bouclée qui apparaissait à chaque instant entre ses jambes.

— Il voudrait jouer à son tour, n'est-ce pas, demanda Billy, et toi? N'es-tu pas comme lui? Je voudrais bien t'y voir, comme ce serait amusant!

— Cela me ferait plaisir de te voir perché sur les éléphants et puis sauter au travers des cerceaux comme cela, dit Bab; et elle montrait le programme colorié tout rempli de promesses.

— Mais je l'ai fait plus de cent fois et j'aimerais bien à vous montrer ce que je sais faire. On dirait qu'il n'y a pas de jeune garçon dans la troupe ; je suis presque sûr qu'on m'accepterait si j'allais m'offrir. En prononçant ces mots, il semblait mal à son aise sur sa banquette et jetait à la dérobée des regards préoccupés vers la tente des écuyers où il sentait bien qu'il se retrouverait dans son élément.

— Oui, mais, à ce que j'ai entendu dire, la loi défend maintenant de faire travailler des enfants à des exercices si dangereux. Si c'est vrai, mon cher, tu peux en faire ton deuil dit Sam en prenant de grands airs, car il n'avait pas oublié les observations de Ben sur les garçons replets.

— N'en crois pas un mot, Sancho et moi nous nous ferions accepter au bout de cinq minutes, je le parierais. Nous sommes un couple précieux et je l'aurais bientôt prouvé si cela me plaisait, Ben parlait avec une animation où perçait une nuance d'orgueil.

— Tiens, s'écria Bab en saisissant la main de son ami, regarde! les chars dorés, les jolis chevaux, les drapeaux, les éléphants! » En effet, on voyait apparaître le cortège en tête duquel les musiciens soufflaient dans leurs instruments avec tant d'énergie que leurs figures en étaient toutes cramoisies.

La troupe défila plusieurs fois autour du cirque afin que tous les spectateurs pussent l'admirer à leur aise. Les cavaliers restés seuls en scène firent caracoler et piaffer le long des loges leurs chevaux dont la tête était ornée de longues plumes qui ondulaient à chaque mouvement.

« Oh! que c'est beau! répétait Bab à chaque instant pendant que les écuyers voltigeaient sur les chevaux lancés au galop et sautaient à terre sans prendre la peine d'arrêter leurs montures.

— Ce n'est rien encore, attends que tu les voies sans selle et sans bride, attends les exercices acrobatiques, et il montrait les divers passages du programme de l'air d'un homme qui sait son affaire et que rien ne peut plus étonner.

— Qu'est-ce que c'est donc des exercices *crobatiques*? demanda Billy avide de s'instruire.

— On saute, on grimpe, on culbute, tu vas voir, mais quel magnifique cheval! et Ben oublia tout, en atta-

chant ses regards sur l'élégante bête qui entrait en
dansant pour renverser et relever des chaises, se mettre
à genoux, saluer et faire mille autres tours d'adresse
auxquels succéda un petit galop pendant lequel l'écuyer
s'assit sur une chaise, croisa ses jambes et se mit à
jouer gracieusement de l'éventail avec la plus parfaite
aisance.

— Ah ! voilà qui est joli ! » et les yeux de Ben exprimaient clairement ce qu'il sentait en voyant disparaître
la monture et l'écuyer.

Les acrobates, en maillots rose et argent firent avec
toutes sortes de gambades leur entrée dans le cirque.

Ce spectacle devait particulièrement plaire à de
jeunes garçons, car la force et l'agilité sont des attri-
buts virils qu'ils savent apprécier. Ces êtres fantas-
tiques déployaient tant d'élasticité qu'on les aurait
pris pour des bonshommes de caoutchouc, pendant
qu'ils rivalisaient d'agilité. Le chef couronna les exercices par un double saut périlleux par-dessus cinq
éléphants placés côte à côte.

« Voilà messieurs, ce qui s'appelle sauter, j'espère ! et Ben suivit l'exemple de ses amis qui battaient
des mains jusqu'à n'en pouvoir plus.

— Nous essayerons d'en faire autant, dit Billy avec
enthousiasme.

— Et où prendras-tu des éléphants, reprit dédai-
gneusement Sam qui n'avait aucun goût pour la gymnastique.

— Tu pourras très bien servir d'éléphant ! répliqua
Ben avec sa vivacité ordinaire. Bab, Billy et lui,
s'abandonnèrent à une si bruyante hilarité qu'un voisin d'assez mauvaise apparence s'écria, après les avoir

écoutés quelques instants : « Sont-ils ennuyeux ces gamins-là ! » et il atttacha ses regards sur Sancho qui commençait à s'insurger.

« Oh! ceci n'est pas sur le programme! s'écria Ben en voyant paraître un clown moitié rouge et moitié vert suivi d'une demi-douzaine de chiens qui s'assirent gravement sur les chaises qu'on leur avait préparées.

— Que je suis contente! dit Bab, ça va amuser Sancho; ne dirait-on pas que celui qui a un collier bleu est son frère jumeau? »

Sancho en effet ne s'amusa que trop, car il se dégagea de sa cachette et voulut s'élancer vers ses semblables, on mit un frein à son ardeur; alors il se mit sur ses pattes avec un air si suppliant que Ben n'eut pas le cœur de le faire rentrer sous la banquette, et il consentit à le laisser jouir du spectacle. Mais quand parut l'épagneul noir qui remplissait l'emploi de clown dans la troupe canine, Sancho fit une nouvelle fugue dans l'intention d'aller le confondre par sa supériorité; son maître fut donc obligé de lui donner un soufflet et de le retenir sous ses pieds, sans cela Sancho aurait fait du scandale, et on l'aurait mis à la porte.

Trop bien dressé pour se rebeller de nouveau, Sancho médita sur ses sujets de mécontentement jusqu'à la fin de la représentation des chiens; il affecta de dédaigner leurs tours, et de n'y pas prêter la moindre attention. Cependant il entr'ouvrit un œil pour regarder deux petits caniches que l'on tira d'un panier pour leur faire monter et descendre un escalier sur leurs pattes de devant, danser une gigue sur celles de derrière et faire de jolis exercices à la grande joie de tous les enfants présents. Mais si jamais, par son regard et son attitude un chien a dit : « Bah! je peux faire mieux que cela et vous étonner tous, si seulement on me le permettait, » ce chien-là ce fut Sancho, car il affecta de rester couché en rond le dos tourné au théâtre.

« Que c'est dur, lui qui en sait plus que tous les autres ensemble ! Je donnerais n'importe quoi pour pouvoir le faire voir comme autrefois. Le public l'accueillait toujours bien et j'en étais si fier. Il est hors de lui parce que je l'ai bousculé et va m'en vouloir jusqu'à ce que je lui aie fait des excuses, » dit Ben en jetant un regard plein de regret sur son ami offensé, mais il n'osait encore lui demander pardon.

Il y eut ensuite une série d'exercices équestres. Bab n'eut d'yeux que pour la belle dame toute couverte de gaze qui conduisait avec une si grande habileté quatre chevaux tout en passant au travers des cerceaux, en sautant par-dessus des barres et des bandes d'étoffe et en excitant ses coursiers. Elle y mettait tant de grâce et semblait y prendre tant de plaisir, qu'évidemment elle ne courait aucun danger et n'éprouvait aucune fatigue.

Deux jeunes filles s'élancèrent alors sur le trapèze, marchèrent sur la corde raide, et Bab comprit qu'elle avait découvert sa vocation, car bien des fois sa mère avait dit :

« Je ne sais vraiment à quoi cette enfant sera bonne, si ce n'est à faire des malices comme un singe.

— En rentrant je vais tendre le cordeau à linge et montrer à maman comme c'est joli. Alors elle me laissera porter des pantalons rouge et or pour grimper

comme ces jeunes filles. Voilà ce qu'elle pensait dans
sa petite cervelle, fort troublée par tout ce qu'elle
voyait en ce mémorable jour. Il ne fallut rien moins
qu'une pyramide d'éléphants surmontée d'un magnifique personnage, en turban et avec de grandes bottes,
pour la distraire de ses projets ridicules. Elle s'ab-
sorba bientôt dans la contemplation d'une cage où il
y avait des tigres du Bengale, et au milieu d'eux un
homme en grand danger d'être dévoré sous ses yeux.
Tout à coup un épouvantable coup de tonnerre causa
une violente émotion dans toute la salle. Les spectateurs des bancs supérieurs firent quelques ouvertures
dans la toile et après y avoir passé la tête annon-
cèrent qu'il pleuvait à torrents. Les mères inquiètes
rassemblèrent leurs enfants comme les poules ras-
semblent leurs poussins au coucher du soleil, les gens
timides racontèrent de terribles histoires de tentes
renversées par des coups de vent, de cages ouvertes
et d'animaux féroces en liberté.

Bien des gens se pressèrent pour gagner les issues
et les écuyers se hâtèrent de terminer la représentation.

« Je vais m'échapper avant le moment de la presse ;
je vois là-bas quelqu'un que je connais, adieu, et sautant de banc en banc, Sam disparut sans cérémonie.

— Mieux vaut attendre que l'averse soit passée ; nous
pouvons aller revoir les animaux pendant ce temps-
là et nous rentrerons sans avoir été mouillés, reprit
Ben d'un ton encourageant. Il voulait rassurer Billy
qui regardait avec inquiétude la toile violemment
agitée, les poteaux ébranlés et écoutait le bruit
de la pluie tombant à verse ; pour augmenter sa frayeur
les lions se mirent à rugir de la façon la plus sinistre.

— Oh! pour rien au monde, dit Bab, je ne voudrais manquer les tigres. Voilà qu'on entre la cage, et l'homme est tout prêt avec son fusil; est-ce qu'il va tirer sur eux, Ben? Et en disant cela elle frissonnait, car la moindre détonation d'arme à feu lui causait une bien plus grande terreur que le plus violent coup de tonnerre.

— Mais, ma petite Bab, le fusil n'est chargé qu'à poudre et l'homme ne tire que pour faire du bruit et effrayer les tigres. Malgré cela je ne voudrais pas être à sa place; père disait que même quand des tigres semblent le mieux apprivoisés, il ne faut jamais se fier à eux comme à des lions. Ils vous surprennent à la manière des chats et quand ils égratignent, on en porte la marque, je vous en réponds. » Il accompagna ces mots d'un hochement de tête en voyant passer près de lui la cage où ces animaux féroces bondissaient et grondaient comme pour protester contre leur captivité.

Bab ne détournait pas les yeux de ce spectacle; l'homme caressait les grands chats, comme elle disait, se couchait au milieu d'eux, ouvrait leurs gueules rouges, les faisait sauter par-dessus lui ou ramper à ses pieds, avec force claquement de son grand fouet. Quand il tira un coup de fusil et qu'ils tombèrent tous comme morts elle eut peine à réprimer un cri et elle mit ses mains sur ses oreilles. Le pauvre Billy ne prenait d'intérêt à rien, il était pâle et tremblant tant l'artillerie céleste l'effrayait, et quand resplendit un éclair qui sembla descendre le long des poteaux, il se cacha la tête dans les mains et regretta amèrement de n'être pas auprès de sa mère.

« Tu as peur du tonnerre, Billy, dit Ben en cher-

chant à faire le brave, tandis qu'au fond le sentiment
de sa responsabilité l'accablait, car il se demandait comment il pourrait reconduire Bab sous une pluie pareille.

— Cela me rend malade, comme toujours ; je voudrais n'être pas venu, soupira Billy. Il reconnaissait,
mais trop tard, que si la limonade et les friandises ne
composent pas la meilleure nourriture à laquelle
l'homme puisse aspirer, une tente n'est pas non plus
une demeure très rassurante par une chaude journée de
juillet surtout lorsque le temps est à l'orage.

— Je ne t'ai pas demandé de venir ; c'est toi qui en
as parlé le premier, répondit Ben d'un ton de mauvaise humeur pendant que la foule s'écoulait sans accorder la moindre attention à la chanson comique d'un
clown qui ne se laissait pas troubler par toute cette
confusion.

— Ah ! que je suis lasse ! gémit Bab qui se leva en
s'étirant.

— Tu seras encore bien plus fatiguée avant d'être
arrivée à la maison, je crois ; personne ne t'a priée de
venir, il me semble, et Ben promena un regard découragé autour de lui, espérant apercevoir quelque connaissance dont la sagesse pût l'aider à sortir de son anxiété.

— J'ai dit que je ne serais pas un embarras et je
tiendrai parole ; je vais retourner à la maison à l'instant ; je n'ai pas peur du tonnerre et ma toilette est
assez vieille pour ne rien craindre de la pluie. Allons,
partons, dit bravement Bab, résolue à tenir sa promesse, quoique cela lui parût bien plus difficile qu'elle
ne l'aurait pensé quelques heures plus tôt.

— J'ai mal à la tête ! que je voudrais donc avoir
le vieux Jacquot pour me traîner à la maison ! dit le

pauvre Billy à qui un violent coup de tonnerre vint subitement rendre assez de forces pour lui permettre de suivre ses compagnons d'infortune.

— Tu pourrais aussi bien souhaiter Lita et la carriole pendant que tu y es, nous y serions tous à couvert, répondit Ben en arrivant à la tente extérieure sous laquelle beaucoup de personnes attendaient la fin de la pluie.

— Est-ce bien toi, Billy? Comment donc te trouves-tu ici? s'écria une voix pleine d'étonnement; et au même moment Billy sentit la crosse d'une canne s'insinuer dans sa cravate pour l'attirer. Il se trouva aussitôt face à face avec un jeune fermier qui frayait un passage pour sa femme et ses enfants.

— Oh! oncle Eben, quel bonheur que vous m'ayez trouvé! Je suis venu à pied; il pleut et je ne me sens pas bien. Emmenez-moi je vous prie, supplia le pauvre enfant, en se cramponnant avec énergie au bras robuste qui l'avait saisi.

— Je ne comprends pas ta mère de te laisser venir ici seul et surtout quand tu sors d'avoir la fièvre scarlatine!

— Nous sommes déjà bien serrés, dit la tante, mais il faut pourtant que nous trouvions le moyen de te nicher quelque part; et elle pressait son bébé dans ses bras et recommandait aux deux aînés de bien tenir l'habit de papa.

— Je ne suis pas seul, Sam est parti, mais ne pourriez-vous prendre Ben et Bab aussi? ils ne sont bien gros ni l'un ni l'autre, dit l'enfant désireux de rendre service à ses amis, maintenant qu'il se voyait sorti d'embarras.

— C'est impossible! c'est impossible! il faut encore

que je prenne ma mère, et c'est plus de monde qu'i
n'en peut tenir dans la carriole. Voilà le temps qu
s'éclaircit un peu; hâte-toi, Lizzie et sortons de cett
cohue le plus vite possible, dit Eben avec une nuanc
d'impatience facile à comprendre pour les parents qu
se sont trouvés dans la foule avec de jeunes enfants.

— Ben, dit Billy, je suis bien fâché qu'il n'y ait pa
de place pour vous deux, mais je vais dire à la mèr
de Bab où vous êtes et peut-être que quelqu'un vien
dra vous chercher; Billy regrettait d'abandonne
ses amis quoiqu'il ne pût leur être d'aucune utilité
même en restant avec eux.

— Pars et ne t'inquiète pas de nous. Je ne suis pa
embarrassé de ma personne, et il faut que Bab fass
de son mieux, » à peine Billy put-il entendre cette ré
ponse de Ben, car il fût entraîné loin de lui par l
flot de monde qui se bousculait pour gagner la sortie

Alors Ben dit à Bab :

« Ce n'est pas la peine de nous faire écraser; atten
dons encore un instant et nous sortirons sans peine
C'est un vrai déluge et tu seras trempée jusqu'aux o
bien longtemps avant d'arriver. J'espère que tu t
trouveras suffisamment rafraîchie?

— Cela m'est bien égal, dit Bab en se balançan
gaiement sur une des cordes, décidée à faire contr
mauvaise fortune bon cœur et à se réjouir jusqu'au
bout de ce jour de fête. J'aime tant les cirques qu
je voudrais demeurer toujours ici, coucher dans un
voiture comme tu y couchais autrefois et pouvoir joue
tous les jours avec les jolis petits poulains.

— Ça ne serait pas gai si tu n'avais personne pou
prendre soin de toi, répondit Ben en regardant d'un

air pensif les palefreniers qui donnaient à manger
aux chevaux, et les écuyers qui s'étendaient sur du
foin pour y chercher quelque repos avant la grande
représentation du soir. Tout à coup il tressaillit, regarda plus attentivement et, se tournant vers Bab, il lui
tendit la corde de Sancho et dit à la hâte : J'ai aperçu
un garçon que je connais, peut-être il pourra me dire
quelque chose de mon père. Ne bouge pas d'ici avant
que je sois revenu.

Il partit comme un trait et Bab le vit courir après
un homme qui, un seau à la main, venait d'abreuver
le zèbre. Sancho tenta de le suivre, mais une voix
impatiente le gourmanda :

— Non, tu n'iras pas ! quelle peste de chien de vouloir toujours t'accrocher aux gens qui n'ont que faire
de toi.

Sancho aurait pu répondre : Hé bien ! et toi donc ?
mais en chien bien élevé il s'assit avec résignation et
observa les petits poneys qui jouaient à cache-cache
derrière leurs mamans. Bab suivit son exemple et
prit tant de plaisir à ce spectacle que bientôt elle attacha Sancho à un poteau pour être libre de ses mouvements. Alors elle se glissa par-dessous la corde pour
caresser le bébé gris-souris ; cet amour de poney venait lui dire par ses petits hennissements de très-jolies
choses accompagnées des regards les plus aimables.

Oh ! infortunée Bab ! pourquoi tournas-tu le dos ?
Oh ! trop habile Sancho ! pourquoi défis-tu si adroitement le nœud qui te retenait ? pourquoi t'en allas-tu
conférer avec le boule-dogue qui près de l'entrée saluait les passants des frétillements amicaux de sa
queue écourtée ? Ah ! trop malheureux Ben ! pourquoi

attendis-tu qu'il fût trop tard pour sauver ton favori
du brutal qui après avoir posé le pied sur sa laisse
le fit promptement disparaître aux regards du public?

— J'ai vu Bascum, mais il ne sait rien de papa. Eh
bien! où est Sancho? s'écria Ben en revenant.

Au son étouffé de sa voix, Bab se retourna et aperçut sur les traits de Ben une angoisse si vive qu'on
aurait cru qu'il s'agissait de la perte d'un enfant.

— Je... l'ai... attaché. Il est quelque part... avec les
poneys... balbutia la petite fille désolée, car on ne voyait
d'aucun côté nulle trace du chien.

Ben siffla, appela, chercha en vain jusqu'au moment
où un homme lui dit d'un air insouciant :

— Si tu cherches ton caniche, tu feras bien de sortir
d'ici, car il s'en est allé trottant avec un autre chien.

Sans s'inquiéter de la pluie qui continuait à tomber
en abondance, Ben et sa compagne s'élancèrent vers la
porte, car ils avaient l'un et l'autre le sentiment qu'un
grand malheur venait de leur arriver. Mais il y avait
déjà longtemps que Sancho avait disparu et nul n'a-
vait fait attention aux grognements indignés par lesquels il avait protesté quand on l'avait jeté dans une
charrette couverte.

— S'il est perdu, je ne te pardonnerai jamais,
jamais, entends-tu bien, jamais de ma vie! et l'enfant
irrité ne put s'empêcher de donner à la pauvre Bab
de si rudes secousses que ses longues tresses en cu-
rent des tressaillements convulsifs.

— Que j'ai donc de chagrin! mais il reviendra
comme tu dis qu'il a toujours fait, essaya de dire la
petite fille, brisée par sa propre douleur et fort
effrayée de voir la fureur de Ben; car il se mettait

rarement en colère et n'était jamais brusque avec les petites filles.

— S'il ne revient pas, tu ne me parleras pas d'ici à un an, affreuse petite peste ! maintenant je m'en vais à la maison. Trop ému pour en dire davantage, Ben se mit en marche d'un air aussi féroce que le comportait sa jeune physionomie.

Jamais on ne vit de petite fille plus malheureuse que Bab, qui en s'efforçant de suivre son compagnon marchait sans le savoir dans toutes les flaques d'eau et se couvrait de boue comme si elle eût voulu expier ainsi ses péchés. Pendant un ou deux milles, elle se maintint assez bravement à quelques pas en arrière de Ben qui observait un silence solennel, mais bientôt ce mutisme si inusité, preuve d'un profond déplaisir, lui parut intolérable.

La coupable repentante soupirait après un mot, un signe d'apaisement, sans que rien vînt la consoler, et elle se demanda comment elle pourrait vivre un an, s'il accomplissait sa terrible menace. Mais ce fut un malaise physique qui prit le dessus : ses pieds, froids et mouillés, étaient de plus très-fatigués. Les pistaches et le maïs ne composaient pas une solide nourriture et la faim la faisait presque tomber en défaillance. L'attente du plaisir lui avait donné des jambes pour venir, mais quelle différence de marcher vers le cirque ou de retourner maintenant à la maison où l'attendait une mère inquiète ! A la pluie d'orage avait succédé une triste et épaisse bruine, le vent d'est s'était élevé, la route montueuse semblait s'allonger toujours. Le silence de son compagnon, qui ne témoignait ni par un regard ni par un mot qu'il s'aperçût de sa présence, mettait le comble aux remords et à l'angoisse de la pauvre fillette.

Des chariots passaient, mais ils étaient tous pleins. Les piétons faisaient de grossières moqueries sur le jeune couple qui avait tout à fait l'air d'une paire de vagabonds.

Et le brave Sancho n'était plus là pour punir leur impertinence ! cette triste réalité leur fut rappelée par la vue d'un beau chien de Terre-Neuve qui suivait une voiture. La bonne bête s'arrêta pour dire un muet et amical bonjour aux voyageurs; son regard bienveillant se fixa sur Bab tandis qu'il introduisait son nez dans la main de Ben avant de reprendre sa course en agitant sur son dos le beau panache de sa queue.

Ben avait tressailli quand il avait senti le nez froid du chien dans sa main, et après l'avoir caressé mélancoliquement il le suivit d'un regard que la pluie n'était pas seule à obscurcir. Bab ne pouvait plus se contenir, le coup d'œil du terre-neuve avait fait déborder son cœur et elle éclata en sanglots. Ben l'entendant pleurer la regarda par-dessus son épaule; à la vue de son désespoir, il se sentit apaisé et se dit comme pour excuser sa sévérité :

— Elle a été méchante, mais je crois qu'à présent elle a eu assez de chagrin. Quand nous arriverons au poteau je lui parlerai, mais je ne lui pardonnerai pas jusqu'à ce que Sancho soit revenu.

Il était meilleur qu'il ne le croyait. Au moment où ils arrivaient au poteau, Bab, aveuglée par les larmes, ayant trébuché sur une grosse racine, tomba au milieu des orties. En un tour de main Ben la releva et s'efforça de la consoler, mais elle continua à se tordre les mains en versant de grosses larmes.

— Oh! je me suis piquée partout, je meurs de faim, j'ai mal aux pieds, et puis j'ai si grand froid ! Que c'est donc affreux ! gémissait la pauvre enfant; elle s'était laissée retomber sur l'herbe et avait un air si piteux que le cœur le plus dur se serait fondu à sa vue.

— Ne pleure pas comme cela, ma petite Babet, j'ai été grognon et j'en suis bien fâché. Je vais te pardonner dès à présent et je ne te bousculerai plus, s'écria Ben si plein de pitié pour les tribulations de sa petite amie qu'il oubliait les siennes propres comme un généreux petit homme qu'il était.

— Bouscule-moi encore si tu veux. Je sais bien que j'ai été méchante en perdant Sancho. Je suis si fâchée que je ne sais que devenir, répondit Bab profondément émue de tant de magnanimité.

— Allons, n'y pense plus; essuie ta figure et repartons; nous allons tout dire à ta mère et elle nous aidera peut-être. Mais je ne serais pas étonné qu'il fût rentré avant nous, dit Ben cherchant à se consoler comme elle par cette douce espérance.

— Je ne crois pas que je puisse aller plus loin. Oh! si ce grand garçon voulait me traîner un bout de chemin dans sa brouette; demande-le-lui, je t'en prie.

Ben avait reconnu un jeune homme qui habitait le haut de la colline.

— Bonjour, Joslyn.

— Bonsoir, Brown.

— Où allez-vous comme ça?

— Reconduire cette maudite brouette.

— Chez qui donc?

— Là-bas, chez Batchelor. Et Joslyn montrait du doigt une ferme au pied de la colline voisine.

— Je vais de ce côté, je m'en charge.

— Pourquoi faire? demanda prudemment le jeune paysan qui se méfiait de cette offre étrange.

— Bab est fatiguée, elle voudrait y monter; aussi vrai que je vis, je vous promets de la rendre exactement, dit Ben un peu intimidé, mais fort désireux de se décharger de sa responsabilité. Ses malheurs précédents l'avaient rendu défiant.

— Mais vous ne pourriez la brouetter si loin, elle est bien aussi lourde qu'un sac de farine, s'écria le jeune homme qu'amusait cette proposition.

— Je suis plus fort que beaucoup d'enfants de mon âge. Essayez pour voir! et Ben prit une attitude si athlétique que Joslyn convaincu répondit avec une soudaine amabilité :

— Fort bien; montrez-moi ce que vous savez faire.

Bab se plaça sans crainte dans son nouvel équipage que Ben mit rapidement en mouvement, tandis que le jeune garçon ravi d'éviter une course fatigante le regardait faire.

Au début tout alla bien, la route descendait et la roue tournait toute seule, le sourire avait reparu sur les joues de la petite fille, et Ben y allait de tout son cœur, comme il le disait. Mais le chemin commença à monter et à devenir sablonneux. A chaque pas le poids semblait augmenter.

— Je suis très-bien, mais je vais descendre, car je crois que je suis trop lourde, dit-elle en voyant que la figure de Ben devenait de plus en plus rouge et que la respiration allait lui manquer.

— Reste tranquille. Joslyn a prétendu que je ne serais pas assez fort; je ne veux pas renoncer pendant qu'il me voit encore, répondit Ben tout essoufflé, et il gravit bravement la côte, traversa une pièce d'herbe et arriva à la barrière de Batchelor, la tête baissée, les dents serrées et tous les muscles de son corps tendus à l'excès.

— A-t-on jamais vu pareille chose! Ben fut si surpris d'entendre ces paroles qu'il lâcha les bras du véhicule et rejeta son chapeau en arrière pour mieux voir..... Il découvrit alors la perruque rouge de Pat qui dépassait la haie.

Être la risée de son ennemi dans ces circonstances, c'était la goutte qui devait faire déborder la coupe déjà si pleine d'humiliations du pauvre Ben; mais faisant un effort sur lui-même, il aida Bab à sortir de son équipage en disant:

— Va-t'en vite à la maison et ne t'occupe pas de lui.

— Voilà de jolis enfants de s'en aller courir comme cela, de faire perdre la tête aux femmes, sans compter que moi je perds mon temps à vous chercher. Ma besogne était finie, j'espérais m'amuser un peu à la fête, grommela Pat, et il détacha Duc qui était attelé à la carriole de M. Allen.

— Billy a-t-il dit notre histoire? demanda Bab en se dirigeant avec bonheur vers cette bonne voiture.

— Eh! je le crois bien, et mon maître m'a envoyé pour vous ramener en sûreté. Quand je vous ai vus arriver avec votre brouette je venais de m'arrêter ici pour allumer ma pipe. Mais partons, je ne veux pas

perdre mon temps pour un polisson qui mériterait
d'être fouaillé, dit Pat d'un ton grossier au moment où
Ben se rapprochait après avoir remisé la brouette.

— Ah, vraiment ! c'est là votre envie ! eh bien !
vous n'avez pas besoin de m'attendre ; je partirai
quand je serai prêt, dit Ben, en passant derrière la
carriole, bien résolu à ne pas se gêner de Pat, dût-il
passer la nuit sur la route.

— Ah ! sûr que je ne t'attendrai pas, mais quatre
jambes valent mieux que deux et tu vas l'apprendre à
tes dépens, mon joli garçon. Il mit Duc au trot et la
voiture était déjà loin sans laisser à Bab le temps de
supplier Ben de mettre sa fierté de côté pour rentrer
en voiture. Elle se lamentait, Pat ricanait, oubliant
l'un et l'autre que Ben était agile comme un singe ;
s'ils s'étaient avisés seulement de tourner la tête, ils
auraient vu Ben perché derrière eux, faisant d'abo-
minables grimaces à l'adresse de son ennemi qui ne
s'en doutait guère.

En arrivant devant la maison de Mme Moss, Ben
traversa la route devant la tête du cheval en poussant
des cris qui eurent pour résultat de faire accourir à
la porte tous ceux à qui l'attente avait paru si longue.
Pat ne put donc se venger autrement qu'en montrant
le poing à celui qui l'avait si bien joué, et il poursuivit
sa route laissant les deux vagabonds recevoir le même
accueil que s'ils avaient été des enfants modèles.

Mme Moss n'avait pas été excessivement tourmen-
tée ; Cyrus, selon sa promesse, l'avait prévenue que Bab
était allée rejoindre Ben ; puis Billy avait dit qu'elle
les avait retrouvés : aussi, comme une bonne mère
qu'elle était, elle s'occupa de rassasier, de réchauffer

et de sécher les enfants prodigues avant de les gronder.
Et même quand elle en vint là, sa réprimande ne fut
pas trop sévère, car lorsqu'ils entreprirent de raconter
les aventures qui leur avaient paru si émouvantes
pour ne pas dire tragiques, ils furent fort surpris
d'exciter une risée générale. L'épisode de la brouette
surtout obtint un prodigieux succès. Ben aurait voulu
le passer sous silence, mais Bab tenait trop à lui
exprimer toute sa reconnaissance.

Thorny poussa des hourras, et même la tendre Betty
sécha les larmes que lui arrachait la perte de Sancho
pour rire aux dépens de Pat dont Ben s'était si bien
joué.

— Si nous continuons à rire ainsi, dit miss Célia,
ces méchants enfants croiront que leur équipée est
quelque chose de magnifique ; et l'hilarité s'étant calmée, elle ajouta gravement : Je suis mécontente, mais
je n'en dirai pas plus long, car je pense que Ben est
déjà assez puni.

— C'est bien vrai, répondit Ben d'une voix étouffée
et les yeux fixés sur la niche de Sancho.

CHAPITRE XV

Ben à cheval.

Les talents et les vertus de Sancho lui ayant mérité l'affection et l'admiration générales, sa perte causa un véritable deuil, dans tous les jeunes cœurs surtout.

Miss Célia fit mettre des avis dans le journal, Thorny promit une récompense, et le hargneux Pat lui-même exerça une rigoureuse surveillance sur tous les caniches qu'il rencontrait au marché, mais il ne découvrit pas Sancho.

Ben était inconsolable et disait sévèrement à Bab que l'éruption causée par la plante vénéneuse n'était qu'une juste punition. La pauvre enfant pensait de même et n'osait réclamer la sympathie de personne; cependant Thorny avait conseillé l'usage des feuilles de plantain et Betty se chargeait de les renouveler sans cesse après les avoir trempées dans la crème à laquelle se mêlaient souvent des larmes de pitié. Ce traitement fut si efficace qu'en peu de temps la malade put reprendre sa place à l'école. Mais rien ne soulagea l'affliction de Ben qui se laissa aller à murmurer : Vrai-

ment, c'est trop de malheurs en si peu de temps!
après avoir perdu le père, perdre encore Sancho!
Sans Lita et miss Célia, je crois que je n'y pourrais
survivre, dit-il un jour dans un accès de désespoir en se laissant tomber sur la plate-bande qu'il
binait.

— Allons, allons, mon pauvre bonhomme, il ne
faut pas te décourager ainsi. Nous le retrouverons,
s'il est encore en vie, et s'il est mort, nous tâcherons
d'en découvrir un aussi bon, répondit amicalement
Thorny en lui mettant la main sur l'épaule.

— Comme s'il en existait un seul qui lui soit com-
parable, s'écria Ben indigné, ou comme si je pouvais
essayer de mettre à sa place n'importe quel chien si
beau ou si grand qu'il soit ! Non, il n'y a qu'un Sancho
au monde, et si je ne puis le retrouver, je n'aurai jamais d'autre chien.

— Eh bien! essaie de quelque autre favori; choisis
parmi les miens; prends les paons, veux-tu? je t'en
prie, disait Thorny plein de sympathie et d'abnéga-
tion en face de cette profonde douleur.

— Ils sont horriblement jolis, répondit Ben, mais
je crois que je ne m'en soucie pas, merci !

— Prends les lapins, tous les lapins, si tu aimes
mieux ; et Thorny faisait une offre généreuse, car il y
en avait au moins une douzaine.

— Ils n'aiment pas leur maître comme fait un chien.
Ils ne se soucient que de leur mangeaille. Je suis dégoûté des lapins. Il savait à quoi s'en tenir, car depuis
qu'il en avait soin il les avait vus dévorer des quantités fabuleuses de nourriture.

— Moi aussi ; nous en ferons une vente à l'encan, je

crois. Jacquot te consolerait-il? si tu le veux, tu peux
le prendre. Je suis assez solide maintenant pour marcher, ou monter n'importe quelle bête, ajouta Thorny
avec un élan de générosité.

— Jacquot ne pourrait me suivre partout comme
faisait Sancho, et si je l'avais, je n'aurais pas le
moyen de le nourrir. Ben cherchait à montrer de la
reconnaissance pour tant d'offres, mais Lita seule
aurait pu combler le vide de son cœur et elle n'appartenait pas à Thorny, il n'en pouvait disposer.

— C'est vrai, tu ne pourrais faire coucher Jacquot
avec toi ni le garder dans ta chambre, et je crois que
tu ne pourrais jamais lui rien apprendre. Je voudrais
tant avoir quelque chose qui put te faire envie, je te
le donnerais avec grand plaisir.

Il avait parlé avec tant de cœur et de bonté que Ben
sentit qu'il en avait reçu un des plus précieux dons,
l'amitié. Il leva les yeux sur lui, désireux de lui exprimer ce qu'il éprouvait, mais il ne trouva pas de paroles. Il se remit au travail en disant d'un ton pénétré
que comprit bien son jeune maître :

— Vous êtes si bon pour moi que je ne veux plus
m'affliger; et pourtant c'est dur d'avoir deux chagrins
aussi grands l'un après l'autre, et de grosses larmes
coulèrent le long de ses joues.

— Par Jupiter! je trouverai Sancho, s'il n'est pas
sous terre. Ne te laisse pas abattre, il reviendra.

Après cette consolante prophétie, Thorny s'éloigna
pour se creuser la cervelle sur ce qu'on pourrait encore
faire.

Une demi-heure après le son d'un orgue de barba-
rie l'arracha tout à coup à ses méditations. Il alla regar-

der par-dessus le mur et, ayant aperçu un Italien d'apparence assez honnête qui avait un singe perché sur
son épaule, il lui dit d'entrer. Ce serait, pensait-il, une
distraction pour Ben que d'entendre la musique et de
voir le singe faire ses tours.

L'Italien et son singe se présentèrent donc chez
Mme Moss et firent leur entrée dans le jardin, escor-
tés de Bab et de Betty qui étaient ravies de l'au-
baine, cár de pareilles visites étaient rares dans le
pays. Tandis que le maître jouait de son instrument,
son élève ramassait les sous que lui jetait Thorny, et
chaque fois il faisait de gracieux saluts ou de gro-
tesques gambades.

— Il fait bien chaud et vous paraissez fatigué, dit
Thorny au bout d'un moment. Asseyez-vous là, je vais
vous faire donner à dîner.

Tandis que l'homme remerciait dans un patois fort
mélangé et s'installait avec empressement sur le banc
près de la grille, Ben demanda à prendre soin de
Jocko en affirmant qu'il connaissait parfaitement les
goûts et les habitudes des singes.

Il débarrassa la pauvre bête de son chapeau à plume
et de son uniforme de général, puis on lui donna du
pain et du lait avec la permission de s'endormir pelo-
tonné dans le gazon; les enfants s'en amusèrent beaucoup et le comparèrent à un petit vieillard en habit
de fourrure.

Miss Célia était venue et Giacomo fut tout heureux
de l'entendre parler sa langue, car il avait le mal du
pays. Miss Célia avait habité Naples et pouvait comprendre ce qu'il éprouvait loin de la charmante ville
où il était né. Le pauvre homme, ravi de pouvoi·

parler l'italien, voulut témoigner sa reconnaissance
en jouant aux enfants des airs de danse aussi longtemps que la fatigue ne leur fit pas demander grâce.
Il ne paraissait pas pressé de recommencer son voyage
pédestre sur la route poudreuse, où il ne rencontrait
pas souvent un si bon accueil.

— J'aimerais bien à le suivre pendant une semaine,
se disait Ben à demi-voix, en persuadant à Jocko de
remettre l'habit qu'il détestait. Si j'avais seulement
mon pauvre Sancho à faire voir, je gagnerais toujours
assez pour vivre.

— Oui, venez avec moi, dit l'Italien, enchanté de la
perspective d'avoir un compagnon, car il avait bien
deviné que Ben n'était pas un membre de la famille.

— Si j'avais mon chien, cela me tenterait, et Ben
lui fit tristement le récit de ses chagrins.

— J'ai vu de l'autre côté de New-York un drôle de
chien comme lui : il connaissait ses lettres, dansait,
marchait sur la tête et savait beaucoup de tours qui
faisaient rire, dit Giacomo après avoir écouté la liste
des mérites de l'ami perdu.

— Qui le montrait? s'écria Ben dont l'intérêt s'éveillait.

— Un homme que je ne connais pas, un brutal qui
le battait quand il ne choisissait pas bien les lettres.

— Est-ce qu'il épelait son nom?

— Non, et c'est justement pour cela qu'il était battu.
On le nommait Général, et il voulait toujours épeler
Sancho. Ah! voyez-vous, c'était là son vrai nom, et la
pauvre bête criait quand on la battait, continua Giacomo presque aussi ému que les enfants.

— C'est mon Sancho! partons, allons le chercher,

oui, sur-le-champ ! cria Ben pris de la fièvre du départ.

— Aller à cent milles d'ici et sans autre renseigne-
ment que le dire de cet homme! objecta miss Célia.
Car, si elle était prête à faire tout ce qui serait utile,
elle n'était pas aussi emportée que les jeunes garçons.
Il faut attendre un peu, Ben, et ne partir qu'à coup
sûr. Dites-moi, Giacomo, quelle espèce de chien était-
ce? Un caniche blanc tout frisé avec une drôle de
queue?

— No, signorina mia, pas frisé, ni blanc. C'est un
chien noir à poil brillant, avec une petite, petite
queue longue comme ça, et il montrait son index.

— Là, vous voyez comme nous nous trompions.
Bien des chiens s'appellent Sancho, surtout des bar-
bets d'Espagne. Le personnage qui a illustré ce nom
était espagnol. J'en suis bien fâchée, mais ce chien
n'est pas le nôtre.

La mine des enfants s'était allongée à mesure
que leur désappointement s'affirmait; mais Ben ne
voulait pas abandonner son espérance. Pour lui, il n'y
avait, il ne pouvait y avoir d'autre Sancho que le sien
et la vivacité de son intelligence lui suggéra une explication à laquelle personne n'avait pensé.

— On l'a peut-être coloré comme nous peignions
nos chevaux savants. C'est un chien précieux et celui
qui l'a volé le déguise, pour qu'on ne puisse le reconnaître et le réclamer.

— Mais le chien noir n'avait pas de queue, remarqua Thorny qui, malgré son désir d'être convaincu,
doutait encore.

Ben frissonna et dit d'un air sombre :

— On a pu lui couper la queue !

— Oh non! non! Ce n'est pas possible! Qu'il faudrait être méchant! s'écrièrent Bab et Betty glacées
d'horreur à cette supposition.

— Vous ne savez pas de quoi ces gens-là sont
capables pour n'être pas pris, et pour se faire nourrir
par leurs chiens, dit Ben d'un air mystérieux et signi-
ficatif. Il oubliait dans sa colère qu'un instant auparavant il avait regretté de ne pouvoir subvenir à sa subsistance par un moyen semblable.

— Ce n'est pas votre chien? bien fâché! Addio,
signorina! Grazia, signor, buon giorno, buon giorno, buon giorno, et baisant sa main, l'Italien se
rechargea de son orgue et de son singe. Célia lui donna
son adresse en le priant de lui écrire, si dans ses
voyages il lui arrivait de découvrir Sancho. Ben et
Thorny l'accompagnèrent jusqu'à l'école en lui faisant
encore des questions sur le chien noir et sur son
maître, car ils ne voulaient pas abandonner un vague
espoir.

Dès le soir Thorny écrivit tous ces détails à un
jeune cousin de New-York en le priant de prévenir la
police et de prendre lui-même toutes les informations
possibles. Soulagés par ces démarches, ils en attendirent avec impatience le résultat qui ne leur donna
guère de satisfaction. Le cousin avait consciencieusement
rempli son mandat, mais il regrettait, disait-il, de
n'avoir à annoncer qu'un échec : « Le propriétaire du
caniche était un homme de réputation douteuse, mais
l'histoire qu'il racontait était très-vraisemblable; il
avait acheté le chien d'un étranger et l'avait fait voir
pendant une quinzaine, puis on le lui avait volé. Il ne
savait rien de son histoire et le regrettait beaucoup,

14

car il était remarquablement savant. Je lui ai recommandé de le rechercher, mais il a répondu que probablement il a été tué comme tant d'autres ; il n'y a
donc plus rien à faire et c'est bien fâcheux. »

— Cela ressemble bien à Horace ! Ne t'avais-je pas
dit qu'il s'en occuperait sérieusement et verrait la
fin de l'histoire ? dit Thorny en repliant la lettre qu'on
avait attendue avec tant d'impatience.

— La fin de l'histoire ! allons donc ! le chien s'est
enfui, et si c'est Sancho, il reviendra ici.

— De si loin ! dit Thorny d'un air incrédule, il a
beau être intelligent, il ne te retrouvera pas tout seul.

Ben paraissait découragé, mais miss Célia le consola en disant :

— Si, si, c'est possible. Mon père avait une amie à
Paris ; elle y laissa son petit chien en partant pour
Milan. La pauvre bête arriva peu de temps après dans
cette ville et y retrouva sa maîtresse, mais le lendemain
elle mourut de fatigue. C'est bien étrange, mais c'est
vrai et je suis sûre que, si Sancho est vivant, il reviendra. Attendons et tâchons de ne pas nous faire de
chagrin inutilement.

Les deux garçons se résignèrent donc, et espérant
chaque jour voir apparaître le pauvre Sancho, ils lui
tenaient sa niche toute prête et avaient même la précaution d'y mettre un os pour le cas où il arriverait de
nuit ; mais les semaines se succédèrent sans qu'on
le revît.

Un autre événement survint qui opéra forcément
une diversion et donna à Ben une occasion de s'acquitter d'une partie de sa dette de reconnaissance
envers sa meilleure amie.

Une après-midi, Célia était allée faire une promenade à cheval, et Ben lisait sous le porche lorsque
au bout d'une heure environ Lita se précipita dans
la cour, les rênes traînaient dans ses jambes, la selle
était tournée et un de ses flancs couvert de boue indiquait clairement qu'elle avait fait une chute. En la
voyant passer, Ben, frappé de stupeur, sentit son
cœur se serrer, puis il jeta son livre de côté et s'é-
lança vers l'écurie; à voir ses naseaux dilatés, ses
flancs qui battaient avec force, et son poil qui ruisselait, il jugea qu'elle venait de fournir une course
longue et rapide.

— Elle est tombée, mais elle n'est ni blessée ni
effrayée, pensa l'enfant, pendant que la jument lui
caressait l'épaule avec son nez, grattait du pied le sol,
et mâchait son mors comme si elle avait voulu lui
raconter le désastre.

— Lita, où est miss Célia? demanda-t-il en regardant fixement ses yeux intelligents, émus, mais non
égarés. Lita releva la tête et fit entendre un hennissement expressif comme pour appeler sa maîtresse, puis
se retourna et serait partie, si Ben n'eût saisi la bride.

— Très-bien! nous la retrouverons à nous deux, et,
enlevant la selle dont la sangle était cassée, il jeta
ses souliers de côté, enfonça solidement son chapeau
et s'élança comme une plume, tressaillant de joie de
sentir le dos de l'animal entre ses jambes, et son
regard se rencontra avec celui de Lita, qui brillait
de satisfaction.

— Hé! madame Moss! il est arrivé quelque chose à
miss Célia, je vais à sa recherche. M. Thorny dort,
vous le lui direz tout doucement, je vais revenir le

plus tôt possible; puis rendant la main à Lita, il disparut avant que la concierge étonnée eût eu le temps de rien dire.

Comme si elle eût parfaitement compris ce qu'on attendait d'elle, la bête reprit le chemin qu'elle avait parcouru, ce que Ben reconnut en voyant les marques récentes de ses sabots. Après avoir fait environ un mille, elle s'arrêta devant deux balises ouvertes pour laisser passer les charrettes de foin, y entra, puis reprit sa course à travers les champs nouvellement fauchés, dans la direction d'un ruisseau qu'elle avait évidemment sauté auparavant, car, de l'autre côté, à l'endroit où les bestiaux venaient boire, on voyait les traces d'une chute.

— Tu as été bien sotte de sauter à cet endroit-là; mais où est miss Célia? demanda Ben qui avait l'habitude de parler aux animaux comme à des humains et se faisait comprendre d'eux mieux que ne pourraient le croire ceux qui ne sont pas accoutumés à vivre dans leur intimité.

Lita parut embarrassée et baissa la tête comme si elle s'était attendue à la retrouver où elle l'avait laissée, sur le lieu même de l'accident.

Ben appela, mais ne reçut pas de réponse; il suivit les bords du ruisseau sans rien découvrir ni près ni loin.

— Elle n'est peut-être pas blessée et elle sera allée dans une maison pour attendre, pensa Ben en jetant un dernier coup d'œil sur le champ où il n'y avait ni mouvement de terrain ni abri, si ce n'est un rocher sur l'autre bord du petit ruisseau. Son regard s'étant porté de ce côté, il lui sembla voir quelque chose de brun voltiger au gré du vent comme pourrait

faire une robe; ou bien était-ce un membre humain
qui remuait. Lita vola dans cette direction, et la

Ben appela, mais ne reçut pas de réponse. (Page 212.)

minute après Ben découvrait miss Célia, étendue au
pied du rocher, si pâle et si immobile qu'il la crut
morte. Il sauta à terre, la toucha, lui parla, et ne
recevant aucune réponse, il courut au ruisseau puiser

de l'eau dans son chapeau et lui en aspergea la figure comme on le pratiquait au cirque quand une écuyère faisait une chute ou s'évanouissait après un exercice trop fatigant.

Bientôt ses yeux bleus se rouvrirent, elle reconnut la figure inquiète penchée sur elle et dit d'une voix faible :

— Mon bon petit Ben ! je savais bien que tu me retrouverais ; j'ai envoyé Lita te chercher, j'étais trop blessée.

—Où souffrez-vous ? Que me faut-il faire ? Ne vaut-il pas mieux que je retourne à la maison ? demanda coup sur coup Ben ravi de l'entendre parler, mais effrayé de l'état où il la voyait, car il savait par expérience ce que sont les chutes de cheval.

— Je suis brisée partout et je crois que j'ai le bras cassé. Lita a glissé, nous sommes tombées, elle tâchait de ne pas me faire de mal. Je suis venue me mettre à l'ombre, et la douleur, je pense, m'a fait évanouir. Va chercher du secours et qu'on me reporte à la maison. Elle referma les yeux et la couleur disparut de ses joues. Ben courut à la première maison et trouva Mme Vaine tricotant tranquillement près de sa porte. Cette subite apparition lui fit, dit-elle plus tard, l'effet d'un coup de tonnerre.

— Il n'y a pas un seul homme à la ferme, ils sont tous à faire les foins, répondit-elle, lorsque Ben à bout d'haleine lui demanda « tout le monde pour aller chercher miss Célia. » Il était déjà remonté à cheval lorsque la fermière le retint par la jambe de son pantalon.

— Chez qui êtes-vous ? Qu'est-ce qu'il y a de cassé ? Comment est-elle tombée ? Où est-elle ? Pourquoi n'est-elle pas venue tout droit ici ? Est-ce un coup de soleil ?

Après avoir répondu avec autant de volubilité qu'il en était capable, il tâcha de se dégager, mais Mme Vaine le tenait ferme, donnant ses conseils, exprimant sa sympathie, et offrant l'hospitalité avec une incohérence pleine de dévouement.

— Par bonheur elle vit encore ! Pauvre chère dame ! Liddy, apporte le *camfe*, et Mélissie, arrange un lit pour la mettre dessus. Les chutes sont quelquefois terribles. Je ne serais pas étonnée qu'elle eût les reins cassés. Le père est là-bas ; il va y aller avec Bijah. Allez les appeler, et je vais sonner de la corne pour les avertir. Dites-lui que nous serons heureux de la recevoir et que cela ne fera pas le moindre embarras.

Ben n'en entendit pas davantage ; quand Mme Vaine se retourna après avoir pris son porte-voix, elle ne pouvait déjà plus l'apercevoir.

Le son de la corne produisit sur Lita l'effet de la trompette sur le cheval de bataille, pleine d'ardeur elle dévora la distance. Les fermiers étonnés d'entendre ce signal à pareille heure levèrent les yeux en s'appuyant sur leurs râteaux et, à la vue de ce petit cavalier s'avançant à fond de train, leur stupéfaction devint telle qu'ils ne songèrent pas à aller au-devant de lui.

— Sans doute, grand'père a eu une nouvelle attaque. J'ai bien recommandé de venir aussitôt, dit le fermier, mais sans se troubler.

— Je ne m'étonnerais pas que le feu fût quelque part, remarqua son compagnon en cherchant à l'horizon une fumée révélatrice ; et, semblables à deux statues de marbre, ils attendirent de pied ferme l'arrivée de Ben qui leur apprit de quoi il s'agissait.

— Oh! voilà qui est mauvais! dit M. Vaine d'un air inquiet.

— Ce ruisseau est toujours un endroit dangereux, remarqua Bijah, puis ils se mirent en marche, Vaine pour aller près de miss Célia, et Bijah pour y conduire la charrette dans laquelle il préparait un lit de foin.

— A présent, mon garçon, dit Vaine à Ben, vous n'avez qu'à aller chercher le docteur; mes femmes vont soigner la pauvre dame qu'il vaut mieux garder chez nous jusqu'à ce qu'on sache ce qu'il y a.

Miss Célia fut placée avec soin par quatre robustes bras dans la charrette.

— C'est à Berryville qu'il faut aller, le docteur Mill est très-habile pour les os cassés et le vieux Babcock ne l'est pas du tout. Il n'y a que trois milles d'ici chez lui et vous l'aurez ramené avant que le mal ait pu s'aggraver.

— Ne surmène pas Lita, dit Célia lorsque son véhicule se mit en marche.

Mais Ben n'entendit pas cette recommandation, Lita galopait de toute la vitesse de ses jambes, comme si elle eût compris que la vie de sa chère maîtresse était en jeu.

— Ce garçon va se casser le cou, dit Vaine en voyant le cavalier et sa monture sauter par-dessus un mur.

— Il n'y a rien à craindre pour Ben, il sait son affaire et Lita est dressée à sauter, reprit miss Célia avec un soupir de douleur et en se laissant retomber à plat, car elle avait voulu voir son petit écuyer accomplir cet exploit.

— Mais il me fait l'effet d'un vrai jockey, ce bambin-là, je n'ai jamais vu rien de semblable.

Sachant que sa maîtresse était maintenant en sûreté, Ben trouvait une vive joui ssance dans cette course rapide, et Lita partageait ce sentiment, car un noble sang coulait dans ses veines et elle le prouva bien par la vélocité avec laquelle elle parcourut ces trois milles. Les gens qui suivaient la route dans des charrettes ou d'autres véhicules restaient abasourdis rien que de les voir passer ; les ménagères occupées à coudre devant leurs maisons laissaient tomber leurs aiguilles et poussaient des cris d'alarme ; les enfants qui jouaient sur la route se dispersaient comme des poulets à l'apparition d'un épervier, quand Ben s'avançait en criant : Gare !

Mais bien autre fut l'émotion produite par l'entrée dans Berryville de cet écuyer déchaussé et de son coursier écumant; une douzaine de voix s'écrièrent : Qui est mort? qui est tué? pendant qu'il sonnait chez le docteur, et l'on s'attroupait devant la maison. Madame Mill, accoutumée à voir des messagers éperdus réclamer de jour ou de nuit son mari, ne se troublait pas aisément et, sans cesser de se balancer dans son fauteuil, elle cria du haut de sa terrasse :

— Il vient de s'en aller de ce côté pour voir le petit de Mme Flynn qui a des convulsions.

Sans daigner répondre à aucune question, Ben tourna bride, formant le vœu d'avoir à franchir un abîme, à escalader un précipice ou à traverser un torrent furieux, afin de prouver par la même occasion son dévouement à miss Célia et son adresse comme écuyer. Mais aucun obstacle n'entrava sa course et il eut le bonheur de rejoindre le docteur qui faisait boire son cheval fatigué à la même auge où il avait découvert Bab et Sancho dans la mémorable journée du 4 juillet. L'histoire fut

bientôt dite, et, promettant de revenir le plus tôt possible, M. Mill se remit en chemin pour aller donner
ses soins au bébé Flynn, qui avait profité de ce que
sa mère avait le dos tourné pour se régaler secrète-
ment d'un morceau de savon et de quelques boutons.

Ben bénit son étoile comme il l'avait déjà fait plus
d'une fois d'avoir appris à bien soigner un cheval; il
s'arrêta pour faire reposer Lita, la bouchonner avec
des poignées d'herbe, et lui faire boire quelques gor-
gées; puis il reprit lentement le chemin des collines
en comblant la jument baie de caresses et de compliments qu'elle semblait comprendre; elle y répondait en frottant avec son nez de velours les pieds nus
de Ben, et en se retournant vers lui pour le regarder
avec affection, puis elle s'en allait piaffant et remuant
la tête avec coquetterie comme une jolie femme qui
sent qu'on l'admire.

Miss Célia avait été confortablement mise au lit par
la fermière et ses filles, et quand le docteur arriva elle
subit avec courage la réduction de la fracture. M. Mill
ne constata aucune autre blessure, et dit que les contu-
sions ne seraient rien. Ben fut envoyé aux Lilas pour
porter à Thorny ces consolantes nouvelles et prier
M. Allen de prêter le lendemain son grand chariot,
en cas que la blessée fût en état d'être transportée
chez elle.

Mme Moss avait eu la sagesse de ne pas ébruiter
l'accident dont elle seule avait connaissance, car ses
fillettes étaient à cueillir des fraises dans le bois;
aussi, grâce au calme qui régnait dans la maison, la
sieste de Thorny s'était prolongée plus que d'habitude. Quand il se réveilla enfin, il resta encore à lire

assez longtemps; mais il finit par s'étonner de n'entendre ni sa sœur ni Ben. Il descendit à l'écurie : Lita et Ben s'y reposaient côte à côte, et tous les deux paraissaient fatigués. Les seaux, les éponges, les brosses, attestaient qu'avant de s'endormir le jeune groom avait fait à sa favorite une toilette des plus soignées. Lita accueillit Thorny par un hennissement amical qui réveilla Ben.

— Tu es bien le plus drôle de tous les garçons! s'écria Thorny stupéfait. Pourquoi passer une si chaude après-midi à niaiser dans l'écurie avec Lita?

— Ah! si vous saviez ce que nous avons fait, vous penseriez que nous avons bien le droit de nous reposer l'un et l'autre, s'écria Ben, impatient de faire l'émouvant récit retardé à son grand regret par le sommeil de Thorny qu'on ne lui avait pas permis de troubler. Il en eut bientôt fini et dut être satisfait de l'effet qu'il avait produit, car son auditeur fut successivement et en si peu de temps effrayé, rassuré, troublé, consolé, qu'il dut s'asseoir sur le coffre à avoine et reprendre haleine avant de pouvoir s'écrier d'un ton pénétré :

— Ben Brown, je n'oublierai jamais ce que tu as fait aujourd'hui pour ma sœur, et de ma vie je ne parlerai de « jambes en manches de veste. »

— Par Georges! je croyais avoir six jambes quand nous galopions; nous ne faisions qu'un, n'est-ce pas, ma belle? et Ben fit entendre un joyeux ah! ah! en prenant à deux mains la tête de Lita qui lui répondit par un si violent soupir qu'elle faillit le renverser.

CHAPITRE XVI

L'agent de police Thornton.

Au bout de quelques jours, Célia put circuler avec le bras en écharpe. Elle était encore pâle et ressentait de la raideur dans les membres; cependant le mieux était si sensible que tout le monde s'accorda à déclarer, comme M. Vaine, que le docteur Mill était passé maître en fait de fractures. Deux petites bonnes dévouées la servaient, deux pages empressés volaient faire ses commissions et d'obligeants voisins envoyaient tant de friandises que c'était pour ces quatre jeunes personnages une véritable occupation que de les consommer.

Toutes les après-midi, la grande chaise longue en bambou était dressée dehors et l'intéressante blessée s'y rendait appuyée sur le bras robuste de Randa, sa garde-malade en chef; elle était suivie d'une multitude de châles, de coussins, de tabourets, de livres. Quand on était bien établi, les fillettes ourlaient avec soin des serviettes qui leur étaient payées comme à de vraies ouvrières, et les petits pages faisaient alter-

nativement la lecture à haute voix. Tous étaient tenus
d'écouter avec attention, de demander l'explication
de ce qu'ils ne comprenaient pas, et à la fin de la
séance miss Célia faisait des questions sur ce qu'on
avait lu, de cette façon on apprenait bien des choses
sans s'en douter.

Les vacances ne se passaient donc pas exclusive-
ment en récréations, et, après les heures consacrées à
ces réunions tranquilles, les petites filles trouvaient
un nouveau charme à aller faire des piques-niques,
ou cueillir des fraises ou faire des visites. Thorny
avait pris beaucoup de force et surtout d'énergie
depuis l'accident arrivé à sa sœur, car il se trouvait
chef de maison et il était très-fier de cette promotion.
Pendant quelques jours, la joie d'avoir rendu service
et de voir sa maîtresse se rétablir rendit la gaieté à
Ben, mais bientôt le souvenir de Sancho reprit tout
son empire et la tentation d'aller le chercher devenait parfois si forte qu'il ne savait pas s'il pourrait la
surmonter. Il en parlait peu, cependant de temps à
autre il lui échappait des mots qui auraient pu faire
naître des soupçons, mais personne ne le surveillait :
aussi nourrissait-il dans la solitude et le silence un
projet dont il n'était plus distrait par les courses à
cheval ou en voiture. Thorny s'efforçait de prouver à
Célia qu'il se souvenait combien elle avait été bonne
pendant qu'il était malade et il ne la quittait guère.
Les petites filles s'absentaient souvent et Ben alors
se trouvait seul.

Célia étendue sur son canapé n'avait d'autre distraction que d'observer ce qui se passait autour d'elle, et
elle fut la première à remarquer les préoccupations

de Ben. Il prenait intérêt aux lectures et paraissait y oublier ses chagrins, mais quand, sa besogne faite, il se retirait un moment dans sa chambrette ou près de Lita sa confidente, il en revenait avec un air sombre qui faisait peine à voir. Ben n'était plus le malin singe que chacun aimait.

— Thorny, qu'a donc Ben? demanda Célia à son frère, un jour qu'ils étaient seuls dans le salon vert, c'est-à-dire dans le bosquet de lilas.

— Il se chagrine au sujet de Sancho, je suppose, je voudrais que ce chien ne fût jamais né; depuis qu'il est égaré, Ben n'est plus le même; il a perdu toute sa gaieté et il refuse tout ce que je lui offre pour le consoler.

Il y avait une nuance d'impatience dans la voix de Thorny, il fronçait le sourcil et sa main écrasait au lieu de les presser, les plantes qu'il classait dans son herbier.

— Je me demande s'il a quelque autre chose sur le cœur. Il semble cacher une inquiétude qu'il n'ose confier. En as-tu causé avec lui? demanda Célia qui, elle aussi, avait une pensée qu'elle n'exprimait pas.

— Oh oui! je le taquine souvent, mais il se monte tout de suite et alors je le laisse tranquille. Peut-être regrette-t-il son ancien cirque; si c'est cela, je ne puis le blâmer, ce n'est pas gai ici et il était accoutumé à tant de mouvement!

— J'espère que ce n'est pas cela. Le crois-tu capable de s'enfuir sans nous en rien dire, pour retourner à sa vie d'autrefois?

— Oh! je ne le crois pas. Ben n'est pas dissimulé, et c'est pour cela que je l'aime.

— Tu ne l'as jamais vu manquer de franchise
de probité, n'est-ce pas?

— Non, c'est le garçon le plus droit et le pl
franc que je connaisse. Il désire être un honnête homm
seulement il ne s'était jamais trouvé en compagnie
gens comme il faut, c'est du nouveau pour lui, me
avec le temps je le formerai.

— Oh! Thorny! il y a ici trois paons au lieu
deux, et c'est toi qui fais le mieux la roue; et Cél
éclata de rire en voyant l'amour-propre et l'air de co
descendance de son frère.

— Il y a aussi deux ânes au lieu d'un; Ben est
plus âne des deux quand il ne comprend pas sa pos
tion, répliqua « l'homme comme il faut, » en frappai
du poing sur l'herbier comme s'il eût voulu faire entre
de force la raison dans la cervelle de Ben.

— Viens près de moi que je te dise quelque chos
qui me tourmente. Je n'en voudrais parler à per
sonne, mais je ne sais que faire et je crois que t
pourrais mieux que moi tirer l'affaire au clair.

Tout étonné, Thorny alla s'asseoir sur un tabour
à côté de sa sœur, elle se pencha à son oreille, et lu
dit à voix basse :

— Il a manqué de l'argent dans mon tiroir et j'a
peur que Ben ne l'ait pris.

— Mais ce tiroir est toujours fermé et tu as même
la clef de ton cabinet de travail.

— J'ai toujours mes clefs, et malgré cela l'argent
a disparu.

— Mais pourquoi croire que c'est lui, plutôt que
Randa, Katy ou moi?

— Parce que je suis aussi sûre de vous trois que

de moi; il y a des années que je connais mes bonnes et tu n'avais aucune raison de le prendre puisque tout ce que j'ai est à toi, mon chéri.

— Et tout ce qui est à moi est à toi naturellement. Mais Célia, *comment* aurait-il pu? il n'entend rien aux serrures, j'en suis sûr, car nous avons tout fait pour ouvrir mon pupitre dont la clef était égarée, et nous avons été obligés de le forcer.

— Je ne l'aurais jamais soupçonné non plus, si je n'avais remarqué quelque chose pendant que vous jouiez ensemble à la balle. Elle est entrée par la fenêtre; Ben est monté sur le porche pour la chercher; si tu t'en souviens, tu lui as dit que si la balle était tombée dans le grenier, il n'aurait pu l'atteindre par la même voie. — « Mais si, a-t-il répondu, il n'y a pas de gouttière où je ne puisse grimper et pas un coin du toit que je n'aie visité. »

— C'est vrai, mais il n'y a pas de gouttière près de la fenêtre du cabinet.

— Sans doute, mais il y a un arbre, et un garçon aussi agile pourrait fort bien s'élancer de là dans la pièce et en ressortir de même. Maintenant, je te dirai que cette idée me fait beaucoup de peine, mais le même fait s'est reproduit deux fois et dans son propre intérêt il faut que j'y mette ordre. Si par exemple il projette de décamper, il est clair qu'il lui faut de l'argent. Il peut croire que celui-là lui appartient, car il m'a priée de mettre son salaire à la caisse d'épargne et je l'ai fait. Il ne se soucie peut-être pas de venir me le demander parce qu'il ne pourrait me donner une bonne raison pour cela. Je suis si troublée que je ne sais vraiment que faire.

15

Son anxiété fit peine à Thorny qui l'entoura affectueusement de ses bras en l'embrassant comme pour lui enlever sa pénible préoccupation.

— Ne te tourmente pas, Célia, ma chérie; laisse-moi cette affaire entre les mains; je le confondrai, cet ingrat petit vagabond !

— Ce n'est pas comme cela qu'il faut commencer. Je crains que tu ne l'irrites et que tu ne blesses ses sentiments ; alors nous ne pourrons plus rien faire

— Je me moque bien de ses sentiments! Je lui dirai seulement, avec calme et sang-froid : Voyons Ben, rends-moi l'argent que tu as pris dans le tiroir de ma sœur et nous te pardonnerons, ou quelque chose de semblable.

— Cela ne réussirait pas, mon ami, il prendrait feu tout de suite, et il serait déjà loin que nous ne saurions même pas encore s'il est ou non coupable. Je voudrais savoir comment agir pour le mieux?

—Laisse-moi y réfléchir »: alors, le coude posé sur le bras de la chaise longue, le menton appuyé dans la main, Thorny regarda fixement le marteau de la porte comme s'il en eût attendu quelque oracle.

« Par Jupiter ! je crois qu'il l'a pris ! s'écria-t-il tout à coup, car tantôt quand je suis allé à sa chambre, voir pourquoi il n'avait pas ciré mes bottines, il a fermé précipitamment le tiroir de sa table, il a rougi et a eu l'air très embarrassé. Je n'avais pas frappé et il se trouvait pris à l'improviste.

— Ce n'est pas dans le tiroir de sa table qu'il cacherait de l'argent volé, il est trop avisé pour cela.

— Il pouvait n'avoir pas l'intention de l'y laisser, mais peut-être le regardait-il quand je suis arrivé.

C'est à peine s'il m'a parlé depuis ce moment, et quand je me suis informé pourquoi son pavillon était en berne, il n'a pas voulu me répondre. D'ailleurs, tu sais que, tantôt pendant la lecture, il n'écoutait pas, et quand tu lui as demandé à quoi il pensait, il a rougi et balbutié quelque chose à propos de Sancho. Je te le dis, Célia, cela a mauvais air, et Thorny secoua la tête d'un air profond.

— C'est vrai, et cependant nous pouvons être complètement dans l'erreur. Attendons un peu, et fournissons-lui l'occasion de tout éclaircir avant de lui parler de cela. J'aimerais mieux perdre mon argent que de l'accuser à tort.

— Combien est-ce qu'il te manque?

— Il a d'abord disparu un billet d'un dollar, j'ai supposé que j'avais fait quelque erreur, mais quand j'ai constaté qu'il me manquait un autre billet de dix dollars, j'ai senti que je ne pouvais laisser aller plus loin les choses.

— Vois-tu, sœur, il faut me confier l'affaire et me la laisser conduire. Je ne dirai rien à Ben jusqu'à ce que tu m'y autorises; mais je vais le surveiller, et à présent que je suis à l'affût il ne lui sera pas facile de m'attraper. »

Thorny était évidemment satisfait du rôle de *detective* qu'il assumait et il se proposait de s'y distinguer, mais quand Célia lui demanda ce qu'il comptait faire il ne put que lui répondre d'un air mystérieux : «Je ne sais! Donne-moi les clefs et laisse un ou deux billets dans le tiroir, peut-être le prendrai-je sur le fait.»

Sa sœur lui donna les clefs, et le cabinet où se trouvait le vieux bureau fut l'objet d'une active surveillance les jours suivants. Ben parut reprendre un peu d'entrain, ce qui fit supposer qu'il se sentait observé, mais du reste il fut tout comme à l'ordinaire et Célia, se reprochant d'avoir ouvert son cœur à un soupçon, fut bonne pour lui, et indulgente pour ses accès de tristesse.

Ce fut une vraie comédie que de voir les mystères inutiles et les embarras que fit Thorny, l'indifférence dont il faisait montre à propos des mouvements de Ben et ses soins maladroits pour n'en pas perdre un seul de vue; ses allées et venues continuelles dans la maison, son ostentation à faire sonner les clefs, et les pièges savants qu'il dressait pour surprendre le voleur, lançant, par exemple, sa balle par la fenêtre du cabinet de Célia et priant ensuite Ben de l'aller chercher en grimpant dans l'arbre; Ben déploya tant d'agilité et d'adresse que Thorny en conclut qu'il était coupable. Il fit encore une découverte qui fortifia son opinion : le vieux tiroir était en si mauvais état, qu'en faisant une pesée avec une simple lame de canif on pouvait l'ouvrir aisément.

« Maintenant, c'est clair comme le jour, et tu ferais bien de me laisser parler, dit-il, fier du talent qu'il avait montré, mais conservant quelque regret de condamner Ben.

— Pas encore, ne va pas plus loin. Je crains même d'avoir fait une faute en te laissant agir, car si cela a détruit ton amitié pour lui, j'en serai désolée; non, je ne puis le croire coupable.

— Et pourquoi? dit Thorny, d'un ton d'importance.

— Moi aussi, je l'ai observé, dit Célia, et il n'agit pas comme un garçon déloyal. Aujourd'hui je lui ia

demandé s'il avait besoin d'un peu d'argent ou si je
devais mettre ce que je lui dois avec le reste. Il a levé
sur moi des yeux si honnêtes et son regard était si
plein de reconnaissance et de droiture que je n'ai pu
conserver aucun doute sur sa probité quand il m'a
répondu : « Gardez-le, je vous prie, je ne manque de
rien, tout le monde ici est si bon pour moi. »

— Allons, Célia, tu vas manquer de cœur. C'est un
fin renard, il sent que j'ai l'œil sur lui. Quand je lui
ai demandé en le regardant bien en face ce qu'il avait
vu dans ton cabinet, il m'a répondu : rien qu'une petite souris bien éveillée, et il ne s'est pas troublé.

— Tu vas y mettre un piège, car cette souris m'a
tenue éveillée la nuit dernière. Il nous faut un chat,
je l'ai dit à Ben, ou bien nous serons dévorés.

— Eh bien, vais-je lui faire passer un grand
examen, ou est-ce toi? demanda Thorny, dédaignant
une si pauvre proie qu'une souris et désireux de
prouver qu'il avait le coup d'œil juste.

— Je te dirai demain matin ce que j'ai décidé. En
attendant, sois bon pour lui ou je serai convaincue
que j'ai mal fait de te le laisser surveiller. »

Ce sujet fut donc abandonné et quand vint le matin
Célia avait pris la détermination de parler elle-même
à Ben. Elle allait descendre pour déjeuner quand
elle entendit un bruit de voix irritées; elle s'arrêta
pour écouter. Le bruit venait du côté de la chambre
de Ben où les jeunes garçons paraissaient se quereller.

« Pourvu que Thorny ait tenu sa promesse, pensa-
t-elle, et elle se hâta dans la crainte d'une explosion. »

La chambre de Ben était à l'autre bout du corridor,

de sorte qu'elle put entendre et voir avant d'être assez près pour intervenir. Ben appuyé contre sa porte avait l'air irrité d'un dindon à la crête empourprée, Thorny le regardait sévèrement en face et disait d'un ton animé accompagné d'un geste menaçant: « Tu caches quelque chose là-dedans, tu ne peux pas le nier.

— Je ne le nie pas.

— Et tu fais bien; j'insiste pour voir ce que c'est.

— Eh bien, vous ne le verrez pas.

— Qu'as-tu donc dérobé?

— Je ne l'ai pas volé; c'était à moi, je ne l'ai pris que quand j'en ai eu besoin.

— Je sais ce que cela signifie. Tu feras bien de le rendre, ou je t'y forcerai, moi.

— Arrêtez! s'écria une troisième voix, au moment où Thorny étendait le bras pour saisir au collet son adversaire prêt à se défendre jusqu'au bout. C'est moi, mes garçons, qui vais régler cette affaire. Ben, y a-t-il quelque chose de caché là-dedans? demanda Célia qui vint se placer entre les deux antagonistes, alors d'un geste de sa seule main libre elle les força à s'écarter l'un de l'autre. »

Thorny recula, presque honteux de son emportement et Ben répondit brièvement comme si la honte où la colère lui eussent serré le gosier.

« Oui, mademoiselle, il y a quelque chose.

— Cela t'appartient-il?

-- Oui, mademoiselle.

— D'où l'as-tu eu?

— Chez M. Allen.

— Voilà un mensonge! » murmura Thorny entre ses dents.

en appuyé contre la porte avait l'air d'un dindon à la crête empourprée. (Page 230)

L'œil de Ben étincela, son poing se ferma malgré lui, mais il se contint par respect pour sa maîtresse. Célia en lui adressant une nouvelle question, était fort troublée, car elle ne savait si elle suivait une bonne marche dans ses investigations.

« Est-ce de l'argent ?

— Non, mademoiselle.

— Mais qu'est-ce que cela peut donc être ?

— Miaou ! » répondit une quatrième voix qui partait de la chambre. Ben ouvrit la porte toute grande, et l'on vit paraître un joli petit chat gris qui vint se frotter contre ses jambes pour témoigner sa satisfaction d'avoir recouvré sa liberté.

Célia tomba sur une chaise en riant aux larmes, Thorny perdit contenance, Ben se croisa les bras, serra les lèvres et regarda son accusateur avec une expression de calme défi, tandis que Minet dont la toilette matinale avait été interrompue brusquement, s'assit avec tranquillité pour achever de se débarbouiller avec sa patte.

« Tout cela est bel et bon, Célia, mais tu ne devrais pas tant rire, car rien n'est éclairci, dit Thorny, revenant à lui et obstiné à suivre l'affaire puisqu'il l'avait entamée.

— Cela serait très clair, si vous vouliez laisser les gens tranquilles. Mademoiselle avait besoin d'un chat, alors je suis allé chercher celui qu'on m'avait donné quand j'étais chez M. Allen. J'y ai été de bonne heure et je l'ai pris sans rien dire, j'en avais le droit, répondit Ben fort contrarié d'avoir manqué l'effet de sa surprise.

— C'est bien aimable à toi, dit Célia, et je suis

très contente d'avoir ce joli petit chat. Donne-lui à
déjeuner et puis nous l'enfermerons dans mon cabinet
pour qu'il attrape la souris qui me persécute ; alors
elle prit le nouvel arrivé en se demandant comment
elle allait prévenir une collision fâcheuse entre les
deux garçons également irrités.

— Ma sœur parle du cabinet de travail, tu en sais
le chemin et tu n'as pas besoin de clefs pour y entrer »,
ajouta Thorny avec une emphase dont la moquerie
devait cacher quelque injure. Ben le comprit et le
laissa voir par sa réponse :

« Vous ne me ferez plus monter dans les arbres
pour aller chercher *vos* balles, et mon chat ne prendra
pas *vos* souris, ainsi vous n'avez pas besoin de me
donner d'explications.

— Les chats ne prennent pas les voleurs et c'est à
eux que je donne la chasse !

— Que voulez-vous dire par là ? » demanda Ben, hors
de lui.

« Célia a perdu de l'argent qui était dans son tiroir
et tu ne veux pas me laisser voir ce qui est dans le
tien ; alors, j'ai pensé..... que, peut-être..... c'était toi
qui l'avais. » Thorny parlait, poussé par la colère ;
mais la physionomie de Ben n'était point celle d'un
coupable ; de sorte que l'embarras de Thorny était
extrême.

Il fallut bien une minute à Ben pour comprendre
ces paroles, si claires cependant ; mais alors il devint
cramoisi, jeta un regard plein de tristesse et de
reproche à sa maîtresse, puis ouvrit le petit tiroir de
façon à en bien montrer le contenu.

« Ces objets-là ne sont rien, mais je les aime, —

c'est tout ce que je possède, — j'ai craint que monsieur ne se moquât de moi, c'est pourquoi je n'ai pas voulu le laisser regarder ; — c'était le jour de naissance de mon père, — j'étais triste en pensant à lui et à Sancho..... »

La voix indignée de Ben devenait de plus en plus étouffée et elle finit par lui manquer tout à fait. Il ne pleura pas, mais il jeta de côté ses petits trésors, comme s'ils eussent été désormais profanés. Ensuite, par un violent effort sur lui-même, il se retourna vers Célia et lui demanda d'une voix brisée :

« Avez-vous pensé que je vous avais dérobé quelque chose ?

— Je ne voulais pas le croire, Ben, mais que pouvais-je penser ? L'argent manquait et tu étais le seul étranger dans la maison.

— Et vous ne pouviez penser mal de personne que de moi ? » dit-il avec une douleur si vraie, que Célia fut aussitôt convaincue qu'il était aussi innocent du vol que le petit chat. Par parenthèse, ce jeune personnage, voyant qu'on ne parlait pas de lui servir à déjeuner, s'acharnait sur les boutons de la robe de Célia.

« De personne, car je connais bien mes bonnes. Enfin, onze dollars ont disparu et je ne puis imaginer comment, cependant le tiroir et la porte sont toujours fermés à clef car c'est là que je garde mes papiers et mes objets précieux.

— C'est une somme ! mais comment aurais-je pu y toucher si c'est toujours enfermé ? » et Ben s'imaginait vraiment avoir fourni là un argument sans réplique.

« Quand on monte par les fenêtres pour attraper une balle, on peut bien en faire autant pour prendre

de l'argent lorsqu'il suffit de forcer une vieille serrure ! »

Le regard et le ton de Thorny montrèrent clairement à Ben ce dont on l'avait soupçonné ; sûr de son
innocence il était cependant trop perplexe et trop malheureux pour se défendre. Son regard allait de l'un à
l'autre et comme il lisait encore du doute sur leurs
physionomies, son pauvre jeune cœur se brisa, car
il ne pouvait rien prouver ; aussi son premier mouvement fut-il de s'en aller immédiatement.

« Je ne puis dire qu'une chose, c'est que je n'ai pas
pris l'argent. Vous ne voulez pas le croire, il vaut
donc mieux que je m'en retourne où j'étais. Ils n'é-
taient pas bons pour moi, les gens du cirque, mais
ils avaient confiance en moi et savaient que je suis
incapable de dérober, un centime. Vous pouvez garder
mon argent, et mon chat et tout ; je n'en ai pas besoin » ; alors, saisissant son chapeau, Ben allait partir
sans délai si Thorny ne lui avait barré le passage.

« Voyons ! ne fais pas de folie. Causons et si j'ai
tort je le reconnaîtrai et je te demanderai pardon, dit-
il d'un ton amical, car il était épouvanté des consé-
quences de sa première tentative, quoique toujours
convaincu qu'il avait raison.

— Ben, cela me fendrait le cœur de te voir partir
ainsi, dit Célia, reste au moins jusqu'à ce que ton
innocence soit reconnue et que personne ne doute
plus de ce que tu dis.

— Je ne vois pas comment je pourrais la prouver,
répondit Ben, apaisé par l'ardent désir que montrait
sa maîtresse de le voir disculpé.

— Nous nous y emploierons de notre mieux ; la

première chose à faire, c'est de ranger le vieux secré-
taire. Je l'ai déjà fait une fois, mais si par bonheur les
billets s'étaient glissés dans quelque coin.... Allons-y
tout de suite; je n'aurai pas de repos que je n'aie
tout fait pour prouver ton innocence et en convaincre
Thorny. »

En achevant ces mots, Célia se dirigea vers sa
chambre qui donnait seule accès au cabinet de travail.
Ben, toujours le chapeau à la main, la suivit avec
émotion; Thorny fermait la marche, bien résolu à ne
pas perdre de vue « le petit rôdeur » jusqu'à ce que tout
fût éclairci à son entière satisfaction. Célia avait pris
ce parti plutôt pour calmer les sentiments de l'un et
pour occuper l'énergie superflue de l'autre que dans
l'espoir de faire jaillir quelque lumière qui pût éclaircir ce mystère. Elle était très émue de l'attitude de
Ben et regrettait amèrement d'avoir laissé intervenir
son frère.

« Nous voici dans la pièce, dit-elle en ouvrant la
porte avec la clef que Thorny lui avait à regret ren-
due, et voici le tiroir à droite. Ceux de dessous ren-
ferment de vieux cahiers de notre père et je ne
sais s'ils ont jamais été ouverts depuis que nous
sommes ici. Vous pouvez vider et explorer ceux du
haut tant que vous..... mais, Thorny, voilà du gibier
dans ton piège, j'ai presque marché sur la queue de
cette souris dodue qui s'y est prise. »

Son frère occupé de choses plus sérieuses, poussa
le piège de côté pour ouvrir le tiroir; il le fit si violemment que le tiroir fut lancé sur le plancher. Tout
ce qu'il contenait s'éparpilla à travers la pièce.

« Maudit soit le vieux tiroir, s'écria Thorny mé-

content de sa propre maladresse ; il tient toujours
si fort qu'il faut donner une secousse et cette fois il
est parti tout seul.

— Il n'y a pas grand mal ; je n'y ai rien laissé qui
eût de la valeur ; regarde au fond, Ben, si quelque billet n'aurait pas passé par-dessus le bord du tiroir ; j'ai
entendu un petit bruit ; cependant je ne l'ai jamais
trop rempli. »

En ce moment Ben, agenouillé par terre, ramassait les papiers répandus, parmi lesquels se trouvaient les deux billets d'un dollar que Thorny avait
mis pour tenter le voleur. Il se releva et alla regarder dans le vide laissé par le tiroir, puis il dit en y
avançant la main :

« Il n'y a rien qu'un peu d'étoffe rouge !

— Ah ! c'est mon vieil essuie-plumes ! mais qu'as-
tu donc, ajouta-t-elle en voyant Ben lâcher une poignée de petits chiffons.

— Quelque chose de chaud et de velu, répondit Ben
en se baissant pour examiner ce que renfermait la
poignée de laine écarlate. Un nid de souris ! ne sont-
elles pas gentilles ? Elles sont faites comme de petits
cochons. Il faudra les tuer si leur mère est prise », dit-
il, distrait un instant de ses épreuves, par une curiosité bien naturelle chez un enfant de son âge.

Célia aussi se baissa et du bout du doigt éparpilla
les petits morceaux rouges afin de découvrir les souris.
Tout à coup, elle s'écria :

« Mes garçons, mes garçons, j'ai trouvé le voleur !
regardez, épluchez les morceaux de papier et vous
verrez que ce sont mes billets. »

Quatre mains sans pitié démolirent le logis con-

fortable de la petite famille et l'on y retrouva assez
de fragments de papier imprimé, d'une couleur ver-
dâtre, pour reconstituer la plus grande partie d'un
billet de dix dollars ; quant à l'autre on ne put jamais
rétablir les chiffres mais il était clair que le mystère
était approfondi.

« Eh bien ! suis-je encore un voleur ? un menteur ?
demanda Ben en montrant du doigt les fragments de
billets étalés sur la table.

— Non, je te demande pardon et je suis bien fâchée
de n'avoir pas recherché plus minutieusement avant
de parler, car cela nous aurait épargné bien du tour-
ment.

— Voyons, mon vieux camarade, oublie et pardonne ;
je ne penserai plus jamais mal de toi, non jamais, sur
mon honneur. »

En parlant ainsi, miss Célia et son frère lui tendaient de bon cœur une main amie ; Ben les saisit
l'une et l'autre mais d'une manière bien différente :
il pressa respectueusement la petite main douce et
blanche, car miss Célia avait toujours été bienveil-
lante pour lui ; mais la secousse qu'il imprima à la
main brune, exprimait tant de mécontentement que
Thorny s'empressa de se dégager le plus vite possible
en s'écriant d'un ton de bonne humeur, malgré son
malaise physique et moral :

« Allons Ben ; n'aie pas de rancune, car tu as le
beau rôle et nous, nous sommes bien humiliés, moi
surtout, car avec tous mes embarras je n'ai pris rien
qu'une souris !

— Et sa famille ! Dans ma joie je ne puis m'empêcher de plaindre le sort de ces petites bêtes ; elles

étaient si heureuses dans mon vieil essuie-plume, dit
Célia se hâtant d'affecter un ton de gaieté, car l'indignation se lisait encore sur les traits de Ben et elle
était pénétrée de regrets.

« C'est une maison assez chère, reprit Thorny, en
examinant les intéressantes orphelines restées sans
abri sur le plancher depuis qu'on les avait dépouil-
lées de leur papier de tenture. »

Mais on fut promptement délivré de toute inquiétude sur leur avenir, car Minet remplissant simultanément les fonctions de juré et de bourreau, n'en fit
qu'une bouchée.

« Voilà ce qu'on appelle une justice sommaire,
toute la nichée exécutée d'une fois! donne-lui aussi la
mère pendant qu'il y est et allons-nous-en déjeuner.

— Il me semble que l'appétit me revient, à présent
que ce poids ne pèse plus sur mon esprit, dit Célia,
et elle riait d'un rire si communicatif que Ben lui-même
en subit l'influence. Elle prit son bras pour l'emmener
et son regard réclamait éloquemment son pardon.

— Nous sommes bien gais pour un cortège funèbre,
dit Thorny qui suivait sa sœur, tenant le piège à la
main, et suivi de Minet. Il ajouta, en manière de
consolation : Eh bien, j'ai dit que j'attraperais le
voleur et j'ai réussi, mais je le croyais plus gros
que cela. »

CHAPITRE XVII

Bravoure de Betty.

« Ma sœur, dit Thorny, en se mettant à table pour le dîner, il me semble que nous devrions faire un cadeau à Ben pour cimenter la paix, tu sais, car il souffre beaucoup d'avoir été soupçonné par nous.

— Je le vois bien, reprit Célia, quoiqu'il cherche à être gai et gentil comme par le passé. Cela ne m'étonne pas et je me suis aussi demandé ce qu'on pourrait faire qui lui fût agréable. Peux-tu me suggérer une idée ?

— Des boutons de manchettes ; j'en ai vu de jolis à Berryville. Ils sont en argent oxydé représentant des têtes de chiens fort bien faites, avec des yeux jaunes. Cela irait très bien avec ses chemises du dimanche, et ce serait un joli souvenir. »

Célia ne put s'empêcher de sourire de cette idée, qui était bien une idée de garçon, mais elle l'accepta, pensant qu'il devait être un meilleur juge qu'elle des goûts masculins ; et puis les yeux jaunes des chiens ne pouvaient manquer de produire un merveilleux effet.

16

— Eh bien, mon ami, tu peux les lui donner, et Lita lui offrira une cravache dont le manche se termine en pied de cheval, si toutefois elle est encore à vendre. Je l'ai vue chez le sellier et Ben l'a si fort admirée, que je me suis promis de lui en faire cadeau pour son jour de naissance.

— Cela chatouillera joliment sa vanité; si tu voulais faire mettre des revers de cuir jaune à mes vieilles bottes et une cocarde à son chapeau pour monter derrière le phaéton, tu comblerais tous ses vœux, dit en riant Thorny; car il avait découvert que la plus grande ambition de Ben était de devenir un groom « numéro un ».

— Merci bien, ce serait déplacé en Amérique, et absurde dans un petit village comme le nôtre. Je l'aime beaucoup avec son costume bleu et son chapeau de paille; cela convient à son âge; d'ailleurs, qu'il soit ou non en livrée, on ne peut désirer un plus gentil groom. Si tu crois que cela puisse lui faire plaisir, tu peux le lui répéter.

— Certainement, et il sera fier comme Artaban, car il croit qu'un mot de toi en vaut douze d'une autre personne. Mais toi, ne lui donneras-tu rien pour lui montrer notre repentance?

— Je lui donnerai une collection de livres d'école et je tâcherai de le préparer à commencer ses études pour la rentrée des classes. L'instruction, voilà le meilleur cadeau que nous puissions lui faire et tu devrais m'aider à le mettre en état d'entrer dans un bon rang. Bab et Betty ont commencé, les chères petites, elles lui ont prêté leurs livres et enseigné ce qu'elles savaient, Ben y a pris goût et je suis sûre que s'il est un peu encouragé il désirera continuer.

— Te voilà bien, ma Célia. C'est toujours toi qui as les meilleures idées, et qui les exécutes de la façon a plus délicate. Je l'aiderai autant que je pourrai, s'il veut me le permettre, mais toute la journée il a été raide comme une barre de fer, et je crois qu'il ne m'a pas encore pardonné.

— Cela viendra avec le temps; si tu te montres bon et patient, il sera content d'accepter ton aide. Je lui ferai entendre que ce serait un acte de condescendance envers moi de t'accepter de temps à autre comme suppléant. Ce sera très vrai car je ne veux pas que tu te remettes au latin ou à l'algèbre avant que la saison soit plus fraîche et ce sera un jeu pour toi de lui enseigner quelque chose. »

Les derniers mots de Célia rassérénèrent un peu la physionomie de Thorny, car il avait hâte de reprendre ses livres et l'idée d'être le précepteur de son valet de chambre ne lui avait pas souri au premier abord.

« Je le ferai avancer à grands pas pourvu qu'il veuille marcher. Je prendrai pour ma part la géographie et l'arithmétique, et tu pourras te charger de l'écriture et de l'orthographe, car je perds patience quand il faut faire des exemples ou entendre des enfants confondre ou défigurer les mots. Veux-tu que j'achète les livres en même temps que je ferai les autres emplettes ? Irai-je après dîner ?

— Oui, voici la liste : Bab me l'a donnée; tu peux y aller si tu veux revenir de bonne heure et faire soigner ta dent. »

La mine de Thorny s'allongea et il fit entendre un

sifflement si aigu que sa sœur en sauta sur sa chaise ;
elle ajouta d'un ton persuasif :

« Maintenant, cela ne te fera pas grand mal ; au
contraire, plus tu tarderas, plus ce sera ennuyeux. Le
docteur Mann est toujours chez lui et quand ce sera
fini tu seras tranquille. Allons, donne tes ordres et
prends une des petites filles avec toi pour t'encourager chez le docteur et t'aider à supporter le moment
critique. Emmène Bab, elle sera ravie et t'amusera
par son babil.

— Comme si j'avais besoin de filles autour de moi
pour une pareille niaiserie »! s'écria Thorny avec un
haussement d'épaule ; mais il gémissait intérieurement
d'avoir affaire au dentiste (en cela, nous lui ressem-
blons tous, plus ou moins). « Dans tous les cas, je ne
veux pas de Bab ; elle s'attirerait quelque mauvaise
affaire et ferait manquer tout notre plan. C'est Betty
qu'il me faut, douce comme un agneau, s'amusant de
rien comme un petit chat et avec cela une vraie petite
femme.

— Fort bien, demande-la à sa mère et prends bien
soin d'elle. Laisse-lui emporter sa poupée et elle sera
ravie. Il fait de l'air et je crois que tu ne souffriras
pas du soleil, en plaçant le parapluie sur le phaéton.
Pars à trois heures et conduis prudemment. »

Betty fut ravie de l'invitation car à ses yeux Thorny
était un prince et c'était un immense honneur que
d'être choisie pour l'accompagner. Bab n'éprouva aucune surprise car depuis la perte de Sancho elle se
sentait en disgrâce et était fort humble. Ben la laissait
« sévèrement de côté » ce qui l'affligeait beaucoup
car c'était son héros, à elle. Autrefois il avait si sou-

vent daigné exprimer son approbation pour la force
et l'agilité dont elle faisait preuve qu'elle était disposée à tout risquer pour recouvrer son estime. Mais
c'était en vain qu'elle s'exposait à se casser le cou soit
en sautant de la plus haute poutre de la grange, soit en
cherchant à se tenir en équilibre sur le dos de maître
Aliboron, ou encore en franchissant d'un seul bond la
barrière de la cour; Ben ne lui accordait pas un
regard, pas un sourire, pas un mot d'approbation, et
Bab comprenait que le retour de Sancho pourrait
seul ramener l'amitié envolée.

Elle épanchait ses lamentations mélangées de remords, dans le sein de sa fidèle Betty, et s'écriait
souvent : « Si je pouvais seulement retrouver Sancho,
je me moquerais bien d'être tombée et de m'être cassé
toutes les jambes ! » Ces violents accès de chagrin
faisaient une profonde impression sur Betty qui prenait à tâche de consoler sa sœur par des prophéties
encourageantes, et en exprimant la ferme conviction
que le joueur d'orgue reparaîtrait un jour, ramenant
le cher égaré.

« J'ai amassé cinq cents (25 centimes) du prix de
mes fraises, ce sera pour t'acheter une orange, s'il y
en a, dit Betty en embrassant sa sœur, au moment où
s'arrêtait le phaéton dans lequel Thorny fit monter la
petite demoiselle dont la robe blanche était si bien
empesée qu'elle craquait comme du papier.

— Prends des citrons, s'il n'y a pas d'oranges.
J'aime à les sucer avec beaucoup de sucre, répondit
Bab, qui sentait le besoin de mêler quelque douceur
à l'amertume dont sa coupe était remplie.

— N'est-elle pas gentille, notre chérie ? murmurait

Mme Moss en jetant un regard satisfait sur l'heureuse
fillette. Oui, certes elle était gentille et même charmante, l'enfant qui portant sur ses genoux sa Belinda,
dans tous ses atours, adressa un sourire et un signe
d'adieu à la mère et à la sœur qui avaient bien le
droit d'être fières de « Notre Betty. » Car à leurs yeux
« Notre Betty » était tout simplement la perfection
incarnée.

Le docteur avait un client lorsque nos amis frap-
pèrent à sa porte et ne pouvait les recevoir avant une
heure; ils allèrent faire leurs emplettes, s'étant tout
d'abord assurés que la cravache n'était pas vendue.

Thorny joignit du sucre candi au citron destiné à
Bab, Belinda reçut un gâteau que son obligeante maman
voulut bien manger par procuration. Betty pensa que
le palais d'Aladin ne pouvait surpasser en splendeur
la boutique du bijoutier chez lequel on acheta les boutons de manchettes ornés de têtes de chiens; mais
quand on arriva chez le libraire, elle oublia l'or, l'argent et les pierres précieuses pour s'absorber dans
les livres d'images pendant que Thorny composait la
modeste bibliothèque de Ben. Voyant sa passion pour
les livres, Thorny qui avait une bourse bien garnie,
et qui était en veine de générosité, compléta la félicité
de Betty, en lui disant de choisir ce qu'elle aimerait
le mieux dans la pile des livres de Walter Crane dont
les brillantes couleurs l'éblouissaient.

« Celui-ci, monsieur; Bab désire toujours voir le
terrible cabinet, et en voilà une gravure, répondit
Betty serrant le beau volume de Barbe-Bleue contre
son cœur que faisaient encore battre d'admiration la
charmante Fatime en robe bleu d'azur, les voiles roses

de ma sœur Anne sur le haut de la tour, le tyran
tout de cramoisi habillé et les frères, jaune d'or, dont
les forêts de plumes s'agitaient frénétiquement au-
dessus de leurs chapeaux en forme de champignon.

— Très bien; voilà ton affaire, alors. Maintenant,
allons-nous-en; le plaisir est fini et l'ennui va commencer, dit Thorny marchant au supplice avec un
certain frisson dans le dos.

— Faudra-t-il fermer les yeux et vous tenir la tête ?
demanda en tremblant la dévouée Betty en montant
le perron que tant d'autres avaient déjà gravi à regret.

— Quelle bêtise! enfant, ne t'inquiète pas de moi.
Tu regarderas par la fenêtre et tu t'amuseras; nous
ne serons pas longtemps, je pense »; et Thorny entra,
espérant intérieurement que le docteur aurait été forcé
de s'absenter pour quelque cas grave.

Mais son espérance fut déçue, M. Mann ne faisait
plus de médecine que chez lui, il était libre; et,
souriant avec un aimable intérêt, attendait sa victime;
il étala ses désagréables outils avec l'empressement
que montrent toujours les dentistes en pareil cas. Heureuse de ne point participer activement à l'opération,
Betty se retira dans la fenêtre la plus éloignée et pendant une demi-heure elle fut tellement captivée par
son livre que le pauvre Thorny aurait pu gémir
avec frénésie sans qu'elle s'en aperçût.

« Voilà qui est presque fini, je n'ai plus qu'un
coup d'œil à donner, dit enfin M. Mann, et son patient, après avoir bâillé à se décrocher la mâchoire
s'écria :

— Dieu merci! déménageons, Betty.

— Je suis toute prête », et fermant à l'instant son livre elle sauta à bas du grand fauteuil.

Mais le coup d'œil de M. Mann prit du temps et avant qu'il eût terminé la revue générale de la bouche de Thorny, Betty avait donné toute son attention à une scène encore plus intéressante que l'histoire de l'immortel Barbe-Bleue. Un bruit de voix d'enfants l'avait attirée à la porte-fenêtre qui donnait sur la cour; et, par la porte cochère restée ouverte, le regard s'étendait le long d'un sentier qui conduisait dans la campagne. Curieuse comme Fatime, Betty s'avança jusqu'à cette porte et aperçut un groupe de garçons fort animés qui cherchaient à voir quelque chose entre les traverses d'une barrière.

« Qu'est-ce qu'il y a? demanda Betty à deux petites filles qui n'osaient malgré leur curiosité aller voir ce qui se passait.

— Des garçons qui poursuivent un grand chat noir, je crois, dit l'une.

— Voulez-vous y venir? » ajouta l'autre étendant poliment l'invitation à la petite inconnue.

La pensée d'un chat en danger aurait donné à Betty le courage d'affronter la rencontre de douze garçons, elle suivit donc les deux petites filles; chemin faisant, elles se croisèrent avec plusieurs garçons qui couraient d'un air fort affairé.

« Regarde la première, Susy, et dis-nous s'il est joli, dit une petite fille en soutenant sa camarade pour qu'elle pût voir entre les barreaux du haut.

— Non, ce n'est qu'un vieux vilain chien, répondit Susy, qui sauta à terre, toute désappointée.

— Il est enragé, et Jud est allé chercher son fusil

pour le tuer, cria un méchant gamin mécontent du
dédain témoigné pour leur capture.

— Mais non ! cria un autre enfant, perché sur le
mur ; les chiens enragés ne boivent pas et le voilà
qui lappe dans un baquet.

— Eh bien, il pourrait le devenir, et comme il n'a
pas de muselière, la police le tuera si Jud ne s'en
charge, repartit le féroce polisson, qui avait organisé
la chasse au chien. Il faut dire pour être juste, que la
pauvre bête était arrivée en boîtant dans le village, et
avait si bien l'air d'un chien perdu que tout le monde
s'était mis à ses trousses.

— Il faut rentrer bien vite à la maison, dit Susy
à sa camarade, maman craint beaucoup les chiens
enragés, et ta mère aussi. »

Leur curiosité étant satisfaite, les prudentes fillettes
s'éloignèrent. Leur départ fit de la place ; d'autres
enfants grimpèrent sur le mur en entendant dire que
le chien était enragé ; Betty, qui n'avait encore rien
vu eut la tentation de voir à son tour. « Bab, se dit-
elle, sera bien aise de savoir quel air a un chien enragé ; » et à demi cachée par le pilier, elle aperçut un
chien brun et poudreux qui, couché sur l'herbe, la
langue pendante, haletait comme s'il eût été épuisé de
fatigue et de crainte, car il jetait des regards effarés
du côté où avaient disparu quelques-uns de ses persé-
cuteurs.

« Il a des yeux pareils à ceux de Sancho, dit Betty,
sans s'apercevoir qu'elle avait parlé tout haut. O surprise ! — l'animal dressa les oreilles et se leva à moitié
comme si on l'eût appelé. — On dirait qu'il me connaît,
mais ce n'est pas notre Sancho, il était si joli ! Cette

fois Betty s'était adressée à un petit garçon qui se
tenait debout auprès d'elle, mais avant qu'il lui eût

La bête brune s'était dressée sur ses deux pattes. (Page 250.)

répondu, la bête brune s'était dressée sur ses deux
pattes, avait fait entendre un aboiement interrogateur,

ses yeux brillaient comme des topazes et son petit tronçon de queue s'agitait vivement.

— Mais c'est tout comme faisait Sancho ! » s'écria Betty stupéfaite des allures de ce chien étranger.

Comme si la répétition de son nom eût dissipé tous ses doutes le chien, s'élançant vers le pilier, poussa un hurlement de joie lorsqu'il vit complètement la figure de Betty. Les garçons terrifiés sautèrent à bas du mur et s'enfuirent. Betty alarmée s'était reculée machinalement, mais comment fuir sans pitié devant des yeux si suppliants ?

« Il fait tout comme notre chien, mais je ne vois pourtant pas comment ça pourrait être lui. Sancho ! Sancho ! est-ce réellement toi ? demanda Betty, fort embarrassée.

—Oua ! Oua ! » répondit une voix bien connue et la petite queue s'agitait si gaiement, les yeux exprimaient tant d'affection et de joie que l'enfant ne put douter plus longtemps que cet affreux vagabond ne fût le cher Sancho, mais Sancho étrangement transformé.

Tout à coup elle se dit :

« Comme Ben serait heureux ! sans compter que Bab serait consolée ! il faut que je l'emporte. »

Ne conservant plus ni craintes, ni doute, elle voulut s'emparer du crochet de la barrière que Jimmy tenait toujours, et elle s'écria :

« C'est notre chien ! laissez-moi entrer, je n'ai pas peur.

— Je n'ouvrirai pas tant que Jud ne sera pas revenu ; il m'a défendu d'ouvrir, répliqua Jimmy étonné de l'audace de Betty » ; il se disait en lui-même : le chien est enragé et la petite fille est folle.

En se rappelant que Jud était allé chercher un fusil pour tuer Sancho, Betty fit un effort suprême et se précipita dans la cour, résolue à sauver son ami.

Que ce fût un ami, on n'en pouvait plus douter, car après s'être jeté sur elle comme pour la dévorer d'une bouchée, on le vit se rouler avec ivresse à ses pieds, lui lécher les mains, la regarder en face comme s'il allait lui parler et exprimer par ses regards ce que sa langue était impuissante à rendre. Une personne plus âgée et plus prudente aurait encore demandé des preuves avant de se risquer, mais la confiante Betty ne pensait guère au danger qu'elle pouvait courir. Son cœur allait plus vite que son cerveau, sans s'arrêter à chercher de nouvelles preuves de la vérité, elle crut le chien brun sur..... parole et le reconnut pour le vrai Sancho tant pleuré.

Assise sur l'herbe elle le serrait dans ses bras, ne pensant ni à son chapeau froissé, ni à sa robe blanche, ni au cercle d'enfants qui s'était formé autour d'elle.

« Mon toutou chéri ! où donc as-tu été si long-temps ? lui demandait-elle, pendant qu'il s'étendait sur elle comme s'il eût trouvé qu'il ne pourrait jamais s'approcher assez de sa brave protectrice. On t'a donc teint en noir, pauvre petit, et battu sans doute ! Et ta queue, Sancho ! ta jolie queue, mon pauvre Sancho. »

Un gémissement plaintif et un geste pathétique furent la seule réponse de Sancho à de si tendres questions, car l'histoire de ses malheurs ne devait jamais être connue et le complément de sa beauté canine ne pouvait plus lui être restitué.

Betty s'efforçait de l'en consoler par des caresses et

des compliments quand une nouvelle figure fit son apparition de l'autre côté de la barrière.

« Betty Moss, je voudrais bien savoir ce que tu fais là-dedans avec cette sale bête? dit la voix mécontente de Thorny.

— C'est Sancho ! c'est Sancho ! oh ! venez le voir, et la petite fille se leva pour sortir avec son fardeau, mais comme le mot de « chien enragé » continuait à circuler, la barrière avait été refermée et Thorny fut fort effrayé car déjà une fois il avait vu un chien atteint de la rage.

— Ne reste pas là une minute de plus ! dit-il vivement ; monte par ici et je vais te faire passer ; alors il grimpa sur le mur, pressé de soustraire au danger l'enfant qui lui avait été confiée, car le chien avait de singulières allures ; il se jetait de côté et d'autre comme s'il cherchait à s'échapper ; c'était pourtant bien naturel, puisqu'il entendait une voix et voyait une personne qu'il reconnaissait bien qu'on ne parût pas disposé à l'accueillir aussi amicalement que par le passé.

— Non, je ne viendrai pas sans lui. C'est Sancho et je veux le reporter à Ben, dit Betty d'un ton décidé, tandis qu'elle trempait son mouchoir dans l'eau pour rafraîchir et bander les pauvres pattes enflées par la longue route qu'elles avaient faite pour revenir se reposer dans des petites mains si charitables.

— Tu es folle, enfant, ce chien ne ressemble pas plus que moi à Sancho, ce n'est pas lui.

— Ah ! ce n'est pas lui ! répéta Betty sans se laisser émouvoir par le ton péremptoire de Thorny. Se rappelant alors les mots de commandement elle entreprit

de lui faire faire ses exercices : ce serait là une preuve
sans réplique. Malgré sa fatigue et l'état de ses pattes,
Sancho fit de son mieux pour la satisfaire, mais quand
vint l'ordre de prendre sa queue pour valser, il s'arrêta,
se coucha et cacha son museau entre ses pattes comme
il le faisait toujours quand il avait manqué un tour.
Cette attitude fut d'autant plus émouvante qu'elle mettait en évidence la patte que Betty avait enveloppée de
linge.

Cette fois, Thorny fut touché. Convaincu qu'il avait
Sancho sous les yeux, il passa par-dessus le mur en
faisant entendre le sifflement habituel de Ben ; l'o-
reille du chien en fut réjouie, et les caresses un peu
brusques du jeune garçon consolèrent son cœur at-
tristé par l'absence.

« Maintenant emmenons-le vite à la maison. Quelle
surprise pour Ben ! Sera-t-il content ! s'écria Betty
si empressée de partir qu'elle voulait absolument porter Sancho, malgré ses protestations.

— Tu es une bonne fille de l'avoir découvert malgré
tout ce qu'on a fait pour le rendre méconnaissable. Il
faut que nous ayons une corde pour l'attacher car il
n'a ni collier ni muselière. Il a des amis maintenant,
et je voudrais bien voir qui est-ce qui oserait le toucher du bout du doigt. Allons ! gamins, décampez ! et
Thorny prenant un air de tambour-major se fraya un
passage, puis vint Betty qui un bras passé autour du
cou de Sancho conduisait son trésor en triomphe ;
« le trésor » dédaignant par magnanimité ses ennemis de tout à l'heure, ne détournait pas son regard de
la fidèle amie dont le cœur avait su le retrouver malgré
tous ses déguisements.

— Monsieur, c'est moi qui l'ai trouvé! et le gamin qui avait été le plus ardent à opiner pour la mort se mit au premier rang pour réclamer la récompense que les amis de Sancho ne manqueraient pas d'octroyer dans le premier moment d'enthousiasme.

— Monsieur, c'est moi qui l'ai gardé jusqu'à ce qu'elle soit venue, ajouta Jimmy s'attribuant l'emploi de geôlier.

— Moi, monsieur, j'ai dit qu'il n'était pas enragé, cria un troisième, pensant que son discernement méritait une distinction.

— Jud n'est pas mon frère! reprit un quatrième, qui désirait se décharger de toute complicité.

— Mais vous l'avez tous poursuivi et lapidé, je présume. Vous n'avez qu'à décamper ou vous serez signalés à la Société protectrice des animaux. »

Sur cette terrible et mystérieuse menace, Thorny ferma bruyamment la grande porte du docteur au nez de cette escouade de solliciteurs désappointés.

Après un premier mouvement de surprise, Lita ne se fit pas trop prier pour reconnaître Sancho et les deux amis ne pouvant se donner une poignée de main se frottèrent mutuellement nez contre nez, puis le chien alla reprendre sa place accoutumée en témoignant toute sa satisfaction. Accablé de fatigue, il ne tarda pas à tomber dans un profond sommeil.

Jamais conquérant romain ne rentra avec les honneurs du triomphe dans la ville éternelle avec plus de fierté et de bonheur que Betty n'en éprouva en approchant de la petite maison brune où elle ramenait le fugitif reconquis par son courage. La pauvre Belinda fut oubliée dans un coin; Barbe-Bleue fut enfoncé sous un coussin et le citron si soigneusement choisi fut prématurément aplati sous le poids de Thorny au point de ne pas conserver une goutte de jus; la chère petite ne pouvait penser qu'à la joie de Ben, aux transports de Bab, délivrée du poids des remords qui empoisonnaient sa vie, à la surprise de maman et à la satisfaction de Miss Célia. Elle pouvait à peine croire à la réalité de cet heureux événement et pour s'en convaincre elle inspectait à tout moment la boule brune qui lui servait presque de coussin.

— Je vais t'expliquer comment nous devons nous y prendre, dit Thorny après un long silence, pendant lequel Betty s'était appliquée à dominer ses vives émotions pour mieux jouer son rôle en arrivant. Nous allons tenir Sancho bien caché et le porter comme de la contrebande dans l'ancienne chambre de Ben chez ta mère. Après cela je conduirai la voiture à la maison, et je dirai à Ben d'aller chercher quelque chose dans cette chambre; tu lui ouvriras la porte et tu verras ce qu'il fera. Je parierais un dollar qu'il ne reconnaîtra pas son chien.

— Je ne crois pas que je puisse me taire quand je l'apercevrai, mais enfin je tâcherai. Oh! comme on va s'amuser! » Et transportée par la perspective de tant de bonheur, Betty se mit à battre des mains.

C'était fort bien de faire des plans, mais Thorny oubliait la délicatesse des sens de l'aimable animal qui ronflait à ses pieds. Lorsqu'il arrêta Lita devant MmeMoss et dit à Betty : « Voilà Ben qui vient, enveloppe bien Sancho et tu vas me le passer, » le chien s'élança comme une bombe à bas de la voiture; Ben pris au dépourvu fut renversé par le brusque assaut du pauvre animal ; on entendait leurs cris de joie, on les voyait s'embrasser, se caresser avec transport.

— Qui est blessé ? cria Mme Moss, qui apparut levant au ciel deux mains enfarinées.

— Est-ce un ours ? demanda Bab qui la suivait en faisant mousser des blancs d'œufs.

— Sancho ! Sancho est retrouvé, cria Thorny de toutes ses forces, en jetant son chapeau en l'air au risque de passer pour un fou.

— Retrouvé ! retrouvé ! retrouvé ! répétait Betty comme un fidèle écho en cabriolant comme si elle aussi eût perdu l'esprit.

— Où ? Comment ? Quand ? Par qui ? demandait Mme Moss ravie en frappant si énergiquement ses mains l'une contre l'autre qu'elle fit voler un nuage de farine.

— Mais ce n'est pas lui ! C'est un vieux sale chien brun, balbutia Bab, en voyant Sancho se relever puis aller se blottir dans le paletot de Ben comme s'il y eût senti un Woodchuck [1] et qu'il fût déterminé à s'en emparer. »

Alors Thorny, souvent interrompu par sa petite compagne, fit son merveilleux récit avidement écouté par Bab et sa mère dont les galettes se transformaient en charbon sans que personne en eût de souci.

« Mon petit agneau, comment as-tu osé faire cela ? s'écria la mère qui, partagée entre l'admiration et la crainte, pressait la petite héroïne contre son cœur.

— Moi aussi, j'aurais osé, j'aurais battu tous ces

---

[1] Sorte de marmotte, commune aux États-Unis et au Canada, qui est très nuisible dans les fermes où elle dévore les grains.

affreux garçons! Oh! que je voudrais y être allée!
s'écria Bab qui se voyait enlever toute chance de se
distinguer.

— Qui lui a coupé la queue? demanda Ben d'un
ton menaçant, lorsque tout poudreux, tout rouge,
tout essoufflé, mais rayonnant, il eut repris son équilibre.

— Le misérable qui l'a volé, sans doute; il mérite
la potence, répliqua Thorny avec feu.

— Si jamais je le rencontre je...je lui couperai le nez, »
rugit Ben dont le regard était si menaçant que Sancho aboya avec colère, et « le misérable inconnu » dut
s'estimer heureux de ne pas se retrouver en face de
ses ennemis qui lui auraient certes fait un mauvais
parti; la douce Betty elle-même fronçait le sourcil,
Bab brandissait d'un air terrible la verge d'osier
pleine de blanc d'œuf et leur mère indignée s'écriait :
« C'est affreux ! »

Soulagés par cette explosion générale, tous cher-
chèrent à calmer leurs émotions; et quand celui qui
en était la cause fit le tour de la société, demandant
à chacun une caresse de bienvenue, l'histoire fut re-
prise avec plus de sang-froid et Ben l'écouta en dévorant des yeux son ami à quatre pattes. Lorsque Thorny
eut achevé, Ben se tourna vers la petite héroïne, réunit leurs deux mains sur la tête de Sancho et dit avec
solennité :

« Betty Moss, je n'oublierai jamais ce que tu as
fait. A dater de cet instant, la moitié de Sancho t'appartient et si je meurs tu l'auras tout entier. Et Ben
scella cette précieuse donation par un baiser bien
sonnant sur chacune des joues vermeilles.

Betty fut si émue de ce noble cadeau que ses yeux
bleus s'emplirent de larmes et allaient probablement
déborder si Sancho n'eût poliment offert sa langue
pour servir de mouchoir de poche ; au lieu de pleurer
Betty se mit à rire en entendant sa sœur dire avec
une sombre résolution :

« A l'avenir je jouerai avec tous les chiens enragés
que je pourrai trouver et alors on verra que j'ai du
courage.

— Ma pauvre vieille Bab, je te pardonne maintenant et je te prêterai ma moitié de Sancho quand cela
te fera plaisir, dit Ben qui se sentait en paix avec tout
le genre humain, sans en excepter les petites filles qui
attachaient mal les chiens.

— Venez tous le conduire à Célia, dit Thorny
impatient de faire une nouvelle narration du grand
événement.

— Ne vaudrait-il pas mieux le laver d'abord? il
n'est pas digne de se montrer, la pauvre bête, suggéra Mme Moss qui cependant n'insista pas, car une
certaine odeur de brûlé venait de lui rappeler ses pauvres galettes oubliées.

— Il faudra plus d'une lessive pour enlever cette
teinture. Tenez! jusqu'à sa jolie peau rose qui est toute
tachée. Nous le nettoierons avec du temps et de la patience et son poil frisé repoussera blanc, et il redevien-
dra tout aussi beau qu'autrefois, excepté..... »

Ben ne put continuer, et un gémissement unanime
vint témoigner de la sympathie accordée à la perte
éprouvée par Sancho.

« Je t'en achèterai une autre, mon vieux. Maintenant
formons le cortège et marchons avec ordre et dignité,

dit gaiement Thorny en prenant la main de Betty, puis il donna le signal en sifflant un air guerrier tandis que Ben le suivait portant son cher toutou et que Bab formant l'arrière-garde battait de la grosse caisse sur une casserole.

CHAPITRE XVIII

Arcs et flèches.

Si la disparition de Sancho avait fait de l'effet, on peut aisément s'imaginer avec quel intérêt et quelle chaleur fut accueilli son retour, quand on sut ses malheurs et ses aventures. Pendant plusieurs jours il tint de vrais « levers » où la curiosité des garçons put se satisfaire tandis que la sympathie des petites filles avait son libre cours. Sancho se comporta avec une dignité affable ; assis sur son paillasson sous la remise, il regardait pensivement ses visiteurs et supportait avec patience leurs caresses et leur pitié, pendant que Ben et Thorny se relayaient pour raconter les quelques faits tragiques venus à leur connaissance. Mais combien d'autres se trouvaient ensevelis dans le plus profond mystère ! Si seulement l'intéressant animal avait pu parler, quelles poignantes aventures il aurait redites ! mais, hélas ! il était muet et les secrets de ce mois mémorable ne furent jamais révélés.

La patte malade se guérit bientôt, la teinture brune ne résista pas à de fréquents lavages, la fourrure laineuse recommença à friser, un nouveau collier joliment gravé lui donna l'air respectable, et Sancho redevint lui-même. Mais il était évident que ses souffrances n'étaient pas oubliées ; son caractère autrefois si doux s'était aigri, et, à peu d'exceptions près, il avait perdu sa confiance dans le genre humain. Auparavant il était le plus bienveillant et le plus hospitalier des chiens, maintenant il regardait les étrangers avec méfiance ; la seule vue d'un mendiant le faisait gronder, son poil se hérissait, comme si le souvenir de ses malheurs était toujours vivant en lui. Heureusement sa reconnaissance était encore plus forte que son ressentiment et il n'oubliait pas qu'il devait la vie à Betty. Il courait au-devant d'elle partout où il l'apercevait, obéissait à ses moindres signes, et ne permettait à personne de la molester quand elle marchait près de lui la main sur son cou, ainsi qu'ils étaient sortis de la cour fatale. Ben parvint, non sans peine, à enseigner au chien à écrire « Betty » et la petite fille fut tellement charmée du nouveau talent de son ami qu'elle ne se lassait jamais de voir Sancho choisir les cinq lettres rouges, les mettre en place puis venir appuyer son museau sur sa main, comme s'il avait ajouté « c'est le nom de ma chère petite maîtresse. »

Bab était certainement très contente que tout eût repris l'apparence des heureux jours, mais dans le coin le plus obscur de son cœur se cachait un peu d'envie ; elle avait un désir immodéré de faire quelque action éclatante qui forçât tout son entourage à l'aimer et à la complimenter comme Betty. Essayer d'être aussi bonne et aussi douce que sa sœur ne lui

suffisait pas, il lui fallait faire quelque chose de surprenant, d'extraordinaire; malheureusement l'occasion
ne se présentait pas. Betty était toujours affectueuse,
les garçons étaient bons pour elle, mais elle sentait
qu'ils préféraient « petite Betcinda », comme ils l'appelaient depuis qu'elle avait retrouvé Sancho, parce
qu'elle ne tirait pas vanité de s'être bravement conduite en le défendant contre tous. Bab ne dit à personne ce qu'elle éprouvait et elle s'efforça d'être
aimable en attendant l'occasion de se distinguer.

Le bras de miss Célia allait mieux mais elle devait
être encore quelque temps sans pouvoir s'en servir;
comme les lectures de l'après-midi l'amusaient pres-
qu'autant que les enfants, elle résolut de les continuer; l'une de ces histoires suggéra une idée qui fut
un amusement pour tous et qui devait donner satisfaction aux secrètes aspirations de Bab.

« Célia, as-tu apporté nos vieux arcs? demanda vivement son frère au moment où elle fermait le livre de
miss Edgeworth dans lequel elle avait lu le conte
intitulé : « Il faut toujours avoir deux cordes à son
arc ».

— Oui, j'ai fait venir tous les anciens jouets que
nous avions laissés dans le grenier de mon oncle
quand nous sommes partis pour le continent, les
arcs sont dans la boîte longue où tu as déjà pris les
maillets et les lignes; les vieux carquois avec quelques
flèches doivent y être aussi; mais pourquoi me de-
mandes-tu cela? dit miss Célia en voyant Thorny se
lever précipitamment.

— Je vais donner à Ben une leçon de tir, ce sera
très amusant par ce temps chaud, et même j'y pense,

nous pourrions avoir un concours d'arc, et tu nous donnerais un prix. Viens, Ben, j'ai une bonne provision de fil de fouet pour tendre nos arcs, et nous montrerons à ces dames comme nous sommes adroits.

— Je ne pourrai pas ; jamais de ma vie je n'ai eu un arc pour de bon ; le petit doré que je brandissais quand j'étais Cupidon ne valait pas deux sous, répondit Ben, qui paraissait sentir que le « prodige » auquel il faisait allusion, n'avait aucune analogie avec le respectable jeune homme qui marchait bras-dessus bras-dessous avec le maître du manoir.

— Un peu de pratique est tout ce qu'il te faut ; j'étais très bon tireur, mais je crois bien que maintenant une porte de grange serait une cible assez bonne pour moi », reprit Thorny d'un ton encourageant.

Au moment où les garçons disparaissaient en frappant bruyamment la porte, Bab prit la parole avec cet air un peu précieux qu'elle adoptait quand son esprit et ses doigts étaient occupés de quelque ouvrage féminin.

« Autrefois nous faisions des arcs avec des baleines, c'était bon quand nous étions petites, maintenant nous sommes trop grandes pour jouer comme cela.

— Oh ! j'aimerais encore bien ça, mais tu ne veux plus y jouer parce que tu as bientôt onze ans, répondit franchement Betty en piquant son aiguille sur la pelote.

— Le tir à l'arc, dit miss Célia, est très apprécié par les grandes personnes, surtout en Angleterre. Je lisais quelque chose à ce sujet l'autre jour, et j'ai vu une gravure représentant la reine Victoria appuyée sur son arc ; ainsi, Bab, tu ne dois pas avoir honte. »

Et miss Célia se mit à chercher parmi les livres épars autour d'elle celui où se trouvait la gravure en question, car elle pensait qu'un nouveau jeu serait aussi salutaire aux deux fillettes qu'aux grands garçons.

« Une reine! pense donc, Bab, dit Betty qui était très satisfaite de voir que sa chère miss Célia ne trouvait pas stupide de savoir s'amuser encore d'un jouet fabriqué par elle-même.

— Jadis les arcs étaient employés comme armes de guerre et nous lisons que les archers anglais tiraient si bien que l'air était obscurci par leurs flèches qui tuaient beaucoup d'hommes.

— Les Indiens aussi s'en servent, j'ai trouvé près de la rivière, dans la vase, une flèche à pointe de pierre, s'écria Bab que les batailles intéressaient plus que les reines.

— Tandis que vous finirez vos coutures je vais vous raconter une histoire d'Indiens, dit miss Célia en se renversant sur ses coussins, pendant que les petits doigts poussaient l'aiguille vivement, car la perspective d'une histoire avait redoublé leur activité.

« — Il y a un siècle environ, dans un village du Connecticut, vivait une petite fille appelée Matty Kilburn. Sur une colline était bâti un fort où les habitants se réfugiaient en cas de danger, car le pays encore peu habité, était exposé à de fréquentes incursions de la part des Indiens, et plus d'une fois, descendant la rivière dans leurs canots, ils avaient surpris le village, brûlé les maisons, tué les hommes, et emmené les femmes et les enfants. Matty vivait seule avec son père, mais elle n'avait pas peur dans sa hutte de troncs d'arbres, car il ne s'éloignait jamais beau-

coup. Une après-midi, pendant que les fermiers tra-
vaillaient aux champs, on entendit le son de la cloche,
c'était signe qu'un danger était proche ; abandon-
nant leurs outils et leurs instruments, les hommes
coururent vers leurs demeures afin de sauver leurs
femmes et leurs enfants et les objets les plus précieux.

M. Kilburn prit son fusil d'une main, saisit sa
fille de l'autre et courut vers le fort, mais avant qu'il
eût pu l'atteindre, il entendit des cris et aperçut les
Peaux-Rouges débarquant de leurs canots ; il comprit
qu'il essayerait en vain d'entrer dans le fort, et il
chercha un lieu sûr pour y cacher Matty jusqu'au
moment où il viendrait la chercher. Il était brave et
ne craignait pas de se battre surtout quand ses amis
avaient besoin d'aide, mais il voulait commencer par
veiller à la sûreté de sa bien-aimée.

Dans un coin de la prairie déserte, était un vieil
orme creux ; c'est là que le fermier fit entrer Matty à
la hâte en refermant sur elle les jeunes pousses vertes,
de sorte que personne ne pouvait découvrir qu'il y eût
là une cachette.

— Reste bien tranquille, enfant, jusqu'à ce que je
revienne ; fais ta prière et attends ton père, dit Kilburn
en jetant un dernier regard sur la petite figure effrayée
de Matty.

— Reviens vite, murmura la fillette en essayant
de sourire et de paraître brave comme une digne
fille de pionnier.

M. Kilburn partit, fut fait prisonnier dans le combat et pendant des années nul ne sut s'il était vivant
ou mort. Bien longtemps après, le pauvre homme

C'est là que le fermier fit entrer Matty à la hâte. (Page 266.)

s'étant échappé revint à son ancienne demeure. Tout d'abord il s'informa de Matty, mais personne ne l'avait vue; on s'était aperçu, il est vrai, de sa disparition, mais on avait cru qu'elle était partie avec son père. Quand il expliqua où il l'avait laissée, on le crut fou, mais pour le satisfaire on alla à la cachette et là, dans le creux du vieil orme, on trouva quelques petits os, quelques morceaux d'étoffe, puis deux boucles de souliers en argent terni avec le nom de Matty gravé dessus, une flèche indienne ramassée à côté raconta pourquoi l'enfant avait si patiemment attendu que son père vînt la trouver. »

Si miss Célia espérait que les ourlets seraient faits quand elle finit son histoire, elle fut désappointée; quelques points seulement avaient été ajoutés aux précédents, Betty essuyait ses larmes avec son ouvrage et Bab, assise par terre, dévorait des yeux la narratrice.

« Est-ce vrai? demanda Betty espérant être consolée par une réponse négative.

— Oui, dit miss Célia, j'ai vu l'arbre, l'éminence où était le fort, et les vieilles boucles d'argent m'ont été montrées par un autre Kilburn qui habite une vieille ferme tout près de l'endroit où s'est passée cette triste histoire; puis elle montra le portrait de la reine Victoria aux deux fillettes, pour les distraire de son tragique récit.

— Nous pourrons jouer à cela dans le vieux pommier: Betty se cachera dedans, je serai le père, je mettrai des feuilles sur elle. Je peux faire des flèches, et ce sera bien amusant, n'est-ce pas? s'écria Bab charmée par avance du nouveau drame où elle jouerait le principal rôle.

— Non, je ne veux pas; je n'aime pas du tout à aller me mettre dans un vieux trou plein de toiles d'araignées pour que tu t'amuses à me tuer. Je ferai un fort avec du foin et serai parfaitement en sûreté là. Mais tu peux prendre Dinah pour faire Matty. Je ne l'aime plus depuis que son dernier œil est tombé, et tu pourras tirer dessus tant que tu voudras.

Avant que Bab eut acquiescé à cet arrangement, Thorny apparut et tout en chantant, visa un rouge-gorge; mais avant qu'il eût le temps de tirer : Kiri-uick! fit l'oiseau mignon d'un air moqueur, puis le petit insouciant prit son vol et disparut.

« Voilà justement ce que vous m'aviez promis de ne pas faire, enfants. Visez sur vos cibles autant que vous voudrez. Mais ne faites pas souffrir une créature vivante, dit Miss Célia au moment où Ben arrivait porteur de l'arc et du carquois de sa maîtresse.

— Nous ne le ferons pas si tu ne le veux pas, mais avec un peu de pratique je pourrais bientôt avec le produit de ma chasse compléter les provisions du garde-manger, répondit Thorny qui avait lu avec bonheur le *Robinson Suisse*.

— Emprunte à M. Allen son vieux chat-huant empaillé pour te servir de cible; tu auras quelque chance de le toucher, il est si gros! « dit sa sœur qui se moquait toujours de lui quand il commençait à se vanter.

Pour toute réponse Thorny envoya sa flèche si haut qu'elle fut un bon moment avant de revenir tomber à ses pieds. Sancho s'en empara, approuvant évidemment un jeu auquel il pouvait prendre part.

« Pas mal pour commencer, allons Ben, tire à ton tour. »

Mais l'expérience de Ben en cette matière était bien peu de chose et en dépit de ses valeureux efforts pour imiter un si grand modèle, la flèche fit demi-tour à une faible hauteur et vint en tombant frôler le nez de Bab qui regardait en l'air.

« Je serai obligée de confisquer vos armes, mes garçons, si pour acquérir ce que vous considérez comme le bonheur suprême, vous mettez en danger la vie et les yeux des autres. Prenez le verger pour votre emplacement de tir, ce sera plus sûr et nous pourrons vous voir d'ici. Je voudrais avoir mes deux mains pour vous peindre une belle cible et la jeune fille jeta un regard de regret sur son bras en écharpe.

— Et moi je voudrais te voir en état de tirer aussi. Te souviens-tu comme tu surpassais toutes les jeunes filles et comme j'étais fier de toi, répondit Thorny de l'air protecteur d'un frère aîné, et cependant à l'époque qu'il citait, il avait à peine douze ans et n'arrivait pas à l'épaule de sa sœur.

— Je serai très heureuse de donner ma place à Bab et à Betty si vous voulez leur faire des arcs et des flèches car ceux-ci sont trop grands pour qu'elles puissent s'en servir. »

Les jeunes gens ne voulurent pas comprendre la suggestion de miss Célia, et ils prirent un air ennuyé comme font généralement les garçons, quand on propose que des filles, surtout si elles sont petites, se joignent à leurs jeux.

« Cela leur donnera peut-être trop de peine, dit Betty de sa douce voix.

— Je peux m'en faire un, déclara Bab en secouant la tête d'un air indépendant.

— Pas du tout; je te ferai le plus joli petit arc qu'on ait jamais vu, Betcinda, s'empressa de répondre Thorny gagné par le regard suppliant de la fillette.

— Tu te serviras du mien, Bab, tu as le poignet si fort que je suis sûr, que tu pourras le bander. En disant cela, maître Ben pensait qu'il ne serait pas hors de propos d'avoir un camarade moins habile, afin de n'être pas le dernier. Il se sentait inférieur à Thorny sous bien des rapports et les louanges auxquelles il avait été accoutumé autrefois, lui manquaient beaucoup depuis qu'il était entré dans la vie privée.

— Je vais chercher la flèche d'argent que je mets quelquefois dans mes cheveux et je la donnerai comme prix à moins qu'on ne trouve quelque chose de mieux; je serai l'arbitre du concours, dit miss Célia heureuse de voir que tout était arrangé.

— En peu d'heures le tir à l'arc devint la grande nouvelle du village et dès le soir même les garçons se réunirent pour s'entendre sur la formation du club « Guillaume Tell ». Le jour suivant Bab et Betty furent nommées membres honoraires et la semaine n'était pas encore écoulée que tout garçon avait son arc, son carquois, ses flèches et s'en allait tirant partout avec une charmante insouciance en ce qui concernait la sûreté du prochain. Exilés par les autorités dans des lieux déserts, les membres du club y plantèrent leurs cibles et s'exercèrent sans relâche, spécialement Ben; il s'aperçut bientôt que la gymnastique qu'il avait faite autrefois, avait donné de la force à son bras et de la sûreté à son coup d'œil; en employant

Sancho à aller chercher ses flèches, il arriva à tirer en une heure, beaucoup plus de coups que ses compagnons qui n'avaient point d'auxiliaire.

Thorny retrouva vite son adresse, mais ses forces n'étaient pas encore revenues et il se fatiguait promptement. Bab, enthousiasmée, se livrait tout entière à ce nouvel exercice et ne quittait plus l'arc neuf que miss Célia lui avait donné, car celui de Ben était trop lourd pour elle. Les autres petites filles n'ayant pas été admises dans le club, en formèrent un qu'elles appelèrent « Le Victoria »; ce nom leur avait été suggéré par la gravure et par l'article dont Célia avait parlé, et que tout le monde avait voulu lire.

Bab et Betty firent aussi partie du nouveau club où elles racontèrent les exploits des garçons, avec lesquels elles avaient le droit de tirer; mais bientôt ayant découvert que leur présence était moins appréciée que leur absence dans le club G. T. elles l'abandonnèrent.

Tous les enfants jouirent de ce nouveau passetemps, et contractèrent le goût de la lecture, qui leur resta longtemps après que les arcs furent oubliés. Ils voulurent d'abord lire toutes les histoires qui avaient rapport à leur jeu favori et commencèrent par le conte de miss Edgeworth. Après ce livre ils en demandèrent d'autres, et miss Célia eut l'idée d'envoyer une caisse d'ouvrages choisis à la bibliothèque de l'école qui était fort peu nombreuse; le don produisit un bon effet : plusieurs autres personnes suivirent l'exemple donné, et les rayons vides se remplirent au grand contentement de la jeunesse et même des parents.

18

Le succès de son idée encouragea Célia à prendre tous les moyens de se rendre utile aux habitants du village, aussi les projets se succédèrent-ils dans son esprit et nous verrons dans la suite comment ils aboutirent petit à petit ; mais de tous ces beaux plans, elle ne fit part alors qu'à l'ami séparé d'elle par les mers.

CHAPITRE XIX

Séance de déclamation.

Le 1ᵉʳ septembre arriva trop tôt au gré de tous, et
l'école se rouvrit; parmi les enfants qui prirent le
chemin de la « boîte à science, » comme ils l'appelaient, on distinguait notre ami Ben portant sous le
bras une pile de livres; quoiqu'il se sentît très dés-
orienté et fort intimidé, il n'en laissa rien paraître
sur sa figure, et personne ne put soupçonner que
c'était la première fois de sa vie qu'il allait à l'école.
Miss Célia avait raconté son histoire à la maîtresse;
celle-ci bonne fille qui avait des frères, s'efforça
d'aplanir les difficultés pour son nouvel élève; la
lecture et l'écriture marchèrent bien et Ben prit un
bon rang parmi les garçons de son âge, mais quand
on en vint à l'arithmétique et à la géographie il
lui fallut descendre avec les petits, malgré les
efforts que Thorny avait faits pour le « débrouil-
ler. » Le pauvre garçon fut très mortifié; mais il eut
la consolation de lire une sincère sympathie dans le
regard encourageant que lui lançait Betty lorsqu'il

la dépasssait, ce qui arriva bientôt, car la douce enfant n'avait pas la vive intelligence de Bab qui marchait de pair avec des filles beaucoup plus âgées qu'elle.

Heureusement Ben était aussi intelligent que persévérant et il se livra à ses nouvelles études avec autant de résolution qu'il en mettait jadis à faire un saut ou à apprendre à toucher sa tête avec ses pieds; il avait ainsi acquis une agilité et une force qu'on ne se serait pas attendu à rencontrer dans un si petit corps; le nouveau travail qu'il entreprenait devait utiliser ses facultés et rendre son esprit aussi sûr que l'étaient déjà ses muscles, ses nerfs et ses yeux. Si l'arithmétique mentale était un travail presque désespérant pour lui, il s'en consolait par la pensée qu'après s'être livré à quelqu'un de ses exercices favoris, il avait la tête aussi calme que celle d'un juge.

Quand les garçons se moquaient de lui pour avoir dit que la Chine était en Afrique, il se vengeait en les étonnant par l'étendue de son savoir sur les animaux de ces contrées sauvages,; et quand on appelait la « première classe de lecture», il allait fièrement y prendre sa place avec la conscience que le plus petit de toute la bande était plus avancé que le grand Moses Towne ou le gros Sam Kitteridge.

La maîtresse l'encourageait par des éloges chaque fois qu'elle en trouvait l'occasion, et elle corrigeait si tranquillement ses bévues qu'il reprit un peu de sang-froid aux leçons de récitation; il se donnait tant de peine pour bien faire que personne ne put s'empêcher de respecter ses efforts; enfin la première semaine était passée et quoique le découragement eût bien des fois envahi le cœur de Ben quand il voyait son ignorance, il avait résolu de réussir ; aussi, le lundi suivant, revint-il avec un nouveau zèle, réconforté et consolé par une bonne conversation qu'il avait eue le dimanche soir, avec miss Célia.

Les bras de Billy imitèrent les branches secouées par la tempête
(Page 283.)

Il ne lui avait cependant pas dit un de ses plus grands chagrins, parce qu'il croyait qu'elle n'y pouvait rien. Quelques-uns des enfants le regardaient

avec dédain, l'appelaient « vagabond, » « mendiant »,
lui reprochaient d'avoir fait partie d'une troupe de
cirque et d'avoir vécu sous la tente comme un bohémien. Ils ne voulaient pas être cruels, ils désiraient
seulement le taquiner, et n'avaient pas réfléchi combien un pareil amusement pouvait faire souffrir
leur victime. Ben ne paraissait pas y faire attention,
mais il sentait d'autant plus profondément ces mauvais
procédés qu'il voulait recommencer sa vie et ressembler
aux autres garçons. Il n'était pas honteux de son
ancienne manière de vivre, mais voyant que son
entourage actuel la désapprouvait, il était bien aise
d'oublier lui-même et de faire oublier aux autres le
temps passé, d'autant plus que ces souvenirs étaient
bien tristes comparés à sa vie présente.

Il ne dit rien à miss Célia, mais celle-ci découvrit
bientôt tous ses ennuis, et ne l'estima que plus
pour n'en avoir pas parlé. Bab et Betty revinrent le
mardi dans l'après-midi, pleines d'indignation contre
Sam pour la manière dont il avait insulté Ben; leur
colère était telle que miss Célia voulut en connaître la
cause; les deux enfants ne répondirent que par des
exclamations incohérentes :

« Sam était furieux parce que Ben avait sauté plus
loin que lui.

— Et il a dit que Ben devrait être dans un hospice
d'enfants trouvés.

— Et Ben a répondu que Sam devrait être dans une
cour à cochon.

— C'est bien vrai! il est si gourmand! quand on
pense qu'il apporte toujours de si belles pommes et
qu'il n'en donne jamais à personne.

— Alors il est devenu furieux et nous nous sommes tous mis à rire, et il s'est écrié : Veux tu te battre?

— Et Ben a répondu : Non merci, où serait le plaisir de se battre contre un lit de plume.

— Alors il est entré dans une telle colère qu'il a couru après Ben qui est monté dans le gros érable.

— Et il y est encore, car Sam ne veut pas le laisser descendre à moins qu'il ne lui fasse des excuses.

— Ben ne veut pas, et j'ai peur qu'il ne reste là toute la nuit, dit Betty désolée.

— Cela lui est bien égal, reprit Bab; ce sera très amusant de lui lancer son souper; on peut lui jeter du pain et du fromage et même des poires cuites, il est si adroit de ses mains. On voyait que Bab était tout à fait ravie de cette perspective.

— S'il n'est pas de retour à l'heure du souper nous irons voir ce qu'il est devenu.

— Il me semble que j'ai déjà entendu dire que Sam le tourmentait, n'est-ce pas? demanda miss Célia, prête à défendre son protégé contre toute injuste persécution.

— Oui, mademoiselle, répondit Bab, Sam et Moses sont toujours après lui. Ils sont trop grands pour que nous puissions les en empêcher. Je ne permets pas aux filles de le taquiner, et les petits garçons n'osent plus depuis que la maîtresse le leur a défendu.

— Pourquoi la maîtresse ne parle-t-elle pas aux grands garçons?

— Ben ne veut pas se plaindre ni nous laisser parler. Il dit qu'il se défendra bien, qu'il se battra s'il le faut, mais qu'il déteste les « mouchards. » Je suis sûre qu'il ne sera pas content quand il saura que nous vous avons tout raconté, mais cela ne me fait rien car on est trop méchant avec lui, dit Betty prête à pleurer en pensant aux épreuves de son ami.

.— Je suis bien aise que vous m'ayez parlé et je vais m'arranger pour que cela finisse, dit miss Célia, après que les petites filles lui eurent raconté plusieurs des mauvais tours que l'on avait joués à Ben. »

A ce moment Thorny fit son apparition; il avait un air très gai et quand Bab lui demanda:

« Avez-vous vu Ben? l'avez-vous fait descendre? »

Il répondit en riant:

« Il est descendu tout seul et de la manière la plus amusante.

— Où est Sam? dit Bab.

— Il regarde en l'air pour voir ce qu'est devenu son ennemi.

— Oh! racontez-nous cela; dit Betty d'un air suppliant.

— Eh bien! en passant, j'ai trouvé Ben perché dans son arbre, et Sam qui lui jetait des pierres. Je lui ai immédiatement fait cesser ce jeu et j'ai dit à ce gros garçon de s'en aller; il a répondu qu'il ne partirait que quand Ben lui aurait demandé pardon; à quoi Ben a répliqué que dût-il rester là une semaine il ne ferait jamais d'excuses. Je me préparais à donner à ce gros gamin une correction bien méritée, quand est venue à passer une charretée de foin; Ben s'est perché dessus si adroitement, que Sam qui était occupé à faire le fanfaron avec moi ne s'est pas aperçu du tour. Cela m'a bien amusé, aussi j'ai dit à Sam en le quittant que j'espérais qu'il lui ferait grâce pour cette fois, et ne l'obligerait pas à coucher dans l'arbre; maintenant il le cherche et se demande ce qu'il est devenu. »

La gaieté de Thorny fut contagieuse, et tout le monde rit de l'ébahissement de Sam.

« Où est Ben à présent? demanda miss Célia.

— Oh! il va faire une petite promenade, puis il reviendra tout fier d'un si bon tour, mais il faudra que je voie Sam, car je ne veux pas que notre Ben soit tourmenté par personne.

— Excepté par toi, ajouta sa sœur en riant. Car Thorny avait l'instinct de la domination très développé.

— Mes taquineries ne le fâchent pas et lui font même du bien; mais je prends toujours son parti contre tout le monde. Sam et Moses sont deux vantards; qu'ils prennent garde à eux s'ils ne finissent pas. »

Désireuse de calmer son frère et d'arriver au même résultat par des mesures moins violentes elle se proposa de parler elle-même aux garçons, s'ils recommençaient.

« J'avais pensé à procurer à Ben quelque amusement pour son jour de naissance, mon plan était très simple, mais je vais changer cela et j'inviterai toute la jeunesse ici. Ben sera le roi de la fête. Je veux l'encourager, car il fait tout ce qu'il peut; et maintenant que le plus dur est passé, ou à peu près, je suis sûre qu'il continuera à se comporter bravement. Si nous respectons son caractère et que nous lui montrions des égards, d'autres suivront notre exemple et cela vaudra mieux que des batailles.

— Certainement. Que ferons-nous pour que la fête soit belle? demanda Thorny qui donna tout de suite dans le piège, car il aimait beaucoup l'apparat.

— Nous ferons quelque chose de splendide, une
« grande combinaison » comme tu appelais un mélange de tragédie, de comédie, de mélodrame et de
farce, répondit la sœur dont l'esprit était déjà
occupé de mille projets charmants.

— Nous étonnerons les natifs, je suis bien sûr qu'ils
n'ont jamais vu une pièce de théâtre, n'est-ce pas Bab ?

— J'ai vu un cirque !

— Nous nous déguisons et nous jouons « *Les enfants
dans les bois* »; ajouta Betty avec dignité.

— Bah ! ce n'est rien, je vous montrerai des choses
qui vous feront dresser les cheveux sur la tête, vous
aurez des rôles aussi.

— Bab sera parfaite dans un rôle de fille méchante,
commença Thorny excité par la perspective de faire
sensation, et toujours disposé à taquiner les fillettes. »

Avant que Betty eût protesté contre le désir de
sentir ses cheveux se dresser sur sa tête, ou que Bab
se fût récriée avec indignation sur le rôle qu'on
voulait lui assigner, on entendit un petit sifflement et
miss Célia dit tout bas :

« Chut ! c'est Ben qui vient, il ne doit rien savoir
de tout cela. »

Le jour suivant était un mercredi et dans l'après-
midi miss Célia alla à l'école entendre les enfants
réciter des morceaux de poésie ou de prose, mais
comme il était très rare que les mères ou les sœurs
aînées eussent le temps de venir, miss Célia et madame
Moss composaient tout l'auditoire. La maîtresse fut
heureuse et flattée de les voir, et il y eut un mouvement général au moment où elles entrèrent dans la
salle, les filles se tournèrent vers Bab et Betty qui

souriaient de voir « Maman » s'asseoir près de la maîtresse et les garçons lancèrent des regards à Ben dont
le cœur commença à battre plus fort en pensant que
sa chère maîtresse était venue exprès pour l'entendre
réciter son morceau.

Thorny avait recommandé Marco Bozzaris mais Ben
avait préféré John Gilpin ; il s'en tira à son honneur,
débitant très bien certaines parties, ayant besoin d'être
un peu encouragé dans d'autres ; mais enfin il en vint
à bout quoique la respiration lui manquât à la fin ; il
s'assit au milieu d'applaudissements dont quelques-
uns, chose étrange, paraissaient venir de dehors, ce qui
s'expliqua naturellement par la présence de Thorny
sous la fenêtre ; il n'avait pas voulu entrer malgré son
désir d'entendre, dans la crainte que sa présence ne
troublât un des orateurs.

D'autres morceaux suivirent, du genre patriotique
ou guerrier pour les garçons, sentimental pour les
filles. Sam resta court en voulant réciter un discours
de Webster. Le petit Cy Fay commença bravement :

> Encore à la bataille Achéens !

Et récita toute la pièce d'une voix flûtée et sou-
tenue qui faisait honneur au frère aîné qui lui avait
servi de professeur.

Billy avait choisi une poésie bien connue. Il y
donna un nouvel intérêt par la manière dont il la
débita, ses gestes ne s'accordaient pas toujours avec
ses paroles, mais quand il parla du vent dans les
arbres ses bras imitèrent les branches secouées par la
tempête ; enfin quand il s'écria en regardant Mamie

Peters. « Qui donc les poussait si loin » son ton était si naturel que la pauvre fillette répondit :

« Je ne sais pas ! » et l'orateur termina au milieu d'un fou rire général.

Billy revint fièrement à sa place recevant avec affabilité les compliments de tous et semblant comprendre que sa ville natale devait être fière de son éloquence qui certainement arriverait à surpasser celle des plus grands orateurs.

Bab choisissait toujours quelque chose de gai et ce jour-là elle fit rire tout le monde par la manière dont elle récita le poème de « La chasse du minet » les « miaou » et les « fft, fft » étaient parfaits ; et quand « la tendre maman se frotte le nez » elle imita si bien avec sa main le mouvement d'un chat qui se frotte avec sa patte, que tout le monde éclata de rire ; enfin elle termina par un « ron ron » qui était la plus parfaite imitation que le public eût jamais entendue. Quant à Betty elle récita aussi bas que possible « Le lys blanc ». Lorsqu'elle eut fini :

« C'est tout, je crois, dit la maîtresse, mais si l'une de ces dames veut adresser quelques mots aux enfants j'en serai très heureuse.

— Je réciterai aussi quelque chose, si vous le permettez, dit Célia en se levant soudain, et ôtant son chapeau, elle s'avança au milieu de l'école, puis, faisant une gracieuse révérence, elle récita une jolie ballade. Elle paraissait si jeune, elle était si sobre de gestes, elle parlait si clairement et sa voix était si douce que les enfants restèrent immobiles sous le charme et écoutèrent attentivement jusqu'à la dernière strophe : « Qu'il est beau de rendre tous ses devoirs doux, d'être alerte et complaisante et d'avoir comme la petite Mabel toujours de la bonne volonté. »

Alors des applaudissements enthousiastes éclatèrent de toutes parts, tandis que Célia allait reprendre sa place. Mais si les mains applaudissaient, les consciences étaient remuées au souvenir des leçons négligées, des paroles désobligeantes, des mines boudeuses que beaucoup avaient à se reprocher.

« Maintenant nous allons chanter, » dit la maîtresse ; mais avant qu'on eût entendu la première note la porte s'ouvrit toute grande et Sancho coiffé du chapeau de Ben, et marchant sur ses pattes de derrière, fit son apparition dans la salle ; il resta debout et parfaitement immobile pendant qu'une voix chantait un couplet approprié à la circonstance.

Le malin Thorny ne put continuer car une explosion de rires couvrit ses derniers mots : et Ben fit disparaître Sancho en s'écriant : « A la porte, polisson ! »

Miss Célia commença à faire des excuses pour son frère, mais la maîtresse l'assura que la faute n'était pas grande, ce jour-là étant presque un jour de congé. Quant aux enfants, c'est à peine s'ils purent réprimer leur gaieté quand la cloche sonna pour imposer silence. Ils s'attendaient à être remis en liberté et se promettaient bien de rire aussitôt qu'ils auraient passé la porte ; mais à leur grande surprise ce fut encore miss Célia qui reprit la parole :

« Je veux vous remercier, chers enfants, des agréables moments que vous m'avez fait passer, et vous demander la permission de revenir quelquefois. Je désire aussi vous inviter à venir chez moi passer la journée de samedi en huit, pour fêter l'anniversaire

de naissance de Ben. C'est en son nom que je vous
invite et je pense que vous m'aiderez à faire de ce
jour le plus heureux de sa vie. Il y aura un concours
de tir à l'arc et j'espère que les deux clubs se feront un point d'honneur d'y participer ; le soir nous
tâcherons de nous amuser et de rire autant que nous
pourrons. »

La proposition fut reçue au milieu des acclamations des enfants ; miss Célia était la favorite de tous,
elle causait avec les petites filles, appelait les garçons
par leur nom et pour les plus grands ajoutait un
« monsieur » bien sonore, aussi avait-elle gagné tous
les cœurs et il est probable que si elle leur avait
demandé de venir pour être fouettés ils y seraient
allés pensant que c'était quelque charmante plaisanterie ; on peut donc aisément s'imaginer avec quel
enthousiasme tous acceptèrent l'invitation sans se
douter de la raison qui faisait agir la jeune fille.

Quant à Ben, sa physionomie valait la peine d'être
examinée avec attention. Il était heureux et fier de
l'honneur qui lui était fait, il ne savait trop où regarder ni quelle contenance faire, aussi fut-il un des
premiers à se précipiter par la porte ouverte pour
aller faire retentir l'air de ses hourras. Il savait qu'il
se préparait une surprise pour son anniversaire mais
il ne se serait jamais douté qu'on inviterait toute
l'école y compris la maîtresse !

L'effet espéré se produisit avec une rapidité vraiment comique. Ce fut à qui le comblerait d'attentions
et de prévenances. Même Sam qui craignait d'être mis
de côté s'empressa d'offrir la pacifique branche d'oli-
vier sous la forme d'une belle pomme, Moses aussi fi

Elle fit de Bab son élève particulière. (Page 287.)

des avances à son ancienne victime ; mais ce fut
Thorny qui fit le plus grand sacrifice, car il dit à sa
sœur comme ils s'acheminaient vers la maison :

— Je ne concourrai pas pour le prix. Je tire beaucoup mieux qu'eux tous, m'étant exercé bien plus
longtemps qu'eux, et je trouve que ce ne serait pas
juste. Ben et Billy viennent après moi et ils sont à
peu près de même force, si Ben a le bras plus nerveux,
Billy à le coup d'œil plus sûr et tous deux ont grand
désir de gagner ; si je me retire, Ben a beaucoup de
chances de l'emporter, car les autres ne comptent
pour ainsi dire pas.

— Bab compte ; elle tire presque aussi bien que
Ben, et elle a grande envie d'avoir le prix ; il faut qu'elle
concoure.

— Personne ne l'en empêchera, mais elle ne réus-
sira pas, les filles ne peuvent pas réussir, quoique ce
soit un bon exercice pour elles, et que cela les amuse
d'essayer.

— Si j'avais l'usage de mes deux bras, répondit
Célia en riant des grands airs de son frère, je mon-
trerais que les filles *peuvent* beaucoup quand elles
veulent ; ne soyez pas si dédaigneux, jeune homme,
car vous serez peut-être obligé d'en rabattre.

— Je ne crains rien ; et Thorny s'éloigna afin de
préparer une nouvelle cible pour que Ben s'exerçât.

— Nous verrons ! lui cria sa sœur, et à partir de ce
moment elle fit de Bab son élève particulière, car elle
trouvait que M. Thorny avait besoin d'une petite
leçon pour lui apprendre à ne plus faire le grand
seigneur parmi les autres enfants ; il y avait aussi une
pointe de malice dans le cœur de Célia, car la char-

19

mante fille avait le caractère très-jeune en dépit de
ses vingt-quatre ans et elle voulait montrer que son
sexe pouvait arriver à tout avec de la volonté et de la
persévérance.

Elle fit donc travailler Bab, tôt le matin et tard le
soir, lui prodiguant conseils, explications et exemples,
autant du moins qu'elle pouvait avec son bras en
écharpe; l'enfant était ravie de penser qu'elle était
digne de tirer avec le club; ses bras étaient courba-
turés, ses doigts engourdis à force de bander son arc,
mais elle était infatigable. Passionnée pour tous les
jeux masculins, grande et forte pour son âge, elle fit
de rapides progrès et chaque coup nouveau se rapprocha de plus en plus du point du milieu.

Les garçons ne firent aucune attention à elle,
absorbés qu'ils étaient par leurs propres affaires; Betty
remplissait auprès de sa sœur le même rôle que Sancho auprès de son maître, elle courait ramasser les
flèches; ses pauvres jambes lui refusaient presque
leur service, mais sa patience ne se lassait jamais.
Elle était si préoccupée du succès de sa sœur qu'elle
ne s'occupait pas du sien; s'exerçant rarement, elle
n'approchait jamais du but.

CHAPITRE XX.

L'anniversaire de Ben.

De jolis drapeaux flottaient gaiement le matin de septembre où Ben accomplissait sa treizième année. On aurait pu croire à une irruption d'étendards dans la vieille maison, car des bannières de toutes couleurs, de toutes formes, de tous dessins, flottaient au vent depuis le haut des cheminées jusqu'à la grille d'entrée, et donnaient à la tranquille habitation l'apparence d'un cirque, ce qui comblait Ben de joie.

Les deux garçons s'étaient levés de grand matin pour préparer la fête, et quand tout fut prêt ils admirèrent grandement leur ouvrage. Le lion ailé de Venise semblait vouloir s'envoler vers sa patrie, le dragon chinois agitait sa queue, l'aigle à deux têtes de Russie becquetait le croissant Turc d'un côté, tandis que de l'autre il faisait la conversation avec la licorne Anglaise. Au-dessus de la cuisine était un drapeau sur le fond vert duquel ressortaient la harpe jaune et la branche de trèfle; et la cuisinière irlandaise déjeuna à l'ombre de ses couleurs nationales. Lita non plus

n'avait pas été oubliée et le pavillon arabe décorait
son écurie, c'était un délicat compliment adressé à la
favorite, car les chevaux arabes sont connus pour les
plus beaux du monde.

Les petites filles s'empressèrent de venir admirer
ces merveilles et contempler la joie de leur ami qui
ressemblait à un jeune coq atteignant sa majorité.
Ben avait été surpris et ravi en trouvant à son réveil
tous les présents qu'on lui faisait; il devina facilement
pourquoi Célia et Thorny lui donnaient de si jolies
choses, car parmi les cadeaux se trouvait une petite
boîte à allumettes en forme de piége à souris. Les
boutons à têtes de chiens et la cravache étaient pour
lui de vrais trésors; miss Célia avait attendu son jour
de naissance pour les lui donner, car au moment où
elle allait d'abord projeté de le faire, le retour de Sancho lui avait semblé être une assez grande joie. Ben
n'oublia pas d'aller remercier Mme Moss pour le
gâteau qu'elle lui avait envoyé, ni les deux sœurs pour
les gants de laine rouge qu'elles lui avaient tricotés;
celui de Bab était long, étroit, et avait le pouce tout
à fait pointu; celui de Betty au contraire était court
et large avec un pouce trois fois trop grand : la mère
avait eu beau tirer dans tous les sens, elle n'avait jamais pu les faire paraître frères, au grand chagrin des
petites tricoteuses. Ben les consola en leur assurant
qu'il aimait mieux cela, au moins il pourrait toujours
distinguer le droit du gauche. Il les mit aussitôt et
s'en alla fouettant l'air de sa cravache avec un air de
parfait contentement, tandis que les sœurs pleines
d'admiration pour le héros du jour le suivaient à distance.

La matinée fut fort occupée, mais, aussitôt après le dîner de midi, chacun se hâta de se vêtir de ses habits de fête, car, bien que l'invitation fût pour deux heures, les enfants commencèrent à arriver vers une heure.

Cependant celui qui fit son entrée le premier était un hôte inattendu : au moment où les deux sœurs, en robes d'indienne rose empesée et en tabliers blancs, venaient de s'asseoir sous le porche, un petit bruit se fit entendre sous les lilas et on vit apparaître M. Alfred Tennyson Barlow en blouse verte, une grande boucle d'argent à la ceinture, une plume à son chapeau et un arc à la main.

— Je suis venu pour tirer, j'ai entendu parler du tir ; papa m'a expliqué ce que cela veut dire ; y aura-t-il des petits gâteaux ? je les aime.

— En prononçant ces paroles le poète prit tranquillement un siège et attendit une réponse. Les fillettes éclatèrent de rire, puis, s'avisant que cela n'était pas poli, elles se hâtèrent d'informer le jeune gentleman qu'il y aurait des montagnes de gâteaux, et que certainement miss Célia serait bien aise de le voir, quoiqu'elle ne l'eût pas invité.

— Elle m'avait dit de revenir l'autre jour, vous savez, mais j'ai été très-occupé, j'ai eu la rougeole, est-ce que vous l'avez par ici ? demanda l'hôte inattendu comme s'il désirait établir une statistique.

— Nous l'avons eue il y a longtemps, mais vous avez sans doute fait autre chose que d'avoir la rougeole ? demanda Betty avec la plus grande politesse.

— Je me suis battu avec un gros bourdon.

— Et qui a remporté la victoire ?

— C'est moi ! je me suis enfui et il n'a pas pu me rattraper.

— Tirez-vous bien ?

— J'ai touché une vache, mais elle n'a pas eu l'air d'y faire attention, elle aura pris cela pour une mouche.

— Votre mère sait-elle que vous êtes venu ? demanda Bab, qui prenait toujours intérêt à toutes les escapades.

— Non ; comme elle est sortie en voiture, je ne pouvais pas lui demander la permission.

— C'est très-mal de sortir sans permission : mon livre de l'école du dimanche dit que les enfants qui sont méchants sur la terre n'entreront jamais au ciel, fit observer la vertueuse Betty d'un ton amical.

— Je n'ai pas envie d'y aller ; telle fut l'étonnante réponse qu'elle reçut.

— Et pourquoi ? demanda-t-elle sévèrement.

— Tout y est très-propre, maman me l'a dit, et moi j'aime la saleté ; ainsi je resterai ici où il y a de la boue tant que j'en veux ; et le petit bonhomme commença à gratter la terre avec ses mains.

— Je crains que vous ne soyez un méchant enfant.

— Oh ! oui, je suis méchant, papa le dit souvent et papa sait tout, répondit Alfred frissonnant involontairement à un souvenir lointain. Alors pour changer la conversation et lui donner un cours qui lui fût moins personnel, il demanda en montrant un rang de têtes qui regardaient par-dessus le mur : Est-ce là-dessus que vous tirez ?

Bab et Betty regardèrent et aperçurent les figures familières de leurs compagnes d'école.

— Vous devriez avoir honte d'espionner comme cela avant que tout soit prêt! s'écria Bab d'un ton mécontent.

— Vous y êtes bien, vous! dit une voix.

— Miss Célia nous a priées de venir avant l'heure, nous deux, afin de recevoir les invités, si elle n'était pas prête, ajouta Betty avec importance.

— Voilà deux heures qui sonnent, en avant les filles! et Sally Holsom, suivie de trois ou quatre jeunes personnes d'un esprit aventureux, escalada le mur au moment où leur hôtesse apparut.

— Vous ressemblez à une troupe d'amazones à l'assaut d'un fort, dit-elle, en voyant arriver les membres du club Victoria armées de leurs arcs et de leurs flèches.

— Comment vous portez-vous, monsieur? Il y a longtemps que j'attends votre visite, ajouta Célia en donnant une poignée de main au joli garçonnet qui regardait avec intérêt la distribution des gâteaux.

La conversation fut interrompue par l'irruption d'une bande de garçons, et comme tout le monde était impatient de commencer, Célia, escortée de Ben, fier de ce poste d'honneur, ouvrit la marche, et les enfants suivirent deux par deux, leurs armes sur l'épaule. Thorny et Billy munis l'un d'un tambour, l'autre d'une trompette, faisaient entendre une marche guerrière qui força tout le monde à se mettre au pas. Le jeune étranger avait été choisi pour porter le prix posé sur une pelote; il se tenait avec dignité près du porte-étendard qui agitait au vent la bannière préférée de Ben : elle était blanche; un arc et une flèche peints sur l'étoffe étaient entourés d'une guirlande verte et au-dessous se détachaient en rouge les lettres C. G. T. (club

Guillaume Tell). Le joyeux cortége parcourut tout le jardin, passa la petite barrière, circula dans les allées ombragées, monta et descendit l'avenue et enfin fit halte dans le verger, où la cible était dressée et où on avait disposé des siéges pour les archers afin qu'ils puissent s'asseoir en attendant leur tour. Lorsque les règles eurent été bien discutées et bien comprises le ⁚eu commença.

Sur le désir exprimé par miss Célia les filles ne firent pas bande à part, il fut convenu qu'elles tireraient avec les garçons; ceux-ci consentirent sans trop de peine se disant l'un à l'autre avec dédain : « Laissons-les faire, puisque cela les amuse, elles ne nous gêneront guère. » Il y eut plusieurs essais pour choisir les compétiteurs avant l'ouverture du grand concours, mais ces quelques coups suffirent pour prouver aux jeunes gens que deux filles au moins pourraient les gêner, car Bab et Sally avaient mieux tiré que bien des garçons.

— Eh bien ! Bab, tu manies l'arc aussi bien que si je t'avais donné moi-même des leçons ! s'écria Thorny plus surpris que satisfait de l'adresse de l'enfant.

— C'est une dame qui m'a enseigné et je compte vous battre tous, répondit Bab d'un air mutin, tandis que ses yeux brillaient de malice en cherchant le regard de miss Célia.

— Hum ! n'y compte pas, répondit Thorny avec assurance, mais il se rapprocha de Ben et lui dit à l'oreille : « Fais de ton mieux, mon garçon, car ma sœur a donné des leçons à Bab, elle lui a enseigné toutes les ficelles, et la petite gamine est plus forte que Billy. »

— Elle ne sera pas plus forte que moi, répondit Ben

en choisissant sa meilleure flèche et en bandant son
arc avec une confiance qui fit évanouir les appréhen-
sions de son maître; car Thorny avait de la peine à
admettre qu'une fille pût jamais avoir la force, l'intelligence ou le talent de l'emporter sur un garçon qui
avait la volonté de gagner.

Quand le moment du concours pour le prix arriva, Bab se montra de plus en plus adroite, et les enfants entourèrent avec intérêt les concurrents à mesure
qu'ils se plaçaient en face de la cible.

Thorny composait à lui seul le jury et inscrivait
les coups. Chacun avait trois tours, et bientôt tout le
monde put voir que Ben et Bab seraient les seuls compétiteurs sérieux. Sam, qui était trop paresseux pour
persévérer, abandonna bientôt la partie en disant d'un
air protecteur :

— Ce ne serait pas généreux à un grand garçon
comme moi de battre ces *petits;* cela fit beaucoup rire,
car sa maladresse était proverbiale.

Moses continua vaillamment ses efforts, et si son
coup d'œil avait été aussi juste que son bras était fort,
les *petits* auraient pu trembler, mais après le second
coup il se retira en déclarant qu'il était impossible de
toucher, parce que le vent empêchait les flèches d'arriver au but; cette observation parut étonnante : pas
un souffle d'air n'agitait les feuilles. Billy, qui
avait assez bien commencé, se troubla au dernier tour
et sa flèche s'égara. Sally Holsom, qui avait conçu
de grandes espérances, les vit promptement s'évanouir.

Maria Newcôme, qui était un peu myope, pensa bien
faire d'emprunter le pince-nez de sa sœur, mais le

chatouillement causé par cet appendice, auquel elle n'était pas habituée, lui donna des distractions et à son grand désappointement pas une de ses flèches ne dépassa le second cercle ; Bab et Ben avaient encore chacun un tour, et comme ils étaient égaux, le dernier coup devait décider de leur sort ; chacun avait touché le point noir, mais pas exactement au centre, il y avait donc moyen de faire mieux, et les enfants criaient alternativement : Allons, Bab, courage ! Ben ! attention, il faut la battre ! Quant à Thorny, il avait l'air aussi inquiet que si le salut de son pays eût dépendu du succès de son élève. C'était à Bab de tirer la première, et pendant que miss Célia examinait son arc pour voir si tout était en ordre, l'enfant les yeux fixés sur la figure de son rival dit tout bas :

— Je voudrais bien gagner, mais Ben sera si vexé que j'espère presque ne pas réussir.

— Perdre un prix rend quelquefois plus heureux que de le remporter. Tu as prouvé que tu tirais mieux que les autres, ainsi, quand même tu ne serais que la seconde, tu aurais encore le droit d'être fière de ton talent, répondit miss Célia en lui rendant l'arc avec un sourire qui en disait plus que ses paroles.

Bab fit un mouvement comme s'il lui venait une nouvelle idée, et pendant quelques secondes, des souvenirs, des désirs, des plans occupèrent son esprit et, obéissant tout à coup à une généreuse impulsion, elle dit doucement en allant prendre sa place et sans viser avec autant de soin que l'habitude :

— Je crois qu'il gagnera.

Sa flèche alla se placer dans le point noir aussi à droite du centre que sa dernière avait été à gauche, et

il y eut des acclamations parmi les filles quand Thorny
vint annoncer le résultat.

— Attention ! Ben, dit-il en se penchant vers son
élève, il *faut* gagner, car, si nous sommes battus,
on nous en fera une scie éternelle.

Ben ne dit pas comme la première fois : « Elle ne
sera pas plus forte que moi ». Il serra les dents, jeta
son chapeau à terre, fronça les sourcils résolûment
et se prépara à bien viser, quoique son cœur battît vite
et que son pouce eût un léger tremblement en se posant sur la corde.

— J'espère de tout mon cœur que tu vas gagner, dit
Bab qui se tenait tout près de lui, et comme si ce généreux souhait eût guidé la flèche, elle alla se planter
dans le point en agrandissant le trou fait à droite par
la flèche de Bab.

— Egaux ! égaux ! crièrent les filles au moment où
tous se précipitèrent vers la cible.

— Non ! non, Ben est plus près, Ben a gagné !

— Hourra ! hourra ! répondirent les garçons en lançant leurs chapeaux en l'air.

La différence était bien peu de chose et Bab aurait
vraiment eu le droit de discuter la décision, mais elle
ne le fit pas, quoique pendant une minute elle sentît
combien il eût été doux d'entendre crier : Bab a gagné !
Hourra pour Bab ! mais elle vit la radieuse figure de
son rival, le soulagement de Thorny, et rencontra le
regard que Célia lui lança par-dessus la tête des
garçons : alors sa physionomie prit une joyeuse expression et elle comprit qu'à perdre un prix on est quelquefois plus heureux que si on le gagnait ; lançant à
son tour son chapeau en l'air, elle cria : Bravo ! bravo !

bravo! Ce cri isolé produisit l'effet le plus comique, venant après que la clameur générale s'était apaisée.

— C'est très-bien à toi, Bab, tu fais honneur au club, je suis fier de toi, dit le prince Thorny en lui octroyant une bonne poignée de main; maintenant que son élève avait gagné il pouvait complimenter la rivale qui l'avait tenu sur les épines, quoique ce ne fût *qu'une fille!*

Bab fut flattée d'une éloge parti de si haut, mais quelques minutes plus tard elle fut réellement heureuse quand Ben, après avoir reçu le prix, s'approcha d'elle pendant qu'elle bandait son pouce plein d'ampoules et que sa sœur rattachait ses cheveux en désordre:

— Je crois qu'il serait plus juste de dire que nous sommes égaux, Bab, car nous le sommes presque et je désire que tu acceptes ceci. Je voulais gagner, mais seulement pour l'honneur, je ne tiens pas du tout à ce petit objet féminin et je serais content de te le voir porter.

En parlant ainsi Ben lui offrait la rosette de ruban vert au milieu de laquelle était fixée la flèche d'argent. Les yeux de Bab brillèrent en se posant sur le bijou, car pour elle le prix était aussi désirable que la victoire.

— Oh, merci! répondit Bab, non, tu dois le porter pour montrer que tu as gagné; cela contrarierait miss Célia. J'ai mieux tiré que tous les autres, mais je n'aurais pas aimé à te battre. Sans s'en apercevoir, elle exprimait le généreux sentiment qui fait que tant de sœurs sont heureuses de voir leurs frères obtenir des succès qu'elles ont souvent préparés, et se trouvent assez payées par l'approbation de leur conscience.

Mais si Bab était généreuse, Ben était juste, et quoiqu'il ne pût pas exprimer ce qu'il éprouvait, il ne voulut pas consentir à prendre toute la gloire sans en donner une part à sa petite amie.

— Il *faut* que tu prennes et que tu portes cela, je ne me sentirai pas heureux, si tu refuses. Tu as travaillé plus dur que moi et, si j'ai réussi, c'est une chance. Allons, Bab, pour me faire plaisir, continuat-il en essayant maladroitement d'attacher l'épingle au milieu du tablier blanc de la fillette.

— Eh bien! j'accepte. Maintenant me pardonnes-tu d'avoir perdu Sancho? dit-elle, avec un regard suppliant qui fit que Ben répondit avec chaleur :

— Je t'ai pardonné aussitôt qu'il a été revenu.

— Et tu ne me trouves plus une affreuse peste?

— Pas du tout; tu es numéro un, et je prendrai ton parti contre tout le monde, car tu vaux presque un garçon, s'écria Ben désireux de se conduire galamment avec sa rivale qui, grâce à son adresse, avait rapidement remonté dans son opinion.

Comprenant qu'il ne pouvait pas lui faire un plus grand compliment, Bab se déclara pleinement satisfaite, et garda le prix, avec la conscience qu'elle y avait bien quelque droit.

— L'épingle est à sa place et Ben est un vrai chevalier, se contentant de la victoire, et offrant le prix à sa dame, dit miss Célia à la maîtresse d'école quand les tireurs passèrent en courant devant elles pour rejoindre leurs bruyants compagnons de jeu qui prenaient leurs ébats dans le verger.

— Il dit que c'est au cirque qu'il a appris les bonnes manières, répondit la maîtresse en souriant;

c'est un gentil garçon et je m'intéresse à lui, car il possède les deux grandes qualités qui font les hommes : la patience et le courage. En ce moment le *chevalier* jouait à saute-mouton, et sa *dame* à cache-cache.

Les deux jeunes filles les regardèrent quelque temps en silence ; puis Célia reprit :

— Bab est également une bonne nature et elle est aussi vive à concevoir une idée qu'à la mettre à exécution ; seulement quelquefois elle a des idées étranges. Je crois qu'elle aurait pu remporter le prix si elle avait voulu ; mais elle a pensé qu'il serait plus noble de laisser la victoire à Ben et de compenser ainsi le chagrin qu'elle lui avait fait en perdant Sancho ; j'ai vu tout cela dans ses yeux, et je suis sûre que Ben ne saura jamais pourquoi il a été vainqueur.

— Elle fait de même à l'école et, quoique ces pénitences volontaires ne soient pas toujours très-raisonnables, je ne veux pas m'interposer ; il y a peu de temps je m'aperçus qu'elle donnait tous les jours son goûter à une pauvre petite qui sans cela s'en serait souvent passée ; quand je la questionnai à ce sujet, elle me répondit avec les yeux pleins de larmes : « Plusieurs fois je me suis moquée d'Abby parce qu'elle n'avait qu'un petit morceau de pain bien sec, alors elle n'a plus osé en apporter ; mon devoir était de lui donner mon goûter et d'avoir faim à mon tour, c'était si vilain de rire de sa pauvreté ! »

— Avez-vous défendu à Bab de continuer?

— Non, mais elle partage maintenant et j'ajoute aussi quelque chose.

— Rentrons et parlez-moi un peu des parents de

cette petite, je veux faire connaissance avec les
pauvres du village, bientôt ce sera un droit et un
devoir pour moi de les aider; et Célia passant son
bras sous celui de sa compagne, elle s'acheminèrent
vers la maison tout en causant de l'avenir et des
beaux plans qu'elle formait.

CHAPITRE XXI

Cupidon paraît pour la dernière fois.

Un souper sur l'herbe suivit les jeux et, quand le crépuscule commença à tomber, les enfants furent dirigés vers la remise transformée en théâtre rustique ; la grande porte d'entrée était ouverte et les siéges étaient préparés de façon à regarder vers le fond qui était séparé des spectateurs par un grand tapis rouge faisant office de rideau. Une rangée de lampes posées à terre éclairaient la pièce ; lorsque les enfants eurent pris place, un orchestre invisible composé d'un tambour, d'une trompette, d'une flûte et d'un turlututu, commença une ouverture de fantaisie. Beaucoup d'enfants n'ayant jamais rien vu de semblable restèrent immobiles, plongés dans une muette admiration, tandis que les plus âgés s'occupèrent à critiquer et à deviner ce qui pouvait se passer sur la scène pour produire de pareilles ondulations le long du rideau.

Pendant que la maîtresse d'école habillait les actrices pour la tragédie, Célia et Thorny, qui avaient

20

une grande habitude de ces amusements, jouèrent une
« pantomime de pommes de terre[1]. »

A côté du théâtre la stalle de Lita était restée libre,
on avait attaché en travers, et assez haut pour que la
tête des opérateurs ne fût pas vue, une longue étoffe
verte ; au milieu de cette draperie une partie d'un
mètre carré environ se replia, et laissa apercevoir d'un
côté : la façade d'un pavillon chinois fait en carton
peint dont la porte et la fenêtre s'ouvraient naturellement ; de l'autre des arbres aux branches desquelles
étaient suspendues des lanternes de toutes couleurs, et
les mots « Maison de thé » écrits sur une banderole
indiquaient la destination de ce charmant jardin.
Avant que les spectateurs fussent revenus de leur
surprise une voix fit entendre l'explication suivante :
Mesdames et Messieurs, nous vous présentons un
jeune homme qui a vécu en Chine : M. Chingery
Wangery Chon.

Ici le héros fit son apparition avec la plus grande
dignité ; une longue et large robe jaune sur une chemise bleue cachait la main qui formait son corps ; un
chapeau pointu couvrait la tête rasée qu'ornait une
longue queue ; cette tête était formée par une pomme
de terre sur laquelle une figure chinoise était très-bien
peinte, la partie inférieure était un peu creusée de
façon à y laisser entrer l'index de Thorny, tandis que
son médius et son pouce, passés dans les deux
manches de la robe, formaient les bras du petit indi-
vidu ; pendant qu'il saluait la voix disait :

[1] En Angleterre et en Amérique la pantomime n'exclut pas le
chant.

« Ses jambes étaient si courtes et ses pieds si petits qu'il ne lui était pas possible de marcher. »

Cette assertion n'était pas parfaitement véridique, si l'on en jugeait par les sauts et les bonds auxquels il se livrait.

Lorsque le chant et la danse prirent fin, Chon se retira dans le jardin, et là il but une telle quantité de tasses de thé accompagnées de gestes si comiques que les spectateurs regrettèrent que leurs regards fussent attirés d'un autre côté ; une fenêtre s'ouvrit, et l'on y vit apparaître une jolie petite personne. Cette fois la pomme de terre avait été pelée et sur la surface blanche on avait peint des joues roses, des lèvres rouges, des yeux noirs aux sourcils bien accentués : de brillantes épingles parsemaient la soie noire qui formait sa chevelure ; une robe rose complétait la toilette de cette charmante jeune Chinoise.

Après avoir regardé plusieurs fois par la fenêtre afin que tout le monde pût l'admirer, elle s'occupa de compter l'argent contenu dans une bourse si grande, que ses petites mains pouvaient à peine la maintenir sur le rebord de la fenêtre ; pendant ce temps la voix disait :

« Cette jeune fille est mademoiselle Ki Hi ; elle était petite et grosse, et aussi riche que Chon était pauvre ; il résolut donc de demander sa main et voulut lui jouer un air sur son banjo. »

On aperçut alors Chon qui accordait son instrument dans le jardin ; il s'approcha vivement pour chanter d'un air tendre la déclaration suivante :

Whang fum li
lang hua ki

Hong kong dora me !
Ah sin lo
Pau to feu
Tsing up chim leute !

Emporté par la passion, Chon jeta au loin son banjo
et se prosterna devant son idole, mais, hélas! la
jeune Ki Hi en entendant ses paroles d'amour prit sa
cuvette et, l'élevant en l'air, la laissa tomber sur la tête
du chanteur, et ce fut la fin de Chingery Wangery
Chon!

En effet, en recevant le projectile d'une nouvelle
espèce envoyé par la cruelle enchanteresse, le pauvre
Chon expira dans de telles convulsions que sa tête
tomba aux pieds des spectateurs. Mais au moment
où Ki Hi se penchait par la fenêtre pour savoir ce
qu'était devenue sa victime, un store se détacha, lui
tomba sur la nuque et envoya sa tête rouler à côté de
celle de Chon, au grand bonheur des enfants qui s'en
emparèrent pour les admirer, en déclarant que rien
ne surpassait les « pantomimes de pommes de
terre ».

Les spectateurs se préparèrent de nouveau à admirer la grande tragédie que le directeur Thorny avait
annoncée comme dépassant tout ce qui avait été joué
jusqu'à ce moment ; on verra dans la suite si ce
n'était pas la vérité.

Après un moment d'attente et beaucoup de bruit et
de mouvement derrière le rideau, la toile se leva et
la représentation de *Barbe-Bleue* commença ; Bab
avait tenu à cette pièce, car, l'ayant jouée déjà plusieurs fois, elle et sa sœur s'en tireraient mieux que
de toute autre.

Thorny était superbe en tyran; sa longue barbe de laine bleue tombait sur sa poitrine; un chapeau à plumes et à larges bords, un habit de fourrure, un haut de chausses rouge, de grandes bottes à revers, un vrai sabre qui faisait un bruit tragique à chaque pas, constituaient son costume.

Il parlait d'une si grosse voix, fronçait les sourcils d'une telle façon, et jetait des regards si effrayants, qu'il n'était pas étonnant que la pauvre Fatime tremblât devant lui quand il lui confia la garde d'un énorme trousseau de clefs, dont l'une était particulièrement grosse et brillante.

Bab était charmante, avec la robe bleue de miss Célia, faisant traîne derrière, elle avait une plume blanche dans ses cheveux blonds et un joli collier autour du cou. Elle joua très-bien son rôle, surtout au moment où elle découvrit le contenu du fatal cabinet; elle fut parfaite de vraisemblance en frottant la clef indiscrète avec une énergie toujours croissante, et son accent était navrant quand elle dit : « Anne, ma sœur Anne, ne vois-tu rien venir? » pendant que son mari criait de sa grosse voix : « Descends vite, ou je monte! »

Betty était une jolie petite Anne, vêtue de mousseline blanche; sa robe était relevée de place en place par des boutons de roses, son chapeau était orné des mêmes fleurs, elle se tenait à une fenêtre pour apercevoir les frères qui arrivaient avec si grand bruit qu'on aurait cru entendre galoper douze chevaux au lieu de deux.

Ben et Billy étaient équipés comme des gens à qui les armes ne coûtent rien, car leurs ceintures étaient de véritables arsenaux, leurs épées de bois étaient tellement grosses, qu'on tremblait rien qu'à les regarder, quoiqu'elle ne fissent pas jaillir d'étincelles de la rapière de Barbe-Bleue pendant le combat qui précéda la mort du tyran.

Les spectateurs masculins prirent un tel intérêt à l'action que de tous côtés on entendait crier : « Courage, Ben ! Touche-le encore, Billy ! Deux contre un ce n'est pas juste ! Thorny les vaut bien ! Il est tombé, hourra ! continuèrent-ils en voyant Barbe-Bleue étendu sans vie, tandis que les dames s'évanouissaient comme il convenait et que les frères brandissant leurs sabres se félicitaient réciproquement auprès du corps de leur ennemi.

Les applaudissements éclatèrent ensuite et on demanda les acteurs qui durent venir saluer ayant à leur tête le défunt Barbe-Bleue ; il fit observer que, si on n'y prenait garde, les applaudissements feraient écrouler la salle. Cette menace calma tout le monde et on attendit avec curiosité le prochain lever de rideau qui devait être bien amusant, à en juger par les rires qu'on entendait sur la scène.

— Sancho va en être, j'en suis sûr, dit Sam, car j'ai entendu Ben dire tout à l'heure : « Tiens-le bien, il ne te mordra pas ». Ces paroles charmèrent tout le monde, car Sancho était considéré comme l'étoile de la troupe.

— J'espère que Bab jouera encore, elle est si drôle ! et puis quelle jolie toilette ! dit Sally qui brûlait du désir de porter une longue robe de soie et une plume blanche dans les cheveux.

— J'aime mieux Betty, elle est si distinguée ; quand elle regardait par la fenêtre elle avait vraiment l'air de voir venir quelqu'un.

Les applaudissements éclatèrent ensuite et on demanda les acteurs. (Page 310.)

Le rideau se leva et une voix annonça : « Drame en trois tableaux ».

— C'est Betty ! s'écria-t-on en reconnaissant la petite figure familière sous le capuchon rouge d'une enfant recevant de sa mère un petit panier ; la mère n'était autre que la maîtresse d'école qui levait le doigt en ayant l'air de dire qu'il ne fallait pas s'arrêter en chemin.

— Je sais ce que c'est ; c'est l'histoire de Mabel, vous savez, ce que miss Célia nous a récité l'autre jour, dit Sally.

— Pas du tout, c'est le petit Chaperon rouge, répondit une autre, fière de son savoir.

La question fut vite décidée par la seconde scène dans laquelle apparut un loup, et quel loup ! il est rare de trouver pour ce rôle un acteur aussi naturel et dont le costume soit aussi bien réussi, car on a deviné que ce redoutable carnivore n'était autre que notre inoffensif ami Sancho. Qu'il était drôle enveloppé dans la peau de loup qui servait de tapis à miss Célia ! son nouvel habit était tendu sur son dos et solidement attaché sous le ventre, sa tête passait d'un bout et de l'autre on apercevait une magnifique queue qui se balançait gracieusement ; un chien sans queue pourra seul comprendre le bonheur que cet appendice caudal procura à Sancho, aussi accepta-t-il tout de suite le rôle qui lui était imposé ; il était si heureux qu'il ne put s'empêcher, même sur la scène, de se retourner à plusieurs reprises pour admirer le grand panache qui terminait si avantageusement sa personne.

Le petit Chaperon rouge marchait bien tranquillement et paraissait si candide qu'il n'était pas étonnant que le loup s'en approchât en feignant une amitié trompeuse, et que l'enfant en le caressant lui racontât avec confiance qu'elle portait du beurre à sa « mère grand ». Alors ils s'en allèrent paisiblement ensemble, le loup portant poliment le panier, le petit Chaperon la main sur la tête de l'animal, s'imaginant peu quels projets meurtriers le perfide nourrissait à son égard.

Les spectateurs bissèrent cette scène, mais le temps manquait et ils durent attendre le troisième tableau en se demandant s'ils verraient le loup regarder par la fenêtre au moment où Betty frapperait, ou s'ils assisteraient à la scène tragique de la mort de l'enfant. Ce ne fut ni l'un ni l'autre ; dans un lit bien blanc reposait la fausse « mère grand » coiffée d'un bonnet de nuit à grands tuyaux, enveloppée d'une chemise de nuit et le nez orné d'une grande paire de lunettes ; près d'elle était Betty qui regardait attentivement l'animal en se préparant à dire : « Quelles grandes dents vous avez, mère grand ! » car la bouche de Sancho était grande ouverte et sa langue pendante témoignait de la fatigue qu'il éprouvait à rester immobile.

La scène était si drôle et si réussie que tous les enfants acclamèrent les acteurs ; au bruit des hourras Sancho fit un effort et aurait sauté à bas du lit pour aboyer après les tapageurs, si Betty ne l'avait rattrapé par les pattes ; en ce moment Thorny baissa le rideau juste lorsqu'on croyait que le méchant loup allait dévorer le petit Chaperon rouge ! et quand il leur fallut reparaître pour remercier les spectateurs, la tête du loup tombée de côté laissait apercevoir celle de Sancho ; quant au petit capuchon rouge, il était égaré on

ne savait où, et il n'ornait plus la tête de Betty; celle-ci
salua gracieusement, et son compagnon aboya avec
toute la dignité que lui permettait sa chemise de nuit,
puis ils se retirèrent pour aller jouir du repos qu'ils
avaient bien gagné.

Thorny apparut alors et d'un air affairé fit la requête
suivante :

— Mesdames et messieurs, comme l'un des acteurs
de la pièce suivante en est à son début, vous êtes
priés de rester parfaitement tranquilles et de ne pas
ouvrir la bouche; ce sera très-beau, et il ne faut pas
faire manquer la chose.

— Qu'est-ce que c'est ? Savez-vous? demanda chacun en écoutant et en cherchant à deviner ce qui se
passait derrière le rideau; mais ce qu'ils entendirent
ne fit qu'exciter leur curiosité, car on distinguait
la voix de Bab disant avec admiration : « Ben
n'est-il pas splendide? » puis il y eut un piétinement et miss Célia dit avec inquiétude : «Oh! prends
garde! prends garde! » tandis que Ben électrisé
riait à gorge déployée sans se soucier du public.
Thorny répétait un continuel oh ! oh ! qui attira l'attention.

— On se croirait au cirque! dit Sam à Billy qui était
venu recevoir les compliments de ses amis, et jouir à
distance de la scène qui allait se passer.

— Attendez et vous allez voir. Cela enfonce tous les
cirques que j'ai vus, répondit Billy en se frottant les
mains de l'air d'un homme qui a passé sa vie dans les
cirques, tandis qu'il n'en avait encore vu qu'un.

— Êtes-vous prêts! écartez-vous dès qu'elle partira,
dit Ben à demi-voix. Mais il fut entendu, et les enfants

se préparèrent à des détonations de carabines, des
fusées, etc.

Un oh! oh! unanime accueillit le lever du rideau;
mais un chut de Thorny arrêta toute autre exclamation
et les spectateurs se contentèrent de dévorer le spectacle des yeux. Lita occupait le milieu de la scène, sur
son dos était posée une grande selle plate; une bride
blanche et des rosettes bleues aux oreilles complétaient
son harnachement; dans ses yeux on voyait un mélange de surprise et de terreur. Mais qui donc était la
petite créature ailée vêtue de gaze pailletée, dont la
tête était ornée d'une couronne d'or et qui brandissait
un petit arc, tandis qu'elle se tenait debout un pied
sur la selle et l'autre en l'air?

Personne ne put le deviner tout d'abord, tant l'apparition était étrange et gracieuse, et il n'est pas étonnant
que Ben ne fût pas reconnu sous le déguisement qui lui
était plus naturel que l'ancien costume de flanelle
bleue de Billy, ou les vêtements de Thorny refaits à
sa taille. Il avait demandé avec tant d'instance la permission de se montrer « seulement une fois » comme
il était dans le temps où son père faisait des exercices de
voltige avec lui sur le dos du « Vieux Général, » pour
le plaisir d'une salle comble, que Célia avait fini par
consentir, un peu contre son gré. A la hâte elle avait
cousu sur le tricot de coton blanc qui devait servir
de maillot un peu de mousseline pailletée; d'anciens
souliers de bal et du papier doré firent le reste, et
Ben, sûr de son pouvoir sur Lita, promit de ne pas
se casser le cou; pendant plusieurs jours il ne pensa
qu'au bonheur de pouvoir enfin montrer à ses compagnons qu'il ne les avait pas trompés en leur parlant de

ses splendeurs passées. Avant que les enfants fussent
revenus de leur étonnement, Lita donna des signes
visibles d'impatience. Alors, rassemblant les rênes qui
pendaient sur le cou, Ben fit entendre le cri ordinaire : Hop là! et la laissa passer par la petite porte
comme il avait fait bien des fois pour faire un temps
de galop autour du verger.

— Retournez-vous tous et vous allez très-bien les
voir par la grande porte, commanda Thorny, mais
restez parfaitement calmes jusqu'à ce qu'ils reviennent.

Les enfants firent subitement volte-face et aperçurent au clair de la lune le brillant Cupidon passant
et repassant devant eux, quelquefois si près qu'ils
pouvaient voir son sourire, d'autres fois si loin qu'il
ressemblait à une luciole dans la nuit. Lita jouissait
évidemment de cette course effrénée et elle caracolait
comme pour se récompenser de son obéissance et de sa
docilité. Il est inutile de dire combien Ben était heureux, cependant un changement s'était produit en lui,
et ces trois mois de vie tranquille et utilement em-
ployée lui firent trouver plus de plaisir dans cette
course sous les pommiers chargés de fruits, n'ayant
pour spectateurs que des camarades, que s'il s'était
de nouveau retrouvé dans un manége au milieu d'une
foule, avec des hommes grossiers ou des femmes far-
dées, quelque bonnes que plusieurs d'entre elles se
fussent montrées pour lui.

Après le premier moment de ravissement il se sentit heureux à l'idée de reprendre ses simples habits, de
retourner à l'école et de se retrouver avec des personnes
bonnes et bienveillantes, qui désiraient plutôt voir
en lui un honnète et laborieux garçon que le plus

fameux Cupidon qui se fût jamais tenu en équilibre
sur un cheval fringant.

— A présent vous pouvez faire autant de bruit que
vous voudrez, Lita a fait son tour et elle sera maintenant aussi douce qu'un agneau.

— Arrête-toi, Ben, et reviens; ma sœur dit que tu
vas prendre froid, cria Thorny au moment où cheval et
cavalier se rapprochaient après avoir sauté par-dessus
la barrière.

Ben obéit et les enfants reçurent la permission de
se rapprocher de lui et d'admirer à leur aise la jolie
jument et le petit dieu commodément installé sur son
dos. Il ressemblait tout à fait au personnage qu'il représentait et cependant il avait perdu un soulier, ses
jambes étaient couvertes de rosée et de poussière; sa
couronne dorée était tombée autour de son cou et ses
ailes étaient restées accrochées à un arbre. Il n'était
pas difficile maintenant de reconnaître Ben, mais pour
une raison ou pour une autre, au lieu de rester à recevoir les louanges et les compliments qu'il méritait,
il se laissa glisser à terre et disparut derrière le rideau, tandis que les enfants s'acheminaient vers la
maison pour achever la journée par une partie de
colin-maillard dans la cuisine.

— Eh bien! Ben, es-tu satisfait? demanda miss
Célia pendant qu'elle enlevait les épingles qui rete-
naient le reste de son costume de gaze.

— Oui, mademoiselle, merci, c'était numéro un!

— Mais tu as l'air bien tranquille; est-ce que tu es
fatigué ou bien regrettes-tu de quitter ton costume
pour redevenir le simple Ben? demanda-t-elle en regardant bien en face la petite figure qui se levait vers

elle pendant qu'elle débarrassait Cupidon de son collier doré.

Eh bien ! Ben, es-tu satisfait ? (Page 318.)

— Je veux au contraire l'ôter bien vite, je ne me
sens pas respectable ; et d'un coup de pied il renvoya
au loin la fameuse couronne qu'il avait pris tant de
plaisir à faire, puis il ajouta avec un regard qui en di-

sait plus que ses paroles : Je préfère de beaucoup être simplement Ben, si seulement vous voulez toujours me garder.

— Certainement, et je suis bien heureuse de t'entendre parler ainsi ; je craignais de te voir regretter ton ancienne vie, et alors tout ce que j'aurais pu essayer aurait été peine perdue. As-tu envie de nous quitter, Ben ? et miss Célia posant ses deux mains sur les épaules de l'enfant contempla le franc regard qu'il lui jeta en lui répondant :

— Non, je n'en ai pas envie, à moins qu'*il* ne revienne et n'ait besoin de moi.

Sa voix tremblait un peu, mais ses yeux étaient toujours fixés sur la jeune fille avec une telle expression qu'elle comprit qu'il n'avait pas d'arrière-pensée ; elle passa sa main blanche sur la tête de Ben et dit du ton qu'il aimait tant parce qu'elle était la seule qui le prît avec lui :

— Ton père n'est pas là, cher enfant, mais je suis sûre qu'il aimerait beaucoup mieux te voir dans une maison comme celle-ci que dans un cirque. Maintenant habille-toi vite, seulement dis-moi d'abord si tu as eu un heureux anniversaire ?

— Oh ! miss Célia, je n'aurais jamais rien pu imaginer de si joli, et ce moment est de beaucoup le plus beau de la journée, je ne sais pas comment vous remercier et pourtant je voudrais..... Ne trouvant pas l'expression qu'il cherchait, il jeta naïvement ses deux bras autour de Célia pour exprimer par des gestes, à défaut de paroles, sa profonde gratitude ; puis, comme honteux de la liberté qu'il avait prise, il s'occupa activement à dénouer son unique soulier.

Célia préféra ce remerciement muet à toutes les plus belles phrases qu'il aurait pu faire, et en allant vers la maison elle disait :

— Si je puis ramener au troupeau une seule brebis perdue, je me sentirai plus digne d'être la femme du berger.

CHAPITRE XXII

Traité de paix.

Bien des jours se passèrent avant que les enfants fussent fatigués de parler de la fête de Ben, mais toutes choses ont une fin, et en attendant l'époque de la cueillette des noix, qui était l'occasion de grandes réjouissances, les enfants jouèrent aux barricades ; ce jeu consistait pour les garçons à bâtir une barricade avec des bûches pour empêcher les filles d'entrer sous un hangar où elles avaient coutume de jouer ; celles-ci à leur tour démolissaient la barricade, que leurs ennemis ne tardaient pas à relever ; comme les heures de récréation n'étaient pas les mêmes, les pauvres bûches étaient alternativement empilées ou dispersées, sans grand inconvénient d'ailleurs, puisque les belligérants ne couraient aucun risque de se blesser. Cette ligue des garçons contre les filles avait momentanément amené une paix relative entre Sam et Ben ; mais ce dernier ne tarda pas à subir de nouveau les taquineries incessantes de son ennemi, qui prenait plaisir à lui donner les surnoms les plus désagréables qu'il pût imaginer. Cependant la fortune favorisa notre ami, et lui qui avait enduré patiemment tant d'ennuis put enfin prendre sa revanche et imposer ses conditions de paix au gros Sam.

Quand les filles avaient démoli la barricade elles célébraient leur victoire en frappant des pincettes l'une contre l'autre ou en tapant sur des bouilloires ou des casseroles ; de leur côté lorsqu'ils avaient empilé les bûches, les garçons sifflaient et battaient du tambour avec leurs poings sur une cloison de bois. Billy apporta son tambour, et Sam en retrouva un vieux qui lui venait de son frère, mais les baguettes étaient perdues et il songea à en fabriquer une paire avec des roseaux : « Ils abondent dans le marécage, pourvu que je puisse en attraper quelques-uns, ce sera parfait ! » et en revenant de l'école, il se détourna de son chemin pour aller en chercher une provision.

L'endroit était assez dangereux et on racontait la tragique histoire d'une vache qui s'y était enfoncée jusqu'à la naissance des cornes, et qui était morte étouffée dans la vase. Sam avait souvent vu Ben sauter d'une pierre à l'autre dans le marais pour aller cueillir des fleurs que désirait Betty, et le gros garçon pensait qu'il pourrait bien en faire autant. Deux ou trois sauts l'amenèrent, non pas près des roseaux comme il l'avait espéré, mais dans une mare d'eau boueuse où il enfonça jusqu'à mi-corps avec une alarmante rapidité. Très-effrayé, il avisa à se tirer de là ; tout ce qu'il put faire, ce fut d'atteindre une grosse touffe d'herbes sur laquelle il essaya de se hisser en dégageant ses jambes ; mais il ne put jamais réussir à prendre pied sur cette

île en miniature au milieu d'un océan de boue.
Le pauvre Sam se mit à gémir en pensant aux
sangsues et autres animaux qui grouillaient dans le
marais, puis le souvenir de la vache vint assiéger son
esprit et il commença à pousser des cris de détresse.
Il savait combien le sentier voisin était peu fréquenté,
le soleil disparaissait à l'horizon, la perspective de
passer la nuit dans une position si précaire donna à sa
voix une nouvelle force et il appela au secours sur
tous les tons possibles. Pendant longtemps l'écho seul
lui répondit, enfin un « ohé ! » partant du sentier fit
renaître l'espérance dans son cœur et des larmes de
joie roulèrent sur ses grosses joues.

— Au secours ! je suis dans le marécage, aidez-moi
à me tirer, hurlait Sam de toute la force de ses poumons en attendant avec anxiété que son sauveur parût,
car jusque-là il ne faisait qu'apercevoir au-dessus de la
haie qui bordait le sentier le sommet d'un chapeau
de paille ; des pas se firent entendre dans les brous-
sailles, les branches s'écartèrent et laissèrent apparaître aux yeux du malheureux Sam la petite personne
de Ben, le dernier être au monde qu'il eût songé
à appeler à son aide : aussi eut-il la pensée de se précipiter de nouveau dans le trou d'où il avait essayé de
sortir.

— Est-ce toi, Sam ? Eh bien ! te voilà bien posé ! et
les yeux de Ben commencèrent à briller de plaisir,
ce qui n'était pas étonnant, car la vue du pauvre Sam
aurait donné le fou rire aux gens les plus mélanco-
liques. A plat ventre sur la touffe d'herbes, les jambes
relevées aussi haut que possible, sa grosse figure
pleine de boue et la moitié inférieure du corps aussi

noire que s'il sortait d'un encrier, il offrait ainsi le plus comique spectacle qu'on pût imaginer, et Ben ne se gêna pas pour donner cours à sa gaieté.

— Tais-toi, où je vais te donner une raclée.

— Eh bien! viens-y, je te le permets, répondit Ben en riant pendant que l'autre se débattait sur sa motte de terre, au risque de retomber dans la vase.

— Voyons, ne ris pas et sois bon garçon; aide-moi à me retirer de là, ou bien j'attraperai du mal en restant tout mouillé, dit Sam en changeant de ton, car il sentait que Ben avait beau jeu.

Ben le voyait aussi et, quoiqu'il ne fût pas méchant, il ne put résister à la tentation de jouir un peu de son avantage.

— Je ne rirai plus, si je puis m'en empêcher, mais je ne sais si je pourrai garder mon sérieux, car tu ressembles tout à fait à une grosse tortue qui se chauffe au soleil. Je vais te retirer de là tout à l'heure, il faut d'abord que nous causions un peu, répondit Ben en s'asseyant sur la partie de terrain solide la plus rapprochée de son ennemi.

— Allons, dépêche-toi, je suis raide comme du bois, et horriblement engourdi, ce n'est pas drôle d'être dans ma position, murmura Sam d'un ton mécontent.

— C'est possible; mais « cela te fait du bien », comme tu me dis quand tu m'as bien battu; écoute un peu, je crois que tu en as assez, mais je ne t'aiderai que quand tu m'auras promis de me laisser tranquille à l'avenir, voilà mes conditions, ajouta Ben devenu sérieux au souvenir de tout ce qu'il avait enduré.

— Je te le promets, si tu t'engages à ne parler à

personne de mon aventure, répondit Sam en jetant sur lui-même un regard de dégoût.

— Quant à cela, je ferai ce qu'il me conviendra.

— Alors je ne promets rien, je ne veux pas que toute l'école se mette à se moquer de moi, dit Sam, qui tout autant et même plus que Ben craignait le ridicule.

— Très-bien ; bonne nuit alors ! Ben se leva, et les mains dans les poches, s'éloigna aussi tranquillement que s'il avait laissé Sam en lieu sûr.

— Attends, ne sois pas si pressé, cria Sam qui voyait peu de chances de se tirer de ce mauvais pas, s'il laissait partir Ben.

— Voilà ! et Ben revint, tout prêt à reprendre la négociation.

— Je vais te promettre de ne plus t'ennuyer, si tu prends l'engagement de ne rien raconter ; cela te va-t-il ?

— Maintenant que j'y pense, il y a encore une chose ; je veux faire un bon marché du moment que je m'en mêle ; il faut que tu me promettes que Moses se tiendra tranquille aussi ; si tu lui dis de finir, il finira. Si j'étais assez grand je vous forcerais bien à vous taire, mais, comme je ne suis pas encore de force, nous allons essayer de ce moyen.

— Oui, oui, je promets pour Moses ; maintenant aide-moi comme un bon garçon ; j'ai une affreuse crampe dans la jambe, cria Sam ; et il pensait à part lui qu'il payait bien cher son sauvetage, mais en même temps il ne pouvait s'empêcher d'admirer la manière dont Ben avait conduit l'affaire.

Notre ami apporta une planche et s'apprêtait à la

présenter au pauvre malheureux quand il s'arrêta
soudain, et dit avec une étincelle de malice dans ses
yeux noirs :

— Il y a encore une petite chose dont il faut convenir, tu ne tourmenteras pas non plus Bab et Betty, tu
leur tires les cheveux et elles n'aiment pas cela.

— Non, dit Sam, je ne voudrais pas toucher à Bab
pour un dollar, elle mord, elle égratigne comme un
chat enragé.

— J'en suis bien aise; elle sait se défendre, mais
Betty ne le sait pas, et si tu touches une seule de ses
tresses, je raconterai à tout le monde comment je t'ai
trouvé te débattant dans la boue comme un grand bébé. Eh bien? et pour aider à la décision de Sam, Ben
laissa tomber dans l'eau la planche suspendue en l'air
et couvrit son ennemi d'éclaboussures qui firent
tomber sa dernière velléité de résistance.

— Arrête, je promets, je promets.

— Aussi vrai que tu vis? demanda Ben d'un ton
solennel.

— Aussi vrai que je vis, répéta Samuel, non sans
regretter son passe-temps favori, qui était de tirer les
tresses de Betty.

— Je vais m'approcher de toi et nous allons nous
frapper dans la main pour conclure le marché; à l'aide
de sa planche il gagna une motte de terre, puis, franchissant une petite mare, arriva près du naufragé.

— Je n'avais pas pensé à ce côté-là, dit Sam, un
peu jaloux de l'adresse de son camarade.

— J'aurais cru que tu avais assez souvent copié
l'exemple d'écriture : « Regardez avant de sauter, »
pour que cette idée entrât dans ta tête dure. Allons,

frappe, continua Ben en présentant sa petite main. Sam obéit, puis Ben se mettant de côté laissa passer Sam qui suivit consciencieusement le chemin que lui avait tracé son sauveur. Quand il fut arrivé sur la terre ferme, il se tourna avec un sourire d'ingratitude :

— Eh bien ! que vas-tu devenir, mon cher « regardez avant de sauter ? »

— Les tortues d'eau ne peuvent que rester immobiles sur leur montagne de vase et crier pour qu'on vienne les délivrer, mais les grenouilles ont des jambes et savent s'en servir, elles ne sont pas effrayées à l'idée d'être un peu mouillées, répondit Ben en sautant dans une direction opposée, la mare étant trop large même pour ses jambes agiles.

Sam se dirigea vers le ruisseau pour y laver la partie inférieure de ses vêtements avant de rentrer chez lui, et il sortait de l'eau au moment où Ben arriva tout essoufflé, mais fort gai, à l'idée d'avoir conclu un excellent marché, tant pour lui que pour ses amies.

— Tu feras mieux de te débarbouiller la figure, car elle est aussi mouchetée qu'un lis tigré ; tiens, voilà mon mouchoir, si le tien est mouillé ; et Ben tendait un morceau d'étoffe d'une couleur douteuse qui certainement avait déjà fait l'office d'essuie-mains.

— Je n'en ai pas besoin, grommela Sam en égouttant l'eau de ses souliers.

— On m'a toujours enseigné à dire merci quand quelqu'un m'aidait à sortir d'embarras. Mais tu n'as jamais été bien élevé, quoique tu demeures « dans une maison à deux étages », dit Ben en citant une des phrases ordinaires de Sam, et indigné de l'ingratitude du naufragé, il s'éloigna.

Quoique Sam eût oublié d'être poli, il se souvint de sa promesse et la tint si bien que toute l'école fut étonnée de l'empire que Ben semblait avoir acquis sur son camarade et cela si soudainement. Si par hasard Sam montrait la moindre velléité de faire le méchant, notre ami n'avait qu'à lever la main ou à s'écrier : «Les roseaux! » et Sam se calmait instantanément à la grande surprise de tous ses compagnons. Si l'on faisait des questions, Sam devenait boudeur, mais Ben répondait que c'étaient les signes de reconnaissance d'une société secrète dont Sam et lui faisaient partie et qu'il allait leur raconter tout, si son collègue lui en donnait la permission, mais celui-ci n'accordait jamais la permission demandée. Ce mystère et les recherches qu'on fit pour l'expliquer mirent fin aux barricades, et avant qu'on eût le temps d'inventer un autre jeu il survint un événement qui donna ample matière aux conversations.

Environ une semaine après que le pacte eut été signé entre les deux garçons, Ben rentra rapportant une lettre pour miss Célia; il la trouva s'amusant à brûler des pommes de pin que les petites filles avaient ramassées; Bab et Betty assises auprès d'elle sur de petits tabourets l'aidaient à alimenter le foyer. La jeune fille se retourna vivement pour recevoir la lettre attendue, jeta un regard sur l'écriture, puis sur le timbre de la poste, avec une joyeuse surprise, et joignant les mains elle s'écria en s'élançant hors de la chambre :

— Il est revenu ! il est revenu ! maintenant tu peux tout leur dire, Thorny.

— Nous dire quoi? demanda Bab en relevant vivement la tête.

— Oh! seulement que Georges est arrivé, et je pense que nous allons partir pour nous marier, répondit Thorny en se frottant les mains d'un air ravi.

— Est-ce que *vous* allez vous marier? demanda Betty si sérieusement que les grands garçons éclatèrent de rire, et Thorny eut bien du mal à répondre d'une voix intelligible :

— Non, enfant, pas encore, c'est ma sœur, moi j'irai veiller à ce que tout se passe dans le grand genre, et je te rapporterai un peu de gâteau de noces; Ben aura soin de vous pendant mon absence.

— Quand partez-vous? demanda Bab impatiente d'avoir sa part du gâteau.

— Demain, je pense; Célia a tout emballé et est prête depuis une semaine. Nous sommes convenus de rencontrer Georges à New-York et de nous marier aussitôt qu'il aura déballé son habit, et comme nous sommes des gens de parole nous allons partir. Est-ce que ce ne sera pas amusant?

— Mais quand reviendrez-vous? demanda Betty avec anxiété.

— Je ne sais pas, ma sœur voudrait revenir le plus tôt possible; moi j'aimerais mieux passer notre lune de miel autre part : à Niagara, à Terre-Neuve ou aux montagnes Rocheuses, dit Thorny nommant les endroits qu'il désirait le plus visiter.

— L'aimez-vous? demanda Ben, inquiet de savoir si le nouveau maître approuverait sa présence.

— Hum! Je crois bien. Georges est un charmant garçon, et il est gai! cependant, comme il est main-

tenant ministre, il est peut-être un peu plus sévère et
plus sérieux ; ce serait bien ennuyeux, ajouta Thorny
alarmé à la pensée de ne plus s'accorder aussi bien
qu'autrefois avec son futur beau-frère.

— Parlez-nous de lui, miss Célia a dit que vous le
pouviez, dit Bab qui ne s'était jamais imaginé qu'un
ministre pût être ni jeune ni gai.

— Il n'y a pas grand'chose à en dire : nous l'avons
rencontré en Suisse, au milieu d'un orage qui nous
avait pris en allant au Saint-Bernard, et.....

— C'est là que demeurent les bons chiens? demanda
Betty espérant qu'ils paraîtraient dans l'histoire.

— Oui, nous y passâmes la nuit, et Georges me
donna sa chambre, car tout était plein et il ne voulut
jamais me laisser habiter une pièce humide du rez-de-
chaussée, la seule qui fût libre alors; Célia pensa
qu'il m'avait sauvé la vie et fut très-bonne pour lui.
Nous continuâmes à nous rencontrer souvent, puis
elle me dit qu'elle était sa fiancée; mais cela ne me
faisait rien, car elle devait revenir à la maison, et lui
continuer ses études pour en finir le plus vite possible.
Il y a un an de cela, nous avons passé l'hiver dernier
chez mon oncle à New-York, puis ce printemps j'ai
été malade, et nous sommes venus ici, voilà tout.

— Demeurerez-vous toujours ici quand vous revien-
drez? demanda Bab lorsque Thorny s'arrêta pour reprendre haleine.

— Célia le désire. Georges va aider le vieux ministre et voir s'il se plaît ici; moi je vais travailler
avec lui, et s'il est aussi bon garçon qu'autrefois nous
aurons du bon temps, vous verrez.

— Je me demande s'il voudra me garder, dit Ben,

qui craignait maintenant de se trouver sans foyer.

— Mais moi, je ne peux pas me passer de toi, mon vieux, répondit Thorny en lui tapant amicalement sur l'épaule, ainsi ne t'effraie de rien.

— Je voudrais bien voir un vrai beau mariage, parce qu'alors nous pourrions jouer à ce jeu avec nos poupées, j'ai un joli morceau de gaze pour le voile, et la robe blanche de Belinda est encore toute fraîche. Crois-tu que miss Célia nous invite au sien? demanda Betty à sa sœur pendant que les garçons parlaient avec feu du Saint-Bernard.

— Je voudrais le pouvoir, mes chéries, répondit une douce voix derrière elles; c'était celle de miss Célia; elle semblait si heureuse que les fillettes se demandèrent ce que la lettre avait pu dire pour donner un tel éclat à ses yeux et amener un pareil sourire sur ses lèvres. Je ne serai pas longtemps absente et je ne serai pas du tout changée quand je reviendrai pour vivre parmi vous, j'aime cette vieille maison, et j'espère y rester de longues années, ajouta-t-elle en caressant les deux petites têtes blondes.

— Bravo alors ! s'écria Bab, pendant que Betty passait doucement son bras autour du cou de la jeune fille et murmurait à son oreille :

— Je crois que nous ne pourrions pas supporter de voir des étrangers venir demeurer ici.

— Cela me fait plaisir de t'entendre dire cela et je voudrais que tout le monde pensât de même. J'ai essayé de faire un peu de bien cet été, mais quand je serai de retour je travaillerai de tout mon pouvoir afin d'être la digne femme du ministre, et vous m'aiderez à faire du bien, n'est-ce pas ?

— Oui, oui, certainement, s'écrièrent les enfants toujours prêtes à faire tout ce que désirait leur chère miss Célia.

Puis se tournant vers Ben, la jeune fille lui dit de ce ton de confiance qui lui faisait croire qu'il avait vingt-cinq ans :

— Nous partirons demain, tu continueras ton service, fais-le comme si nous étions là, et sois sûr que pour ce qui te concerne rien ne sera changé quand nous reviendrons.

La figure de Ben s'éclaira et la seule manière qu'il trouva pour exprimer son bonheur, ce fut de faire un feu de joie qui faillit rôtir la compagnie.

Le lendemain matin le frère et la sœur partirent de bonne heure, et les enfants se précipitèrent vers l'école pour y annoncer la grande nouvelle.

CHAPITRE XXIII

Arrivée de..... quelqu'un.

Deux semaines se sont écoulées. Les deux petites sœurs ont joué toute l'après-midi dans l'avenue « au mari et à la femme », mais quand les ombres se sont allongées sur le sol, la fatigue s'est fait sentir, et d'un commun accord elles sont allées s'asseoir sur la barrière pour observer de là le retour de Ben qui était allé cueillir des noisettes avec quelques camarades. Lorsque les fillettes choisissaient ce jeu, c'était toujours Bab qui faisait le mari; celui-ci se livrait avec ardeur à la chasse et à la pêche, afin de pourvoir à la subsistance de sa nombreuse famille qu'il approvisionnait du gibier le plus varié depuis les éléphants et les crocodiles jusqu'aux oiseaux-mouches. Betty était la femme, une charmante petite mère de famille tout occupée de confectionner des friandises imaginaires avec du sable et de la boue qu'elle moulait dans des tasses fendues et qu'elle faisait cuire dans un four de sa façon.

Leur journée avait été laborieuse, cependant le repos si bien mérité fut de courte durée, car après
quelques moments d'inaction Bab céda à la tentation
de s'exercer à marcher sur la traverse supérieure de
la barrière sans tomber trop souvent. Pendant qu'elle
se relevait de ses chutes, Betty se donnait le plaisir
de se balancer sur la barrière. Ayant épuisé ces nouveaux genres d'amusements, elles reprirent place côte
à côte sur ce perchoir d'une nouvelle espèce où elles
avaient l'air de deux jolies poulettes de belle venue,
et se mirent à babiller :

— Crois-tu que Ben rapporte son sac plein? Nous
nous amuserons bien à manger des noisettes le soir !
dit Bab cachant ses bras nus dans son tablier, car on
était en octobre et l'atmosphère se refroidissait.

— Oui, et puis maman dit que nous pourrons en
faire cuire dans nos petites bouilloires, car Ben veut
qu'il y en ait la moitié pour nous, répliqua Betty
toujours préoccupée des affaires culinaires.

— J'en donnerai à M. Thorny.

— Et moi des quantités à miss Célia.

— Ne te semble-t-il pas qu'il y a plus de quinze
jours qu'elle est partie?

— Je me demande ce qu'elle nous apportera. Avant
que Bab eût pu répondre par quelque conjecture, un
bruit de pas se fit entendre, accompagné d'un joyeux
sifflement qu'elles connaissaient bien. Elles levèrent
la tête et, ne doutant pas que ce fût Ben, elles allaient
lui demander : En as-tu beaucoup? mais elles ne dirent rien, car la personne qu'elles aperçurent n'était pas
Ben ! c'était un étranger qui cessa de siffler et s'avança
lentement en époussetant avec son mouchoir son vieil

habit de velours, tandis qu'il passait dans l'herbe pour nettoyer ses souliers.

— C'est un rôdeur! sauvons-nous, dit Betty à demi-voix après avoir jeté sur lui un rapide regard.

— Je n'ai pas peur, moi, reprit Bab déterminée à se donner l'air très-hardi, mais un éternument vint à la traverse. Le voyageur leva la tête, il avait les traits amaigris, le teint brun et des yeux noirs et pénétrants qui se fixèrent avec tant d'expression sur les enfants que Betty se mit à trembler et que Bab se repentit fort de ne pas s'être au moins retranchée en dedans du jardin.

— Comment cela va-t-il? dit l'étranger avec un sourire et un signe de tête plein d'amabilité, comme s'il eût voulu rassurer les petites mines effarées qu'il avait devant les yeux.

— Assez bien, monsieur, dit Bab en lui rendant poliment son salut.

— Y a-t-il du monde à la maison?

— Seulement notre mère; tous les autres sont partis se marier.

— A la bonne heure, dit-il en riant; dans l'autre maison tout le monde était parti à un enterrement, et il jeta un coup d'œil sur l'habitation de M. Allen que l'on voyait au flanc de la colline.

— Comment! vous connaissez M. Allen? s'écria Bab toute surprise et déjà toute rassurée.

— J'ai fait le voyage tout exprès pour le voir, et je flâne par ici en attendant qu'il soit rentré, répondit-il avec un soupir plein d'impatience.

— Ma sœur vous avait pris pour un rôdeur, mais moi, e n'ai pas eu peur. J'aime bien les rôdeurs depuis

22

que Ben est venu, dit Bab avec sa candeur habituelle.

— Qui est Ben? et l'homme s'avança si brusquement que Betty faillit tomber en voulant se reculer.
N'ayez donc pas peur. J'aime beaucoup les petites filles,
ainsi ne craignez rien et dites-moi tout ce qui concerne Ben, ajouta-t-il d'un ton persuasif; il s'appuya
sur la barrière et elles purent voir de plus près
comme il avait l'air bon, malgré son regard inquiet et
pénétrant.

— Ben! mais c'est le petit domestique de miss Célia.
Nous l'avons trouvé un jour dans la remise, il était
presque mort de faim, et depuis il a toujours demeuré
ici, répondit Bab qui s'enhardissait.

— Contez-moi tout cela. Moi aussi je m'intéresse
aux rôdeurs; et sa physionomie confirmait ses paroles
pendant qu'il écoutait le récit enfantin bien plus intéressant dans sa naïveté qu'une savante narration.

— Vous avez été bien bonnes pour ce petit bonhomme! ce fut tout ce que l'inconnu put articuler
quand Bab eut terminé. Quoiqu'elle eût amalgamé
d'une façon assez confuse la vieille voiture, miss Célia,
les petits seaux de fer-blanc, et Sancho et le cirque,
il avait fort bien compris que Ben avait été recueilli
par de braves gens.

— Nous ne pouvions faire autrement! C'est un si
gentil garçon et nous l'aimons tant! mais lui aussi
nous aime bien, dit Bab avec animation.

— Surtout moi, repartit Betty, qui se sentait maintenant tout à fait à son aise, car les yeux noirs de l'interlocuteur s'étaient merveilleusement adoucis, et toute
sa figure basanée n'était que sourires.

— Je ne m'en étonne pas le moins du monde. Vous

êtes bien la plus gentille paire de petites filles que j'aie
jamais connues; et il avança les deux mains comme
s'il eût voulu les attirer sur son cœur, mais il se retint
et se borna à se frotter les mains en faisant des questions de façon à se faire conter tout ce qu'il était possible
de dire; les petites filles en vinrent même bientôt
aux confidences, car il avait cessé de leur paraître
étranger. Bab était déjà si bien habituée à sa figure
qu'en intervertissant tout à coup les rôles elle lui demanda à son tour :

— N'êtes-vous jamais venu ici? Il me semble que je
vous ai déjà vu.

— Non, jamais de ma vie, mais je suppose que vous
avez vu quelqu'un qui me ressemble; et ses yeux noirs
clignèrent avec malice en regardant en face les deux
figures étonnées qu'il avait devant lui. Puis il reprit
d'un air sérieux : Je cherche un garçon intelligent; ne
pensez-vous pas que ce Ben me conviendrait bien? c'est
justement un gaillard de cette espèce que je désire.

— Êtes-vous un homme d'un cirque? demanda vivement Bab.

— Mais non; pas maintenant; j'ai à présent une
meilleure profession.

— Ah! j'en suis bien aise; car nous n'aimons pas
cela ; mais je crois que c'est splendide !

Bab avait commencé par citer gravement l'opinion
de miss Célia et avait fini par laisser échapper la sienne,
dans un élan d'admiration qui contrastait singulièrement avec sa première remarque; Betty dit avec inquiétude :

— Nous ne pouvons laisser partir Ben, c'est impossible. Je sais qu'il ne le voudrait pas et que cela ferait

de la peine à miss Célia. Je vous en prie, ne le deman-
dez pas.

— Il est libre de faire ce qu'il veut, je suppose. Il
n'a pas de parents, n'est-ce pas?

— Non, son père est mort en Californie, et Ben était
malheureux et il a tant pleuré que nous en avons eu
aussi du chagrin et que nous lui avons donné une
petite partie de maman, car il était tout abandonné.

Betty dit cela d'une voix si tendre, et avec un air si
suppliant que l'étranger caressa doucement sa joue
rose.

— Soyez bénies, chères petites! Non, je ne l'emmène-
rai pas, ni ne ferai de peine à personne de ceux qui
ont été bons pour lui.

— Le voilà qui arrive; j'entends Sancho qui aboie
aux écureuils, s'écria Bab s'avançant sur la route pour
voir plus loin.

Le voyageur se retourna vivement et Bab vit qu'il
paraissait respirer avec peine quand ses yeux s'arrêtèrent sur le coin de l'école et sur l'érable qu'éclairait
le soleil couchant. Ben venait d'y apparaître mais,
aveuglé par le soleil, il ne se doutait pas que son
arrivée fût attendue par des êtres chéris et il continuait de siffler avec une parfaite insouciance en portant son sac de noisettes. Sancho le précédait; il fut le
premier à apercevoir un homme qui venait à sa rencontre. Depuis son accident, le caniche nourrissait une
haine marquée pour les gens inconnus qu'il voyait
sur les routes; il s'arrêta pour gronder et montrer les
dents avec l'intention évidente de sommer le nouveau
venu d'avoir à quitter le voisinage.

— N'aie pas peur, Sancho, il ne te fera pas de mal,

lui dit Bab d'un ton encourageant, mais sans lui laisser le temps d'ajouter un seul mot, Sancho poussa un hurlement plein d'expression èt s'élança à la tête de cet homme comme s'il eût voulu l'étrangler.

Betty se mit à crier et Bab se préparait à aller rétablir la paix lorsque l'une et l'autre s'aperçurent que le chien léchait avec des transports de joie la figure de l'étranger qui s'écria :

— Bon vieux Sancho! je savais bien qu'il n'oublierait pas son maître! et il l'a bien reconnu.

— Qu'est-ce qu'il y a donc? s'écria Ben en hâtant le pas et en brandissant un solide bâton.

Personne n'eut besoin de répondre, car aussitôt que Ben fut arrivé dans l'ombre et qu'il put voir clair, il s'arrêta court comme s'il se trouvait en présence d'un revenant.

— C'est ton père, mon Ben chéri, ne me reconnais-tu pas? dit le voyageur d'une voix étouffée en se débarrassant du chien et en tendant les bras à son enfant.

Le sac de noisettes, lancé au loin, se vida en tombant et Ben, incapable de dire autre chose que « papa, papa! » se jeta éperdu dans les bras qui se tendaient vers lui. Sancho tournait autour d'eux en aboyant du haut de la tête, puisque c'était le seul moyen qu'il eût à sa disposition pour témoigner son ravissement.

La scène qui se passa ensuite ne peut être racontée, car elle n'eut pas de témoin, Bab et sa sœur coururent vers leur mère pour lui annoncer que le père de Ben était revenu en vie et que Sancho l'avait reconnu tout de suite.

La besogne de la journée étant finie, Mme Moss se reposait un moment dans son fauteuil à bascule avant de mettre le couvert pour le souper.

Elle s'élança hors de son siége en entendant les voix animées de ses enfants, et lorsqu'elles lui eurent raconté ce qui s'était passé :

— Où est-il? Amenez-le ici. Je ne sais vraiment plus où j'en suis !

— Avant que Bab eût eu le temps d'obéir, Sancho se précipita dans la maison et tourna autour de la table comme une toupie affolée, puis il marcha sur deux pattes, fit l'exercice et voulut selon son ancienne habitude terminer par une valse, mais il fut bientôt rappelé à la triste réalité.

— Ils viennent! ils viennent! regarde, maman, comme il a l'air bien, dit Bab en sautant d'un pied sur l'autre tandis que l'heureux couple se rapprochait.

— Comme ils se ressemblent! n'importe où je l'aurais vu, j'aurais su que c'était le père de Ben! s'écria Mme Moss en s'avançant vers la porte.

Assurément ils se ressemblaient beaucoup et il était curieux d'observer qu'ils avaient absolument la même manière de porter leur chapeau, la même courbure des jambes, la même étincelle dans le regard, le même sourire plein de bonne humeur et enfin la même agilité dans les membres. Brown, portant d'une main le sac de noisettes, donnait l'autre à son fils qui la serrait et la baisait sans se lasser. Il était bien un peu honteux de laisser voir une si grande émotion, mais de grosses larmes de joie sillonnaient ses joues, et il était trop heureux d'être réuni à son père « avant d'être au ciel » pour vouloir faire le fanfaron.

C'était un charmant petit tableau que celui que formait Mme Moss attendant sur le seuil de sa porte

Madame Moss attendait sur le seuil de sa porte. (Page 342.)

qu'elle pût souhaiter une bienvenue amicale au père de son favori.

— Je suis véritablement bien contente, mon-

sieur Brown, de vous voir en bonne santé. Entrez bien
vite et reposez-vous. Je parierais volontiers qu'il n'y a
pas ce soir dans le monde un garçon plus heureux que
ne l'est notre cher Ben.

— Et moi, madame, je suis sûr qu'il n'y a pas un
homme qui puisse être plus reconnaissant que moi
quand je vois toute votre bonté pour mon pauvre
petit abandonné, dit M. Brown en se débarrassant
pour serrer les deux mains qui se tendaient vers lui.

— Ne parlez donc pas de cela, je vous prie, venez
plutôt vous asseoir et dans deux minutes je vais vous
servir du thé. Quoique la joie empêche Ben de sentir
la fatigue et la faim, je suis bien sûre qu'il doit avoir
besoin de se reposer et de souper, et, pour dissimuler
un attendrissement qu'elle ne pouvait maîtriser,
l'excellente femme se mit à ranger tout ce qui l'entourait, quoique tout fût parfaitement en ordre. Puis
voulant faire honneur à son hôte, elle atteignit ses
plus jolies tasses. Tout heureuse de penser que le
voyageur était arrivé justement un jour où elle avait
cuit, elle couvrit la table de provisions que douze affamés n'auraient pu réussir à consommer.

Ben et son père assis près de la fenêtre causèrent
sans se lasser, car ils avaient l'un et l'autre beaucoup
de choses à se dire, jusqu'au moment où ils furent
conviés à un souper qui était offert de si bon cœur que
tout leur en sembla plus exquis. A chaque instant Ben
s'interrompait pour regarder son père, le toucher,
lui parler, car il lui semblait toujours qu'il était le
jouet d'un rêve. A voir Brown faire si bon accueil à
tout ce que lui était offert, on aurait été fondé à croire
qu'en Californie on ne mangeait guère. Mme Moss

présidait avec bonheur à ce petit festin et les deux
fillettes se disputaient le plaisir d'instruire leur nouvel
ami des moindres faits relatifs à l'heureux Ben ou au
fidèle Sancho.

— Maintenant, mes enfants, dit la mère après que
l'on eut quitté la table pour se mettre en cercle autour
d'un feu pétillant que la fraîcheur de la soirée faisait
paraître très-agréable, il faudrait vous taire et laisser
la parole à M. Brown qui va nous dire comment il est
« revenu en vie » comme vous dites.

Celui-ci ne se fit pas prier pour faire un récit qui
devait avoir tant d'attrait pour son auditoire. Il raconta la vie sauvage qu'on mène dans les plaines, le com-
merce des mustangs, le terrible coup qu'il avait reçu,
et à la suite duquel on l'avait cru mort, les longs
jours passés à l'hôpital sans qu'il en eût gardé aucun
souvenir; puis sa lente convalescence, son retour à
New-York, la nouvelle de la disparition de Ben racontée par Smithers, son arrivée chez M. Allen et son
bonheur en apprenant qu'il allait retrouver son enfant.

— Aussitôt que je me sentis revivre je priai les gens
de l'hôpital de t'écrire, sans doute ils n'ont pas tenu
leur promesse. Dès que j'ai été assez fort je me suis
mis en route, mais je n'avançais pas vite, il fallait
gagner ma dépense. Je fus bien désappointé en ne te
retrouvant pas où je t'avais laissé, puis je craignis que
tu ne fusses pas resté ici non plus, car je connais ton
goût pour les voyages, encore plus prononcé que le
mien, je crois.

— J'ai été souvent tenté de partir, mais on était si
terriblement bon pour moi ici que je n'ai pas pu, avoua
Ben, s'étonnant en secret de sentir que la perspective

de s'en aller, — fût-ce avec son père — lui causerait
des regrets, car il avait pris racine dans un sol fertile
et n'était plus comme une semence de chardon qui à
la moindre brise est transportée dans un lieu éloigné.

— Je sens tout ce que je dois à de si braves gens;
ou je ne m'appelle pas Benjamin Brown, ou nous tra-
vaillerons toi et moi pour nous acquitter d'une si grande
dette avant de mourir, répondit le père avec emphase
en faisant claquer sa main sur son genou, geste que
Ben répéta aussitôt en s'écriant avec feu :

— J'en suis, père, j'en suis ! puis il ajouta d'un ton
plus calme : Que vas-tu faire à présent ? retourner chez
Smithers ? continuer ton ancien état ?

— Ce n'est pas probable après la façon dont tu as
été traité par lui. Je lui ai dit ce que j'en pensais et il
ne sera pas pressé de me revoir, répondit Brown avec
un coup d'œil qui rappela à Bab le regard de Ben le
jour où il l'avait si bien secouée après la disparition de
Sancho.

— Il y a d'autres cirques que le sien dans le monde,
mais il me faudrait bien de l'exercice avant d'être en
état de travailler dans un cirque, dit le jeune garçon
en se détirant les bras et les jambes avec un curieux
mélange de satisfaction et de regret.

— Oui, polisson, tu as vécu comme un coq en pâte
et tu as pris de l'embonpoint, reprit Brown en lui donnant quelques légers coups de poing dans les côtes. Je
crois que je ne pourrais plus t'enlever à bras tendu,
car je n'ai pas encore recouvré toutes mes forces et
puis nous en avons perdu l'habitude. Mais c'est peut-
être pour le mieux, car je suis presque décidé à abandonner l'état et à rester sédentaire quelque part, si

je peux trouver à m'occuper, continua l'ancien écuyer
en se croisant les bras et en contemplant le feu d'un
air rêveur.

— Je ne serais pas étonné que vous pussiez rencontrer
ici ce que vous désirez, s'empressa de dire Mme Moss
qui redoutait de voir Ben s'éloigner et qui comprenait
parfaitement que, si son père voulait l'emmener, personne n'aurait rien à dire. M. Towne a dans le voisinage une école de dressage où il y a beaucoup de chevaux, de sorte qu'il cherche toujours des hommes
capables.

— Cela pourrait bien faire mon affaire; merci, madame, j'irai voir si l'on veut de moi. Trouverais-tu
que c'est trop déchoir, Ben, que de voir ton père devenir palefrenier après avoir été premier écuyer du
GRAND CIRQUE D'OR, qu'en dis-tu, mon garçon?

— Non, père; je n'en serais pas humilié. C'est très-
beau de voir cette écurie de quatre-vingts chevaux.
Un jour que M. Towne m'avait vu monter une
jument grise dont tout le monde a peur, il m'a offert
une place chez lui ; c'était bien tentant, mais miss
Célia venait de m'acheter des livres d'école, et je savais
qu'elle serait bien contrariée de me voir tout abandonner. Maintenant je suis très-content d'avoir refusé,
car je fais beaucoup de progrès et j'aime beaucoup
l'étude.

— Tu as bien fait, mon enfant, et je t'approuve. Si
tu veux prospérer, ne sois jamais ingrat envers ceux
qui t'ont fait du bien. Je verrai lundi ce qu'il y a à
faire de ce côté. Mais il est temps de m'en aller; je
reviendrai demain, si vous pouvez donner un petit
congé à ce gamin-là. Nous nous donnerons le plaisir

de passer ensemble un bon dimanche à causer, n'est-
ce pas, mon Benny? et le père se leva pour partir;
mais, la main posée sur l'épaule de l'enfant, il semblait s'en éloigner à regret.

Mme Moss devina ce sentiment et, oubliant que
deux heures auparavant cet homme lui était complètement inconnu, elle laissa parler son cœur compa-
tissant.

— Il y a loin d'ici à l'auberge, et ma petite chambre
est toujours prête. Si vous voulez vous en contenter,
cela ne me causera pas le moindre embarras et vous y
serez le bienvenu.

Brown sourit, mais parut hésiter à accepter un
nouveau service de cette bonne âme à qui il devait
déjà tant; Ben ne lui laissa pas le temps de faire des
cérémonies, car il s'élança vers une porte qu'il ouvrit
toute grande en disant :

— Oh, père! reste, je t'en prie! ce sera si bon de te
savoir tout près de moi! C'est une chambre numéro
un. C'est là que j'ai couché la première nuit et le lit
m'a paru fameux après avoir passé quinze nuits sur
l'herbe et la paille.

— J'accepte et, comme je suis passablement fatigué,
je crois que je ferai aussi bien de ne pas tarder davantage à essayer du bon lit, répondit le nouvel hôte.
Puis, au moment de franchir le seuil de cette chambre
hospitalière, le cœur débordant d'émotion au souvenir de ce qu'on avait fait pour l'enfant perdu qu'il
venait de retrouver, il s'arrêta et, une main posée sur
la tête de chacune des petites filles, il dit avec un
accent qui montrait la sincérité de ses sentiments :

— Je n'oublie rien, madame; tant que je vivrai,

ces enfants peuvent compter sur un ami véritable, et incapable de se contenir plus longtemps il ferma brusquement la porte.

— Je suppose, dit Betty avec candeur, qu'il veut dire que nous aurons un peu du père de Ben parce que nous lui avons donné un peu de notre maman.

— Certainement, et c'est bien juste, répondit Bab d'un ton décidé. N'est-ce pas, maman, que son père est un brave homme?

— Allez vous coucher, mes enfants, répondit Mme Moss, mais, quand ses filles l'eurent quittée, il lui arriva plus d'une fois, tout en lavant ses tasses, de jeter un regard sur un porte-manteau où pour la première fois depuis cinq ans elle voyait un chapeau d'homme, et elle se reporta à l'heureux temps où ses filles aussi avaient un père. Si ce n'est pas assez d'un mariage dans un livre d'enfant, nous laisserons entrevoir ce que personne ne prévoyait alors : c'est que, avant la fin de l'année, Ben avait trouvé une maman, ses deux petites amies avaient un nouveau papa, et il y eut désormais souvent un chapeau de feutre suspendu derrière la porte.

CHAPITRE XXIV

La grande porte est ouverte.

Brown se leva de si grand matin que Bab et Betty se persuadèrent qu'il était parti en compagnie de son fils et qu'on ne les reverrait plus.

Leur mère ne partagea pas cette conviction et leur dit d'aller voir à l'écurie. Elle avait raison, car on les y trouva faisant un minutieux examen de Lita ; l'un et l'autre avaient les mains dans les poches et tant de ressemblance dans la physionomie et les attitudes qu'on aurait cru voir le même personnage simultanément par les deux bouts d'une lorgnette.

— C'est la plus jolie bête que j'aie vue depuis longtemps, disait le père au moment où les deux fillettes, dont la course rapide faisait voler au vent les longues tresses ornées de rubans bleus, arrivèrent se tenant par la main.

Ben exprima à son tour son opinion en termes si techniques et en se donnant si bien l'air important

d'un jockey, que son père éclata de rire et lui di à
demi-voix :

— Allons, Ben, il faut nous défaire de cet argot,
puisque nous avons abandonné notre ancien métier.
Ces braves gens font de toi un gentleman et il ne
me siérait pas de gâter leur ouvrage. Venez, mes
gentilles petites, je vais vous montrer comment on
dit bonjour en Californie, ajouta-t-il en leur faisant
un signe amical auquel elles obéirent avec empressement.

— Le déjeuner est prêt, monsieur, dit Betty
toute soulagée en voyant que ses amis n'étaient pas
perdus.

— Nous avions cru que vous vous étiez sauvés de
nous, ajouta Bab, et toutes les deux mirent la main
dans celle qui leur était tendue.

— Ce serait là un tour bien honteux, mais je vais
m'enfuir avec vous ; et sans savoir comment cela leur
était arrivé elles se trouvèrent assises sur les deux
épaules de Brown.

Ben, reporté dans le passé, précéda le trio en faisant une série de gambades jusqu'à la porte où les
attendait Mme Moss.

Après déjeuner Ben s'absenta un instant pour
reparaître bientôt en tenue du dimanche. Il avait l'air
si soigné et si comme il faut que son père laissa
voir sa surprise et sa satisfaction.

— Eh bien ! voilà, j'espère, un joli garçon et tu
as fait une si belle toilette tout exprès pour venir te
promener avec le vieux père? demanda Brown en caressant cette tête chérie, tandis que Mme Moss et ses
filles montaient s'habiller.

— J'ai pensé que tu voudrais peut-être bien venir à l'église d'abord, dit Ben avec un sourire si expressif qu'il était difficile d'y résister.

— Mais je suis trop mal vêtu, mon enfant, sans cela, j'irais tout de suite, pour te faire plaisir.

— Miss Célia dit que Dieu ne regarde pas aux habits et elle m'a mené à l'église quand j'étais bien plus mal habillé que toi. J'y vais toujours les dimanches matin, elle aime à m'y voir ; et Ben tournait et retournait son chapeau comme s'il eût été fort embarrassé de savoir que faire.

— As-tu envie d'y aller ? demanda son père avec surprise.

— J'ai envie de lui faire plaisir, si cela ne te fait rien, nous pourrons faire notre promenade dans l'après-midi.

— Je ne suis jamais allé à l'église depuis que ta mère est morte, et cela me semblerait étrange ; cependant en me voyant ici et en vie je sens que je le devrais, et Brown promenait sur tout ce qui l'entourait des regards qui témoignaient sa satisfaction d'avoir échappé aux dangers et à la maladie pour arriver à ce qu'il appelait le paradis.

— Miss Célia dit que l'église est l'endroit où il faut aller quand on a des chagrins et puis aussi quand on est heureux. J'y ai été lorsque tu étais mort et que je pleurais et aujourd'hui que j'embrasse mon bon père bien vivant, j'ai besoin d'y aller, pour remercier Dieu ; et Ben jeta ses bras autour du cou de Brown qui lui rendit sa chaleureuse étreinte en disant vivement :

— J'irai, car je dois aussi remercier le Seigneur

qui me fait retrouver mon fils bien meilleur que je ne
l'avais quitté. »

Pendant quelques instants on n'entendit que le tic-
tac de la vieille horloge et les gémissements plaintifs
de Sancho qu'on avait enfermé dans le bûcher pour
l'empêcher d'aller à l'église sans y être invité.

Des pas s'étant fait entendre dans l'escalier, Brown
prit vivement son chapeau, et dit à la hâte :

« Dis-leur que je ne suis pas présentable pour me
montrer avec vous. Je me glisserai dans le dernier
banc quand tout le monde sera entré, je sais le chemin. » Avant que Ben eût eu le temps de répondre,
son père avait disparu. Nul ne le revit sur le chemin,
mais, caché derrière un buisson, il vit passer la famille
Moss et se réjouit encore du changement qu'il remar-
quait dans ce fils chéri dont la pensée avait été sa seule
consolation dans les épreuves et les tentations de sa
vie difficile.

« J'avais promis à Marie de faire de mon mieux
pour le petit orphelin qu'elle me laissait, et j'ai tenu
parole, mais je crois qu'il a trouvé une amie meilleure
que moi au moment où elle pouvait lui être le plus
utile. Cela ne me fera pas de mal de le suivre sur cette
route, » pensa Brown en sortant de sa cachette pour
reprendre la grande route. Il sentait que pour son
propre bien comme pour celui de son fils il serait
bon de se fixer dans ce lieu tranquille où il avait déjà
trouvé des amis.

La cloche avait cessé de sonner lorsqu'il arriva sur
la pelouse; tout le monde était entré, sauf un jeune
garçon, assis sur une marche et qui s'empressa de
venir au-devant de lui en lui disant :

« Ce n'est pas moi qui te laisserais tout seul pour qu'on croie que j'ai honte de mon père ; viens, nous allons être ensemble. »

Ben conduisit son père tout droit au banc du juge et s'y assit auprès de lui. Sa figure exprimait une telle joie que tous ceux qui ignoraient encore la cause de son bonheur durent la deviner. Brown, honteux de sa triste toilette, fut pris à l'improviste comme il le dit plus tard, mais la poignée de main que lui offrit M. Allen et le bienveillant bonjour que lui adressa Madame lui donnèrent le courage de soutenir les regards de l'assemblée. Et cependant les plus jeunes membres ne cessèrent de l'observer pendant tout le sermon malgré les avertissements de leurs parents, mais ce qui mit le comble au bonheur de ce jour, ce furent les paroles que M. Allen adressa à Ben : — et Sam les entendit — J'ai une lettre de miss Célia. Viens chez moi avec ton père, j'ai à lui parler.

Ben accompagna son père jusqu'au chariot où il eut le bonheur de voir devant lui le vieux chapeau de feutre côte à côte avec le beau castor de M. Allen, tandis qu'il prit place sur le second banc à côté de Madame Duc, devinant sans doute qu'il était observé par l'œil d'un connaisseur prit une allure inusitée. Ce fut d'abord pour l'amour de Ben que M. Allen témoigna de l'intérêt à Brown, mais quand celui-ci eut raconté son histoire, il s'était acquis l'estime de son auditeur, non seulement à cause de la résignation avec laquelle il avait supporté ses malheurs, mais surtout de la joie qu'il ressentait des progrès que son fils avait faits dans le bien, et du désir qu'il manifestait de s'adonner à un travail honnête pour maintenir ce cher garçon dans la bonne place où il était si heureux et si content.

« Je vous donnerai un mot pour M. Towne, Smithers a dit du bien de vous et vos capacités seront vos meilleures recommandations, » dit M. Allen quand ils se quittèrent à sa porte, et que Ben eut été mis en possession de la missive qui lui était adressée.

Miss Célia était absente depuis quinze jours et tout le monde soupirait après son retour. La première semaine Ben avait reçu un journal que lui envoyait Thorny. A la colonne des mariages il y avait un article encadré d'une ligne au crayon rouge et dans la marge était dessinée une main qui montrait du doigt ce qu'il fallait lire. La seconde semaine il arriva un paquet à l'adresse de Mme Moss et l'on y trouva un morceau de *wedding-cake*[1] pour chaque personne de la maison, sans oublier Sancho qui avala sa part d'une seule bouchée ainsi que le beau papier dentelle dont elle était enveloppée.

On était arrivé à la troisième semaine et comme pour faire déborder sa coupe de joie, Ben trouva dans cette lettre la bonne nouvelle que sa chère maîtresse arriverait le samedi suivant. Le passage qui le ravit surtout était celui-ci :

« Je veux que la grande porte soit ouverte afin que ce soit par là que le nouveau maître fasse son entrée. Je te charge de ce soin comme aussi de mettre le jardin bien en ordre. Randa te donnera la clef pour que tu atteignes les drapeaux, car il faut que tout prenne un air de fête pour le recevoir. »

[1] Gâteau de noce.

Quoique ce fût un dimanche, Ben ne put s'empêcher de courir comme un fou en agitant sa chère
lettre au-dessus de sa tête, pour apprendre la nouvelle à Mme Moss. Puis il commença à faire des projets pour l'arrivée de miss Célia, il ne pouvait encore
se décider à lui donner un autre nom.

Pendant la promenade de l'après-midi avec son
père, il ne cessa de parler d'elle, ne se lassant pas de
dire quel heureux été il avait passé sous son toit, et
Brown ne se fatiguait pas davantage de l'écouter ; car
chaque instant lui donnait de nouvelles preuves des
miracles opérés par les bonnes paroles de miss Célia.
D'heure en heure il sentait croître sa reconnaissance
et son désir de la témoigner dans l'humble mesure de
ses moyens.

Ce vœu ne devait pas tarder à se réaliser, et il paya
largement de sa personne dans l'occasion qui s'offrit
à lui.

Le lundi il s'était présenté chez M. Towne, et grâce
à la bonne recommandation de M. Allen, avait été
aussitôt engagé pour un mois d'essai, on reconnut
bientôt combien il pouvait se rendre utile dans un
établissement de ce genre. Il demeurait bien sur la
colline, mais il s'arrangeait pour descendre souvent
le soir à la petite maison brune, où il allait voir Ben.
Celui-ci était pour le moment aussi affairé que s'il
avait eu à recevoir le Président des États-Unis avec
toute sa suite.

Dans la maison et dans tous ses alentours on fit
régner l'ordre le plus parfait. La grande porte fut
l'objet de soins tout particuliers, on arracha les
herbes qui obstruaient l'entrée, on débarra les volets

qui laissèrent voir la grille, on huila toutes les pentures et surtout la serrure, la clef qui se rouillait depuis si longtemps y fut enfin introduite et après beaucoup de travail la grille s'ouvrit; le premier qui y passa ce fut Sancho, il s'acharna comme un fou sur la molène qui depuis si longtemps y végétait en paix.

Octobre s'était montré clément et avait respecté la verdure sans doute en faveur de ce grand jour. Avant le lever du soleil, les préparatifs se poursuivaient déjà avec une activité telle qu'on prenait à peine le temps de se reposer ou de manger.

Des guirlandes furent suspendues de tous les côtés, des drapeaux sans nombre s'y mêlèrent, le porche sous lequel nous avons fait la connaissance de nos principaux personnages avait alors une splendide décoration de vigne vierge.

Heureusement le samedi était un jour de demi-congé et dès que la classe fut finie, tous les enfants accoururent pour admirer les belles choses dont Ben et les petites Moss avaient parlé toute la semaine. Celles-ci étaient fort affairées et très orgueilleuses de l'aide que Ben leur permettait de lui donner; il s'agissait de lui apporter et de lui présenter les étendards et les bannières qu'il s'était réservé de disposer lui-même à l'entrée.

Brown était venu donner un coup de main et ses exploits auraient terrifié Mme Moss si elle n'avait été toute occupée d'orner l'intérieur de la maison de fleurs disposées avec goût; Randa et Katy donnaient tous leurs soins à un somptueux souper, c'est pourquoi elles lui abandonnaient cette partie du programme.

Tout allait bien, on n'avait plus qu'une heure à

Après beaucoup de travail la grille s'ouvrit. (Page 257.)

attendre le moment tant désiré, lorsque Bab entendit sa mère demander aux bonnes s'il ne serait
pas bon de faire du feu dans toutes les cheminées; les
voyageurs pourraient avoir froid en arrivant, et d'ailleurs le feu répand la gaieté dans une maison. L'enfant toujours empressée de se rendre utile, n'attendit
pas la réponse de Randa qui faisait observer que
les cheminées n'ayant pas servi depuis longtemps,
elle n'oserait y allumer du feu avant que Mademoiselle les eût fait visiter. Bab courut au bûcher
et, le tablier plein du combustible le plus facile à
allumer, elle pensa ne pouvoir mieux faire que de commencer par la chambre destinée aux nouveaux époux.
La flamme brillante qu'elle obtint en peu de temps
la transporta de joie; sa provision étant presque épuisée
elle retourna en chercher une nouvelle et arriva à faire
si bien ronfler la cheminée que les nids d'hirondelles
prirent feu au passage des flammèches qui sortaient
en quantité par le haut du tuyau. Comme il tombait
dans la cheminée des morceaux de suie et des nids à
demi détruits Bab commença à avoir peur. Elle se hâta
de retirer le bois pensant qu'il allait s'éteindre et
qu'après un coup de balai elle pourrait remettre le
devant de cheminée. Comme elle n'avait nulle intention de se vanter de son équipée, elle pensait bien que
personne n'y ferait attention. Mais au moment où elle
quittait la chambre croyant avoir refermé la cheminée,
Ben aperçut un nuage de fumée qui ne pouvait venir
de la cuisine. Il jeta aussitôt de côté le drapeau qui
devait compléter la décoration extérieure et sur lequel
on pouvait lire l'inscription suivante en grosses lettres
de calicot rouge sur fond blanc :

Papa est revenu!

— Père! tends-moi les bras, cria-t-il, puis il s'élança comme un écureuil de l'orme où il était monté et fut reçu par Brown comme autrefois quand il faisait le rôle de Cupidon.

— Certainement on a mis le feu dans une cheminée où Mademoiselle n'a jamais permis d'en faire; et tous les deux coururent vers la maison. En approchant ils virent que les étincelles tombées sur le toit y avaient mis le feu en plusieurs endroits, la cheminée fumait et grondait comme un petit volcan, Katy poussait des cris désespérés, et Randa suppliait qu'on apportât de l'eau.

— Il faut porter là-haut des couvertures mouillées pendant que je vais chercher la pompe d'arrosage, » cria Brown qui eut vite découvert où était le danger.

Ben disparut et avant que son père eût eu le temps de visser les tuyaux, il était parvenu sur le toit et étendait des couvertures sur les points les plus dangereux. Mme Moss eut bientôt recouvré son sang-froid et commença par aller boucher hermétiquement le bas de la cheminée pour détruire le courant d'air, puis elle laissa Randa en sentinelle afin que rien ne se dérangeât et courut rejoindre Brown avec la pensée qu'il ne saurait pas trouver ce qu'il fallait; mais Brown était de ces gens, précieux en de pareils moments, qui semblent avoir un instinct particulier pour tout découvrir. Cependant les tuyaux n'étaient pas assez longs et dès qu'il s'en fut aperçu il grimpa en un clin d'œil sur la maison, on lui apporta des seaux d'eau par la lucarne d'un grenier et il eut bientôt conjuré le danger. Ben veillait sur le reste du toit.

Pendant que l'on travaillait ainsi, Betty courait sans relâche pour porter de l'eau dans son petit arrosoir. Sancho aboyait comme pour critiquer cette nouvelle façon d'illuminer. Mais où donc était Bab qui d'ordinaire aimait tant ce qui faisait du remue-ménage? Personne ne s'aperçut de son absence jusqu'au moment où le feu étant bien éteint, les travailleurs fatigués et salis par la suie, se trouvèrent rassemblés et s'entretinrent un moment sur l'accident qui venait de les mettre en émoi.

« Sans vous, monsieur Brown, la pauvre miss Célia n'aurait plus trouvé de toit pour l'abriter et peut-être même plus de maison, dit Mme Moss encore toute pâle et elle se laissa tomber sur une chaise de la cuisine.

— Elle aurait brûlé lestement, je crois; Ben, va encore regarder s'il n'y a rien au toit, moi je ferai tout à l'heure un tour dans le grenier. Est-ce qu'on ne savait pas que la cheminée était sale ou en mauvais état?

— Randa venait de me le dire et je ne comprends pas qu'elle y ait fait du feu, répliqua Mme Moss en se tournant vers la femme de chambre qui venait de paraître portant un seau de suie.

— Mais, madame, répondit Randa, je ne suis pas capable d'une pareille folie ni Katy non plus. Il faut que ce soit cette méchante Bab qui ait fait ce mauvais coup, car elle n'ose se montrer, ajouta Randa fort irritée de voir dans quel état se trouvait la belle chambre.

— Mais où donc est cette enfant? répliqua la mère. Betty suivie de Sancho se livra aussitôt à une

minutieuse perquisition tandis que les grandes personnes reprenaient leurs occupations; mais les appels
et les cris de la pauvre Betty restèrent sans réponse et
elle allait s'abandonner à son désespoir lorsque Sancho
se jeta avec fureur dans sa nouvelle niche d'où il rapporta un soulier..... dans ce soulier il y avait un pied
et l'on entendit un cri douloureux sortir de la paille.

— Oh Bab! comment as-tu pu faire cela? maman
a failli mourir de frayeur, dit Betty en attirant doucement la jambe couverte d'un bas rayé, tandis que
Sancho se livrait à la recherche de l'autre pied.

— Est-ce que tout est brûlé? demanda une voix
brisée qui sortait des profondeurs de la niche.

— Il n'y a que quelques parties du toit. Ben et son
père ont éteint l'incendie et j'ai aidé, répondit Betty
réconfortée au souvenir de sa noble coopération.

— Que fait-on à ceux qui mettent le feu aux maisons? demanda encore la voix.

— Je ne sais pas; mais il ne faut pas avoir peur;
il n'y a pas grand mal et miss Célia te pardonnera,
elle est si bonne.

— M. Thorny ne voudra pas, lui qui m'appelle petite
peste, et vraiment je le mérite, répliqua avec humilité
la coupable invisible.

— Je le lui demanderai; il est toujours si bon pour
moi. Mais il faudrait venir t'habiller bien vite, ils
vont arriver tout à l'heure, suggéra la consolatrice.

— Je ne peux plus sortir d'ici, tout le monde va me
haïr, sanglota Bab dans sa paille et elle fit diparaître
son pied comme si elle se fût à jamais retirée d'un
monde qui la condamnait.

— Maman ne te grondera pas, elle est trop occupée;

c'est le bon moment pour venir. Courons vite à la maison laver nos mains et nous faire belles avant que miss Célia soit là. Moi, je t'aime bien, n'importe ce que diront les autres, continua Betty, essayant de consoler la petite pécheresse.

— Sancho va peut-être vouloir rentrer chez lui, alors il faut bien que je lui rende sa place », et Bab saisissant ce prétexte, on vit se présenter à reculons une jeune fille, très chiffonnée, très poudreuse, les cheveux mélangés de paille et la figure toute bouffie. Betty l'emmena par une allée détournée car elle répétait toujours qu'elle n'oserait jamais se retrouver en présence de tous ceux qui avaient à se plaindre d'elle.

Cependant au bout de quinze minutes les deux sœurs reparurent fraîches, gentilles et gaies; la méchante fille pouvait espérer d'échapper au sermon mérité, car le train allait arriver.

Au premier coup de sifflet la bonne humeur et l'entrain reparurent sur tous les visages avec une promptitude magique. Le sourire sur les lèvres, chacun courut vers l'entrée du jardin; tous les méfaits étaient oubliés et pardonnés. Toujours prévoyante, Mme Moss était allée jusqu'à l'angle de la route pour être la première à saluer sa maîtresse au moment où celle-ci mettrait pied à terre tandis que les bagages feraient le tour par la porte de derrière.

« Marchons ensemble, lui dit la jeune dame avec son amabilité accoutumée, vous allez chemin faisant me raconter les nouvelles, il me semble que vous devez avoir bien des événements à m'apprendre. »

Comme c'était là précisément l'intention de Mme Moss elle ne se fit pas prier, aussitôt qu'elle eût présenté ses respects au nouveau maître dont l'abord et les manières la convainquirent instantanément que c'était en effet « un charmant garçon » comme l'avait annoncé Thorny. Il ne lui fallut pas longtemps pour les mettre au courant et les maîtres furent si ravis d'apprendre le bonheur de Ben qu'ils donnèrent peu d'attention à l'équipée de Bab; cependant ils avaient couru grand risque de retrouver leur maison en ruines.

« Nous ne parlerons pas de cela, il faut que tout le monde soit heureux aujourd'hui, dit M. Georges avec tant de bonté que Mme Moss se sentit le cœur déchargé d'un grand poids.

— Bab me tourmentait toujours pour avoir des feux d'artifice, mais je suppose que celui-là lui suffira dit en riant Thorny qui avait pris place à côté de Mme Moss.

— Tout le monde est si aimable! disait la mariée les yeux pleins de larmes; la maîtresse nous attendait au passage pour nous acclamer avec tous ses écoliers; et ici vous avez tout embelli pour moi. »

On approchait de la grande porte dont l'aspect était sinon imposant du moins fort animé.

Randa et Katy, sentinelles d'une nouvelle espèce, se tenaient des deux côtés et, l'air gai et heureux, se confondaient en révérences; sur le haut des piliers se voyaient les deux petites sœurs, joyeuses et charmantes, jetant des fleurs sur les pas du nouveau couple. Ben, caché dans un fagot de feuillage placé au milieu du linteau, agitait en l'air son plus beau drapeau bleu où on lisait en lettres d'or :

BIENVENUE AUX MARIÉS.

« N'est-ce pas joli! s'écria Célia qui se mit à envoyer des baisers aux enfants, à tendre la main à ses bonnes et à jeter des regards de bienveillance sur l'étranger qui à demi caché forçait Sancho à présenter les armes.

— J'ai vu des ornements bien variés employés pour la décoration des grilles, mais vos statues vivantes sont, ma chère, tout ce qu'il y a de plus charmant, dit M. Georges, en regardant Ben qui la bannière à la main dégringolait avec son agilité ordinaire de son poste élevé.

— C'est à vous, mon ami, d'achever ce que je n'ai fait qu'ébaucher, répondit gaiement Célia; puis Sancho s'étant avancé pour offrir sa patte et ses félicitations, elle lui dit : Allons Sancho, présente-moi ton maître, je veux le remercier d'être arrivé juste à temps pour sauver ma vieille maison d'une destruction complète.

— Madame! J'en aurais sauvé douze que cela ne m'aurait pas acquitté envers vous de tout ce que vous avez fait pour mon fils, répondit Brown en s'avançant, la figure rayonnante de joie et de reconnaissance.

— J'ai été bien heureuse de m'occuper de lui, et je vous prie de vous rappeler qu'il aura toujours sa place dans notre maison jusqu'à ce que vous en ayez une meilleure à lui donner. Dieu soit loué! il n'est plus orphelin! s'écria Célia en touchant de sa main blanche celle de Brown sur laquelle il y avait des traces de brûlures.

— Viens, ma sœur, j'aperçois un succulent souper et je meurs de faim, interrompit Thorny qui, malgré la part qu'il prenait au bonheur de Ben, ne se laissait pas dominer par les émotions sentimentales.

— Descendez, chères petites, que je puisse vous remercier de votre accueil si chaud; car il a été chaud de plus d'une manière, et son regard se dirigea vers le haut de la cheminée d'où sortait encore un peu de fumée.

— Oh pardon! s'écria Bab en se cachant la figure.

— Elle ne l'a pas fait exprès, ajouta Betty d'une voix suppliante.

— Vivent les mariés ! vivent les mariés! » cria Ben en agitant son drapeau pour donner le signal des acclamations au moment où Célia, appuyée sur le bras de son mari, se mit en marche pour franchir le seuil de la maison qui devait être pour elle et pendant de longues années un heureux foyer.

La grille près de laquelle s'était jadis reposé un petit vagabond, ne devait plus rester close, car Célia voulait qu'elle livrât passage à tous ceux qui, riches ou pauvres, jeunes ou vieux, tristes ou gais, viendraient demander l'hospitalité *Sous les Lilas*.

TABLE DES MATIÈRES

Paris. — Typographie A. Lahure, rue de Fleurus, 9.

23 405 — Typographie A. Lahure, rue de Fleurus, 9, à Paris.

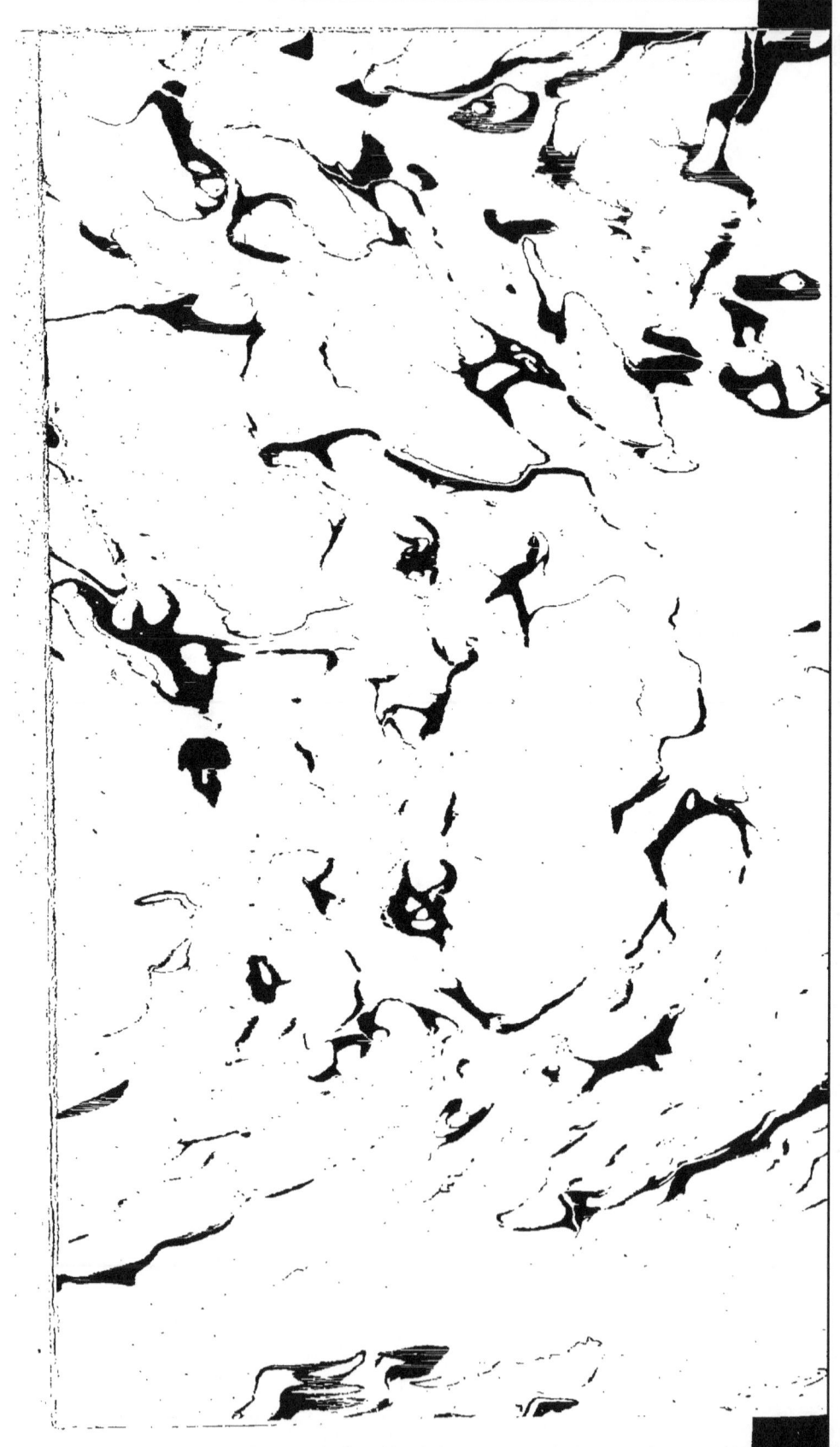

www.ingramcontent.com/pod-product-compliance
Lightning Source LLC
Chambersburg PA
CBHW050310030726
47505CB00003B/639